En 2018, Harlequin fête ses 40 ans !

Chère lectrice,

Comme vous le savez peut-être, 2018 est une année très importante pour les éditions Harlequin qui célèbrent leur quarantième anniversaire. Quarante années placées sous le signe de l'amour, de l'évasion et du rêve... Mais surtout quarante années extraordinaires passées à vos côtés ! Azur, Blanche, Passions, Black Rose, Les Historiques, Victoria mais aussi HQN, &H et bien d'autres encore : autant de collections que vous avez vues naître, grandir et évoluer, avec un seul objectif pour toutes – vous offrir chaque mois le meilleur de la romance. Alors merci à vous, chère lectrice, pour votre fidélité. Merci de vivre cette formidable aventure avec nous. Les plus belles histoires d'amour sont éternelles, et la nôtre ne fait que commencer...

D1065036

Sur ordre du duc

À PROPOS DE L'AUTEUR

Après avoir occupé des postes prestigieux dans les relations publiques, le marketing et la publicité, Blythe Gifford se consacre entièrement à l'écriture. Nourris de sa passion pour l'Histoire et de son goût pour le romanesque, ses romans sont à la fois intenses et vifs.

BLYTHE GIFFORD

Sur ordre du duc

Traduction française de
HÉLÈNE ARNAUD

Les Historiques

Collection : LES HISTORIQUES

Titre original :
RUMORS AT COURT

© 2017, Wendy Blythe Gifford.
© 2018, HarperCollins France pour la traduction française.

Le visuel de couverture est reproduit avec l'autorisation de :

HARLEQUIN BOOKS S.A.

Sceau : © ROYALTY FREE / FOTOLIA

Tous droits réservés.

HARPERCOLLINS FRANCE
83-85, boulevard Vincent-Auriol, 75646 PARIS CEDEX 13
Service Lectrices — Tél. : 01 45 82 47 47

www.harlequin.fr

ISBN 978-2-2803-8169-7 — ISSN 1159-5981

Pour mon éditrice, Linda Fildew, dont la patience et le soutien de tous les instants m'ont permis de réaliser mes rêves.

Chapitre 1

Londres, 9 février 1372

Malgré le froid, tout Londres semblait avoir déferlé dans les rues pour admirer la reine et voir le duc de Lancastre — « Monseigneur d'Espagne » comme on le surnommait à présent — se présenter devant la foule pour la première fois en tant que futur roi de Castille.

Sir Gilbert Wolford se tenait près de lui, alors qu'il se préparait à accueillir sa nouvelle épouse, Constance de Castille, dans son grand château des rives de la Tamise. Un étrange malaise venait cependant peser sur cette journée triomphante. C'était une célébration, certes, mais la bataille était encore loin d'être gagnée…

Lancastre était fils du roi d'Angleterre, et le parlement britannique avait accepté de le nommer Lord légitime de Castille ; seulement, de nombreux Castillans n'étaient pas d'accord avec cette décision.

Un jour, Gil retournerait en Espagne aux côtés de Lancastre pour franchir triomphalement les portes du palais de l'Alcázar. Ce succès viendrait atténuer le cruel échec de leur première tentative d'invasion de la Castille. Un échec dont il transportait dans la poche le douloureux souvenir, associé à la promesse qu'il s'était juré de tenir ce jour-là.

Il jeta un rapide coup d'œil aux femmes qui s'étaient rassemblées pour accueillir la reine, cherchant à reconnaître Lady Valerie, veuve de son compagnon Scargill. Elle était là, au milieu du groupe. Gil n'avait pas encore rencontré cette femme, nouvelle venue à la Cour, mais on la lui avait montrée de loin. Il l'aurait de toute façon remarquée, tant ses vêtements de deuil la couvraient comme une religieuse.

Gil avait un dernier devoir à accomplir — qui à cet instant lui sembla bien pénible — en hommage à l'époux décédé de Lady Valerie.

En Castille, Gil était surnommé *el Lobo* par ses ennemis, « le Loup », car il n'hésitait pas à tuer pour protéger ses hommes. Hélas, il n'avait pas réussi à sauver Scargill... Certes, un seul guerrier ne peut pas sauver tout le monde — pas en pleine guerre — mais la veuve de son compagnon devait à présent subir les conséquences de cet échec.

La procession royale s'arrêta devant le château. La cérémonie était organisée de telle sorte qu'on croie que la reine venait d'arriver en ville, qu'elle et son époux ne s'étaient jamais rencontrés ; mais, en vérité, ils étaient mariés depuis plusieurs mois avec pour objectif de faire un héritier sans tarder.

Un fils.

Gil sentit une amère vague de regrets le traverser. À trente ans, il n'avait ni épouse ni fils, et pas le moindre espoir de voir cette situation évoluer. Impossible de songer au mariage tant qu'il n'aurait pas quitté l'Angleterre et laissé le lourd passé de sa famille derrière lui. *El Lobo* était un surnom bien plus flatteur que ceux dont on affublait les siens ici.

La chaise de la reine fut portée jusqu'au sommet de l'escalier, tanguant de droite à gauche dans ses brancards. Parvenus devant le duc, les porteurs posèrent leur charge, et Constance descendit de son siège pour rejoindre son époux.

Habituées à la chaleur des plaines espagnoles, la reine et ses suivantes ne portaient pas de capes pour se garantir du froid britannique. Elles avaient dû emprunter des mantelets qui, mal assortis à leurs tenues et mal ajustés, leur donnaient une apparence décalée de cour en exil.

Pourtant, la reine sans royaume ne paraissait pas embarrassée ni humiliée par la situation. Si son époux, Jean de Gand, duc de Lancastre et fils du roi d'Angleterre, pouvait se dire roi de Castille, c'était uniquement parce qu'il l'avait épousée. C'était son père à elle, son sang, qui donnait le droit de gouverner.

Faisant face à son époux, elle fit signe à un valet de retirer sa cape.

Derrière elle, les femmes de la cour lâchèrent des cris d'admiration. Sa robe rouge à la couleur aussi intense que celle du sang attira tous les regards. Altière, elle s'avança lentement vers le duc, la tête haute. Elle ne le salua que brièvement, ployant à peine le genou devant lui. Elle était jeune et fière. À dix-sept ans, elle avait seulement la moitié de l'âge de son mari.

Gil songea qu'elle était belle, à sa manière. Mais il savait qu'aux yeux de Lancastre nulle ne pourrait jamais remplacer feu la duchesse. Auprès d'elle, il avait profité non seulement d'une partenaire de haut lignage, mais avait aussi trouvé l'amour — le vrai, celui que chantaient les troubadours... Pouvait-on espérer connaître un tel sentiment deux fois, en l'espace d'une vie ?

Gil, quant à lui, n'osait même pas espérer le connaître une seule fois. Il se contentait de rêver à un bonheur possible, se voyant au milieu des jardins paisibles de l'Alcázar, aux côtés d'une femme levant sur lui des yeux emplis d'amour.

Ce n'était qu'un rêve, bien sûr. Il était trop tôt pour qu'il se marie : à quoi bon prendre femme si celle-ci risquait de se retrouver veuve, tout comme Lady Valerie ? S'il devait un jour avoir une épouse, ce serait en tant qu'homme neuf, dans un nouveau pays, loin de son sombre passé.

S'obligeant à se concentrer sur le présent, il tendit au duc le sac de velours qui contenait le cadeau de mariage destiné à Constance. Cérémonieux, Lancastre le présenta à la reine en le tenant à deux mains mais, au lieu de prendre le sac, son épouse resta immobile, embarrassant le duc en l'obligeant à garder les bras tendus.

Ce signe de mépris manifeste fit taire tous les murmures. Durant quelques secondes, l'air vibra d'un silence outragé.

Gil avait tout d'abord pensé que la reine craignait d'avoir les doigts trop froids pour tenir le cadeau sans le faire tomber. Mais il n'en était rien.

Après quelques secondes qui semblèrent une éternité, elle fit un petit signe de tête à l'homme qui l'accompagnait pour qu'il vienne chercher le sac et en tire le présent. C'était une coupe d'or sculptée en forme de rose et fermée par un couvercle orné d'une colombe d'or prenant son envol. L'une des pièces d'orfèvrerie les plus belles et les plus délicates que Gil ait jamais vue.

Mais la reine ne sourit pas, ne remercia pas son époux pour ce magnifique cadeau. Elle se contenta d'indiquer à l'une de ses suivantes qu'elle pouvait venir le prendre.

Gil ne put s'empêcher de froncer les sourcils ni de serrer les dents : cette femme devrait montrer plus de reconnaissance ! Si Lancastre n'était pas venu à son secours, sa sœur et elle seraient restées sans foyer, orphelines et exilées en France. Si elle avait à présent une chance de retrouver son train de vie et le titre dont elle avait hérité à la naissance, c'était bien grâce au duc.

La reine demanda à l'un de ses conseillers de s'avancer. C'était un prêtre castillan un peu enveloppé au front étonnamment large.

— Monseigneur d'Espagne, La Reina me charge de vous dire qu'elle est heureuse de retrouver son époux, dit l'homme.

Son anglais était peut-être hasardeux, mais il ne pouvait pas être pire que celui de la reine. D'après ce que Gil avait compris, elle ne parlait — presque — que castillan.

— Dites à Sa Grâce, répondit Jean sans quitter Constance des yeux, que je lui souhaite la bienvenue à Londres.

Le prêtre se tourna vers sa maîtresse pour transmettre le message à voix basse. La jeune femme répondit d'une voix sèche, les lèvres pincées.

L'homme s'éclaircit la gorge et entreprit de traduire la réponse.

— La Reina dit qu'elle espère ne pas résider ici long-temps. Elle souhaite que vous la raccompagniez dans sa terre natale et que vous lui rendiez son trône avant la fin de l'année. En attendant son retour en Castille, elle m'a demandé de vous aider de mon mieux pour administrer ses terres et préparer la bataille.

Cette fois, le visage du duc se fit plus dur. Il revenait au souverain, non à un prêtre castillan anonyme, de choisir ses conseillers militaires. D'ailleurs, Gil avait bon espoir de siéger au conseil.

— Remerciez la reine pour moi, répondit néanmoins Lancastre d'un ton courtois. Votre aide sera la bienvenue.

Ce n'était qu'une marque de politesse, songea Gil en réprimant un violent désir de protester. Le duc ne pouvait évidemment pas refuser une demande de son épouse, même irrespectueuse, devant une telle foule.

Peu importe, se dit Gil, *cela ne change rien à mes projets. Quand l'heure de la guerre viendra, Lancastre s'appuiera sur moi et sur ses compagnons de toujours.*

Sans un seul salut, la reine et sa suite se précipitèrent ensuite à l'intérieur du palais à la recherche d'un peu de chaleur.

Les hommes leur emboîtèrent le pas, et Gil chassa ses soucis. Il avait un autre devoir à accomplir, ce jour-là.

Les femmes de la cour se pressaient déjà autour de la porte, impatientes d'entrer à leur tour. Gil chercha quelques instants Lady Valerie des yeux et l'examina de loin.

Au premier regard, cette femme n'avait rien de remarquable. Petite — nettement plus que les autres femmes —, engoncée dans son voile blanc, elle lui tournait le dos. Était-elle blonde ou brune ? Jolie ? Est-ce que son époux avait souri quand il l'avait vue pour la première fois ?

Un coup de vent s'engouffra sous sa cape, et elle la retint d'une main, mettant fin aux rêveries déplacées de Gil. Il n'avait pas à jauger ainsi la veuve de l'un de ses hommes.

Elle savait qu'il était mort, évidemment. Son décès avait eu lieu plusieurs mois auparavant, et on l'en avait informée pour que Gil n'ait pas à le faire lui-même. Il en était d'ailleurs soulagé…

Mais le chiffon de soie blanche qu'il avait retrouvé sur le corps de Scargill, sous son pourpoint, serré contre son cœur, devait être rendu à sa propriétaire.

Le vent ne retombait pas, et la jeune veuve se retourna, luttant pour retenir son vêtement. Gil put alors apercevoir son visage pour la première fois. Elle avait de grands yeux sombres et tristes. Peut-être trouverait-elle un peu de réconfort en serrant de nouveau entre ses doigts le gage qu'elle avait offert à un époux bien-aimé.

Les dames anglaises et castillanes furent conduites à l'intérieur du palais, puis dans la grande salle, côte à côte. Valerie était assez près des autres pour entendre la reine et ses suivantes parler en castillan. Elle ne put saisir tous les détails de la conversation, mais l'accent et le parfum discret du savon de la région lui parurent vaguement familiers.

Peut-être le sang qui coulait dans ses veines se souvenait-il de ces choses-là, comme le souvenir de cette autre Castillane, exilée en Angleterre tant de générations plus tôt. Tout comme Constance, cette femme aussi avait été arrachée à son foyer pour être envoyée dans un pays étranger.

Valerie effleura du bout des doigts la broche de cuivre émaillée qui ornait sa robe, unique souvenir de cette ancêtre depuis longtemps disparue. C'était à elle de se montrer courageuse, à présent, et de ne pas tomber dans les pièges de la cour. Bientôt, on l'autoriserait à rentrer chez elle, à retrouver sa maison et son jardin qui s'endormait dans le froid de l'hiver.

La reine arriva sur l'estrade d'honneur, au fond de la grande salle, et se tourna pour faire face à l'assemblée. Valerie tenta de mieux la distinguer, malgré la distance. Elle était blonde, presque pâle. Avait-elle les yeux bleus ? Valerie était trop loin pour le voir. Tout ce qu'elle put constater, c'était que son nez était un peu long et que sa haute et robuste silhouette n'était pas très à la mode.

À la vérité, son apparence importait peu. Elle offrait un pays à son époux, pas sa beauté. De plus, une femme de la royauté n'avait pas plus de choix que toutes les autres : elle devait se marier pour nouer des alliances, et non pour suivre les élans de son cœur. Si elle voulait vraiment devenir reine et ne pas en avoir que le titre, elle allait avoir besoin d'un homme assez déterminé et riche pour se battre afin de récupérer son royaume.

Soudain, la reine posa une main sur son ventre et le groupe de femmes qui l'entourait se pressa un peu plus autour d'elle.

Les rumeurs étaient donc vraies ? La reine était arrivée en Angleterre depuis plusieurs mois, mais elle avait vécu à la campagne. Certains disaient qu'elle avait préféré dissimuler ses premières nausées et ses premiers malaises de grossesse.

Le duc — il était encore difficile de le voir comme un roi — n'avait sans doute pas perdu un instant pour tenter d'engendrer un héritier. Tous deux avaient besoin de prouver au peuple qu'ils étaient capables d'asseoir une nouvelle génération sur le trône de Castille après eux. Si Constance était déjà enceinte, cela expliquait peut-être qu'elle ne parut pas en pleine santé ; et si elle donnait naissance à un fils, tout cela serait bien vite oublié.

Donner naissance à un fils… La seule chose que Valerie n'avait pas été capable de faire.

— Elle a l'air si jeune, lui glissa Lady Katherine à l'oreille.

Valerie hocha vaguement la tête, sans répondre. Après tout, la reine avait presque son âge et à peine quelques années de moins que Katherine — qui était nouvellement veuve, elle aussi, et avait déjà trois enfants. Il était bien compréhensible que ses années pèsent plus lourd sur ses épaules.

Mais elle ne porte pas plus le deuil de son époux que moi…

Elle ne savait pas comment cette certitude lui était venue. Après tout, Katherine et elle venaient de se rencontrer, et elles n'avaient jamais discuté de choses aussi intimes. Mais Valerie était convaincue que, comme elle, la jeune veuve se réjouissait secrètement de sa liberté nouvelle.

Le groupe de femmes qui entourait la reine s'écarta un peu, laissant apercevoir la nouvelle épouse du duc, installée sur une chaise près de lui. Une longue file de courtisans se mit en place pour les présentations officielles.

Valerie suivit Katherine, à la fois surprise et honorée d'avoir été conviée à une telle cérémonie. Certes, son époux avait été chevalier, mais il n'avait pas été titré. Lady Katherine, elle, avait droit de cité à la cour uniquement parce qu'elle s'occupait des enfants que le duc avait eus de sa première femme. Elle allait donc naturellement entrer au service de la reine et pourrait lui apprendre tout ce qu'elle devait savoir sur l'Angleterre… voire sur son propre mari.

Lorsque arriva le tour de Valerie, elle fut présentée à la douzaine de suivantes qui entourait la reine et les salua poliment de la tête. Elle fut gratifiée par quelques sourires silencieux, les Castillanes n'osant pas se risquer à parler cette langue inconnue.

La reine elle-même demeurait impassible. La pauvre femme n'avait certainement retenu aucun nom de cette foule d'étrangers qui venait parader devant elle.

Valerie s'agenouilla devant la reine, tandis que le duc s'adressait à l'interprète qui retransmit fidèlement ses paroles à la reine.

« Descendante d'une des suivantes d'Aliénor de Castille, épouse du premier Edward… »

Ah ! Ainsi, c'était son ancêtre qui lui avait valu cette invitation à la cour — une ancêtre qui avait servi une autre reine castillane, près de cent ans plus tôt.

Constance finit par comprendre et acquiesça.

— *¿Habla la lengua de sus antepasados ?*

Elle était veuve, à présent, et pouvait donc prendre la parole en public — même s'adresser à une reine — sans devoir attendre la permission de son époux. Mais ce langage de Castille lui était aussi étranger que l'anglais l'était à Constance.

Elle secoua donc la tête.

— Assez pour dire *Bienvenida*. Mais guère plus…

Cela voulait dire « bienvenue » ; du moins, elle l'espérait.

Cette faible tentative pour s'exprimer dans la langue de la reine suffit à la faire sourire.

— *Gracias.*

Elle tendit la main pour effleurer la broche que portait Valerie avant de se tourner vers son interprète.

— La Reina aimerait savoir si le bijou que vous portez appartenait à votre ancêtre.

Valerie sourit à son tour.

— Oui, Votre Grâce. Ce bijou a lui aussi voyagé depuis la Castille.

Dans la famille de Valerie, on racontait qu'Aliénor avait toujours été très généreuse envers ses suivantes.

La reine acquiesça, s'éclaircit la gorge et répondit en anglais, en détachant chaque mot :

— Voyons-nous plus tard.

Ces quelques mots maladroits furent comme une bénédiction pour Valerie.

— J'en serais ravie, Votre Grâce.

Ensuite, Valerie s'agenouilla devant le duc sans vraiment le regarder, trop émue par la gentillesse de la reine.

Quand elle se releva, un sourire toujours accroché aux lèvres, et tourna les talons, elle se retrouva nez à nez avec le chevalier qu'elle avait vu aux côtés de Lancastre devant le château.

Il était très brun, avec des sourcils broussailleux et des yeux d'un bleu pâle. Son nez et ses pommettes semblaient taillés dans de la pierre. Elle ne put s'empêcher de voir en lui un homme plus à son aise sur un champ de bataille que dans la grande salle d'un palais. Tout comme l'avait été son époux.

Comme il la fixait, elle le salua d'un petit signe de tête, attendant qu'il se présente.

— Lady Valerie, je suis Sir Gilbert Wolford.

En un éclair, le sourire de Valerie s'effaça, et une chape glacée l'enveloppa.

— Vous êtes l'homme qu'on appelle le Loup…

Celui qui avait conduit son époux à la mort.

Quand Lady Valerie leva les yeux sur lui, Gil ne trouva pas immédiatement ses mots.

Pour la première fois, il la voyait de face. Elle avait un teint clair qui mettait en valeur ses yeux sombres. Des yeux qui changèrent immédiatement d'expression quand elle sut qui il était. Était-ce l'histoire de sa famille ou sa réputation sur le champ de bataille qui avait si vite effacé toute douceur de son visage ? Il se trouvait soudain face à une armure impénétrable, qui ne laissait passer aucune émotion.

— Oui, certaines personnes me donnent ce surnom, répondit-il au bout de quelques instants.

Un silence gêné s'ensuivit.

— Que me voulez-vous ? demanda-t-elle froidement.

Le moment que Gil avait tant redouté était venu ; impossible de s'y soustraire, à présent.

— Votre époux servait dans ma compagnie.

Elle baissa les yeux.

— Je sais.

Allait-elle se mettre à pleurer ? Dans le doute, Gil s'empressa de poursuivre :

— Dans ce cas, vous savez sans doute que notre attaque a brisé les défenses adverses. La mort de Scargill n'a donc pas été vaine.

— Quel réconfort, répondit-elle d'un ton glacial.

— Votre mari était un grand guerrier. Son décès a été un coup dur pour mes hommes et pour moi.

Elle leva de nouveau sur lui un regard indéchiffrable.

— Et pour moi donc !

Ainsi, elle le blâmait pour la mort de son époux. Elle en avait le droit.

— Quoi que l'on fasse, des hommes doivent mourir à la guerre, répondit-il simplement.

Préférant s'acquitter le plus vite possible de son devoir, il tira le chiffon de soie souillé de sa poche.

— Votre époux portait ceci quand il est mort, expliqua-t-il. J'ai décidé de venir vous le rendre pour que vous sachiez à quel point il a songé à vous jusqu'au dernier soupir.

Il lui tendit la pauvre chose tachée, encore plus sale et froissée d'avoir passé tant de temps dans son pourpoint.

Mais la jeune femme ne prit pas l'étoffe. Au contraire, elle recula comme si cela lui répugnait au plus haut point.

Agacé, Gil la lui tendit de plus belle. Il avait hâte d'être débarrassé de ce poids.

— Vous ne voulez pas récupérer ce qui vous appartient ?

— Ce qui m'appartient ? lâcha-t-elle dans un souffle étranglé.

Elle marqua un temps puis ajouta, tremblant de rage :

— Cette étoffe n'a jamais été à moi.

Chapitre 2

Valerie ferma les yeux, dans l'espoir d'oublier le chiffon froissé et boueux. C'était une preuve de plus que son époux n'avait jamais eu le moindre sentiment pour elle.

Sir Ralph Scargill était parti en guerre au printemps. Puis un autre printemps était arrivé et reparti. Il ne lui avait pas manqué. Elle avait appris que les combats s'amplifiaient, mais personne ne prenait la peine d'informer l'épouse d'un simple chevalier de ce qui se passait sur le continent. Quant à Ralph, il n'était pas homme à envoyer des lettres tendres…

Elle n'avait donc appris la nouvelle de sa mort que quelques mois plus tôt, quand le duc était rentré sans son époux. Mais, apparemment, elle n'était pas au bout de ses surprises.

Car, à présent, cet homme que l'on surnommait le Loup lui faisait face, les sourcils froncés, tenant dans sa main un morceau de soie qui avait touché la peau d'une autre femme. Une femme qui, sans aucun doute, avait été la maîtresse de Ralph.

Cette mystérieuse amante avait-elle dû, elle aussi, cacher ses hématomes ?

Même si c'était le cas, Ralph avait dû lui porter plus d'affection qu'à elle puisqu'il avait conservé ce gage sur lui durant la bataille. Jamais il n'avait demandé un tel présent à Valerie…

Et elle ne lui en avait jamais offert.

Le guerrier endurci qui lui faisait face eut l'air choqué par cette révélation.

— Je pensais que…

Elle fut traversée par un bref regret. Pauvre homme ! Il avait simplement tenté de réconforter une veuve endeuillée. Comment aurait-il pu deviner qu'elle n'avait jamais pleuré son époux ?

Valerie vit une ombre de compassion traverser le regard de Sir Gilbert. Autour d'eux, certaines personnes commençaient à les dévisager.

Valerie tourna alors les talons et s'éloigna à grands pas, suivie par le murmure des conversations. Cette fâcheuse rencontre la faisait déjà suffisamment souffrir ; il était hors de question qu'elle affronte en plus la pitié de cet homme, ou celle de qui que ce soit d'autre.

— Attendez, lança le Loup à mi-voix tout en se précipitant à sa suite.

Il lui attrapa le poignet, dans un geste à la fois brusque et sensuel.

À contrecœur, Valerie se retourna.

— Qu'y a-t-il ?

Le chiffon de soie gisait à présent aux pieds de l'homme, et elle résista au besoin impérieux de le piétiner.

— Je suis désolé, dit-il.

Désolé ? Pour elle, pauvre veuve trompée par son mari ? Elle sourit, espérant l'apaiser. Jamais un homme ne devait être mis mal à l'aise…

— Ce que mon époux a fait n'a rien d'inhabituel.

Même si on ne parle jamais de ces choses à voix haute.

— Et ce n'était pas votre faute non plus, ajouta-t-elle.

— Certes, mais je n'avais pas à vous en apporter la

preuve. Je me suis précipité sans réfléchir. C'est une erreur indigne d'un commandant.

Elle posa doucement sa main sur la sienne, pour qu'il la lâche, mais ses doigts s'attardèrent sur la peau de cet homme, si chaude et si tentante.

Les mains de son époux avaient toujours été si froides…

Troublée, elle le lâcha brusquement, tout comme lui s'écarta d'elle aussi.

— Je suis certaine que vous êtes un bon commandant et que vous avez fait tout votre possible. À présent, si vous voulez bien m'excuser, je dois…

Elle fut incapable de prononcer le moindre mot. Tout ce qu'elle savait, c'était qu'elle devait à tout prix fuir cet homme. Car, déjà, elle ne pouvait s'empêcher d'observer le chiffon usé. C'était de la soie — un matériau coûteux. La femme qui l'avait offert à Ralph était-elle noble ? Était-ce lui qui avait offert à sa maîtresse un vêtement rare et précieux ? Quoi qu'il en soit, le tissu avait été sacrifié pour que Ralph puisse porter un souvenir d'elle sur le champ de bataille.

Elle erra quelques instants dans la grande salle à la recherche d'un visage familier puis retourna aux côtés de Lady Katherine, en espérant qu'elle ne lui demande pas ce que le Loup lui voulait.

Heureusement, l'attention de son amie était tout entière tournée vers le duc. Il quittait justement son trône, sous le dais, après les dernières présentations. Katherine salua rapidement Valerie, mais ne quitta pas Lancastre des yeux. Ses regards pour lui s'animaient d'une certaine chaleur, presque comme si…

Valerie préféra ne pas penser à cela. Elle connaissait à présent la vérité au sujet de feu son époux, et cela lui faisait voir l'adultère partout autour d'elle. Bien sûr, la fidélité n'était jamais solide : tous les hommes cherchaient à assouvir leurs désirs hors du lit conjugal. Pour une épouse, il n'y avait rien d'autre à espérer que de faire son devoir. Valerie ne s'était jamais attendue à ce que Scargill lui soit fidèle… mais voir ainsi les amourettes de son mari étalées aux yeux de tous !

— Venez, lui dit soudain Lady Katherine. Je dois parler au duc au sujet des enfants.

Elle se reprit en rougissant.

— Je veux dire… je dois parler à Monseigneur d'Espagne.

Monseigneur d'Espagne. Un titre choisi par Lancastre lui-même alors qu'il réclamait un trône occupé par un autre.

Cette absurdité était largement ignorée en ce jour de célébration… Dans le château même du duc, empli de sa cour et de ses soutiens les plus fidèles, il n'était question que de fêter le couronnement prématuré d'un homme, même si le royaume qu'il avait l'intention de diriger était encore loin d'être le sien.

Lorsque les deux femmes approchèrent, Lancastre n'avait de sourire que pour Katherine, et Valerie se sentit particulièrement invisible à ses yeux.

— Comment allez-vous ? demanda-t-il affectueusement avant de se rendre compte que Katherine n'était pas seule. Et comment vont les enfants ?

— Les filles restent obéissantes et calmes ; mais le jeune Henry se croit déjà prêt à être adoubé malgré ses cinq ans.

Lancastre éclata de rire.

— Il manque de patience, remarqua-t-il comme si c'était une qualité à ses yeux.

Katherine se tourna vers son amie.

— Vous connaissez Lady Valerie.

Lorsqu'elle avait été présentée à la reine, Valerie avait à peine regardé Lancastre. Mais, maintenant qu'elle pouvait l'examiner plus en détail, elle comprenait mieux pourquoi Katherine semblait si fascinée par cet homme. Il était grand et fort, comme tout guerrier accompli, mais c'était certainement un compagnon à qui l'on pouvait aussi se fier en temps de paix. Peut-être ferait-il un bon roi, en fin de compte, pour les habitants de la lointaine Castille.

— Votre époux était un homme brave, dit-il.

Elle murmura un rapide remerciement mais vit bien que, contrairement à Sir Gilbert, Lancastre aurait été incapable de reconnaître Scargill au milieu de son armée. Avec un peu de chance, il ne savait rien du chiffon de soie que son époux avait porté sur lui et ne lui poserait pas de question à ce sujet.

En effet, il ne s'attarda pas sur le décès de son époux.

— La reine a souri quand elle vous a rencontrée, dit-il. Très peu de personnes attirent sa… sympathie.

Valerie jeta un rapide coup d'œil à Constance, qui était toujours assise sous le dais, la tête appuyée sur le haut dossier de son siège. Elle avait fermé les yeux et semblait peu soucieuse de l'agitation qui bourdonnait dans la grande salle. Peut-être ressentait-elle la même chose que l'ancêtre de Valerie qui était arrivée en Angleterre aussi seule et perdue qu'elle.

— Il est possible que mes liens avec sa terre natale l'aient réconfortée, Votre Grâce.

— Recevez-vous des nouvelles de votre intendant ? demanda le duc, qui n'avait visiblement pas envie de parler de sa femme plus longtemps.

Valerie ne put réprimer un sourire en songeant à Florham. Sa maison. Le petit morceau de terre qui lui appartenait dans ce vaste monde.

— Tout allait bien quand je suis partie.

Quand pourrait-elle rentrer chez elle ? Elle avait paillé les rosiers, mais si le gel arrivait en avance, elle allait devoir rajouter une couche.

— Nous avons suffisamment de réserves de nourriture pour passer l'hiver et nous avons de nouveaux projets de semence pour les champs de seigle…

Le regard du duc se fit absent, et Valerie s'interrompit. Un futur roi ne se souciait sans doute pas des projets destinés à améliorer les pâturages des moutons.

— Rassurez-vous, reprit Lancastre, vous n'aurez bientôt plus à vous soucier de tout cela. Il est temps que je vous choisisse un nouvel époux.

Oubliant instantanément sa place, Valerie lui prit le bras dans un geste désespéré.

— Mais je n'ai appris la mort de mon mari qu'il y a quelques mois ! Je n'ai pas besoin qu'on m'aide à m'occuper de mes terres…

Elle bafouilla, cherchant un argument que le duc aurait pu comprendre.

— J'avais espéré pouvoir attendre que… que les cognassiers bourgeonnent et que…

Lancastre et Lady Katherine la dévisageaient d'un même air abasourdi.

Valerie lâcha immédiatement le duc et baissa les yeux. Dans la panique, elle avait oublié qui elle était. Elle n'avait pas le droit de s'adresser ainsi à un homme — et encore moins à lui.

— Qu'espériez-vous donc ? lui demanda Lancastre sans sourire.

— J'aurais aimé avoir un an pour faire mon deuil, mon Seigneur…

Une année de liberté, de tranquillité dans son jardin bien-aimé, sans être soumise au bon vouloir d'un homme.

Hélas, le regard froid du duc lui rappela l'amère réalité. Scargill bénéficiait d'une rente de quarante marks par an en temps de guerre, et de vingt marks par an en temps de paix. À vie. Seulement, cette vie avait pris fin.

— Je comprends votre douleur, Lady Valerie, reprit le duc sur un ton plus doux. Mais vous n'avez pas d'enfants.

— Bien sûr… Oui, je sais, murmura-t-elle.

Comment aurait-elle pu l'oublier ?

Sans enfants, elle allait devoir être offerte à un nouvel époux, un nouveau protecteur, un nouvel homme qu'il lui faudrait subir jour après jour, dont elle découvrirait les frasques comme cela venait de se produire avec Scargill.

Au moins, elle pouvait se consoler en se disant que sa terre était sienne. Aucun époux, quel qu'il soit, ne pourrait la lui enlever !

— De plus, reprit Lancastre d'un ton qui n'attendait pas de réponse, qu'auriez-vous pu faire d'autre ?

— Mon Seigneur, j'ai pensé que… peut-être…

Elle s'interrompit de nouveau, sans savoir quoi dire. Comment lui parler de ce qui comptait réellement à ses yeux ? Monseigneur d'Espagne n'avait que faire de son jardin.

Mais il avait parlé de sa femme. Avait-elle la moindre chance de… ?

— J'avais pensé pouvoir proposer mes services à la reine, reprit-elle. Pour un temps.

Le duc parut perplexe.

— Vos services ? Comment cela ?

La reine n'avait sans doute pas besoin d'une jardinière dans sa suite. Valerie se tourna vers Lady Katherine pour la supplier silencieusement de l'aider.

— Je pourrais assister Lady Katherine.

La jeune femme devait s'occuper de ses propres enfants en plus de ceux du duc ; et elle avait aussi des devoirs à remplir auprès de la reine…

Le duc haussa les épaules d'un air peu concerné.

— La reine a déjà de nombreuses suivantes venues de Castille, dit-il.

Valerie posa la main sur le bras de Katherine et le serra, désespérée.

— C'est sans doute vrai, mais aucune d'entre elles ne peut l'aider à en apprendre plus sur notre mode de vie anglais. Bien sûr, Lady Katherine est tout à fait capable de le faire, mais je pensais que mes liens avec la terre natale de la Reina pourraient la réconforter. Et Lady Katherine est déjà tellement occupée avec les enfants…

Par pitié ! Katherine entendrait-elle sa supplique silencieuse ? Serait-elle capable d'inciter le duc à changer d'avis ? Entre femmes, il fallait se comprendre, sans quoi tout espoir était perdu d'avance.

— Lady Valerie pourrait en effet être une compagne importante pour la reine, dit-elle finalement, et elle pourrait sans doute aussi m'aider avec les enfants.

Valerie acquiesça farouchement, sans rien laisser paraître de son angoisse. Elle en savait encore moins sur les enfants que sur la vie de cour… L'approbation momentanée de la reine lui avait donné du courage, mais les quelques mots de castillan dont elle se souvenait ne suffiraient pas à la rendre digne d'escorter une personne royale. Tout ce qu'elle voulait, au fond, c'était rentrer chez elle, dans le Kent, et non pas rester exilée à Londres.

Néanmoins, si cela lui permettait de repousser l'inévitable, le moment où on l'enverrait réchauffer le lit d'un autre homme, elle était prête à faire ce sacrifice.

— Oui, je serais ravie d'aider, renchérit-elle donc d'une voix aussi enjouée que possible.

Lancastre la dévisagea, d'un air peu convaincu.

Il était temps pour elle de lui adresser l'un de ces sourires soumis qui donnaient aux hommes l'impression d'être si puissants et magnanimes.

— Bien sûr, le choix reste vôtre, mon Seigneur. J'obéirai à vos ordres et vous suis reconnaissante de prendre ainsi ma situation en considération.

Ces paroles sonnèrent faux à ses oreilles, mais elle ne put faire mieux.

Finalement, le duc sourit avec condescendance, comme si Valerie avait été une simple domestique appelée pour nettoyer du vin renversé.

— Je suis certain que Katherine appréciera votre aide.

— La reine aussi, sans aucun doute, ajouta précipitamment Katherine.

Valerie, elle, en était moins sûre, mais elle acquiesça néanmoins dans une révérence en balbutiant un remerciement. Katherine passa alors un bras autour de ses épaules et l'entraîna plus loin, tandis que Valerie faisait de son mieux pour garder son calme.

Elle venait d'obtenir quelques semaines de liberté supplémentaires ; quelques semaines pendant lesquelles elle pourrait encore bouger et parler sans avoir besoin de l'approbation d'un époux.

— Merci, dit-elle lorsqu'elles furent seules, dans un coin. Je ne peux pas encore supporter l'idée de...

Elle secoua soudain la tête et se tut — elle en avait déjà trop dit.

— N'espérez pas un long répit, la prévint Katherine avec un sourire d'empathie. Vous n'aurez que jusqu'au printemps, à mon avis.

Valerie leva les yeux sur Katherine, incapable de dissimuler la détresse qui l'étouffait. En mars, elle avait espéré pouvoir désherber la terre, au pied du cognassier.

— Est-ce qu'il a choisi de même votre prochain époux ? demanda-t-elle, plus amère qu'elle ne l'aurait voulu.

Car Katherine n'était-elle pas veuve, elle aussi ?

La jeune femme se contenta de baisser les yeux, les joues soudain plus rouges.

— Non, murmura-t-elle. Le duc a eu la bonté de me laisser aider sa femme et ses enfants.

— Oh ! Si seulement je pouvais rester veuve, tout comme vous, soupira Valerie.

— Je me remarierai peut-être... un jour.

Ses paroles étaient empreintes d'une certaine mélancolie. Valerie avait-elle eu tort à son sujet ? Katherine avait-elle aimé son époux et était-elle pressée de s'unir à un autre homme ?

— J'avoue n'avoir aucune envie de réitérer l'expérience de mon mariage.

Difficile aveu que Valerie n'aurait certainement pas dû faire...

— Tous les mariages ne sont pas malheureux, vous savez. Le duc et Lady Blanche s'aimaient beaucoup.

De l'amour dans un mariage ? Valerie était certaine que cela ne lui arriverait jamais.

Dans combien de cas était-ce vrai ? C'était plus rare encore qu'un loup blanc en ville !

— Je n'ai jamais vu d'union heureuse.

En tout cas, cela n'avait pas été le cas pour sa mère et ses différents époux.

Hélas, quand on était une femme, tout ce que l'on pouvait faire, c'était épouser un homme désigné par d'autres ou s'unir à Dieu. Pour certaines veuves, les plus riches, la mort d'un mari pouvait être synonyme d'une nouvelle vie indépendante — seulement, Valerie n'était pas de celles-là.

Elle avait des terres, bien sûr, léguées par sa lointaine ancêtre castillane, mais cela ne suffirait pas. Heureusement, personne ne pourrait jamais les lui arracher. Pourquoi ne pouvait-on pas la laisser seule, au milieu de ses roses et de ses arbres adorés ? Une telle vie lui suffirait amplement !

Au lieu de cela, on allait l'offrir comme une tête de bétail à un nouveau tyran auquel elle devrait obéir. Il n'y avait pas d'autre possibilité. Elle le savait. Elle l'avait toujours su. Et, pourtant, l'espace d'un instant, elle s'était prise à rêver d'une existence différente.

— Mais vous, dit-elle, vous avez trouvé un moyen d'éviter un second mariage...

Katherine lui caressa le bras avec une certaine tendresse.

— Ne m'enviez pas, ma chère. Il y a des choses que vous ne savez pas, répondit-elle.

Sur ce, elle tourna les talons et s'éloigna. Valerie la regarda partir. De quoi avait-elle voulu parler ? Quelles choses ? Après tout, Katherine avait bien le droit de garder ses secrets : Valerie aussi préférait ne pas tout dire.

Mais pourquoi Katherine avait-elle le droit de rester libre avec ses enfants quand elle… ?

Ah. Bien sûr. C'était à cause des enfants, justement. Katherine en avait trois et Valerie, aucun. C'était pour cela que le duc tenait tant à la donner à un autre homme. Tôt ou tard, elle allait devoir partager sa couche, encore et encore, jusqu'à tomber enceinte.

Et si elle échouait à nouveau ? Qu'arriverait-il ?

Gil ramassa le chiffon de soie qui traînait par terre. À quoi donc avait bien pu penser Scargill en rendant son dernier souffle ? Avait-il songé aux batailles de Gascogne ou à la dernière femme qui avait réchauffé son lit ?

À moins qu'il ait demandé à Dieu de lui pardonner tout le mal qu'il avait pu faire à l'épouse qu'il abandonnait.

Perdu dans ses pensées, Gil fourra le morceau d'étoffe dans sa tunique. Il le jetterait plus tard.

Pour le moment, ce qui le troublait, c'était la fête qui battait son plein autour de lui et les frasques de la vie de cour. Quelle perte de temps ! Tout ceci n'était qu'une façade, une distraction pour un homme qui aurait plutôt dû se concentrer sur la conquête de son nouveau royaume au lieu de se gargariser d'un titre vide.

Il a épousé une femme qui l'a fait roi ; mais il doit encore prendre le trône.

Jean, duc de Lancastre, roi de Castille, Monseigneur d'Espagne, se pavanait, grand, fort et beau, comme s'il était déjà roi de fait. À trente-deux ans, à peine plus vieux que Gil, il était dans la force de l'âge. Aucun autre homme en Angleterre, ou dans toute la chrétienté, ne jouissait d'une telle fortune personnelle…

Après tout, il était le fils d'Edward, roi d'Angleterre. Comment aurait-il pu se satisfaire de moins ?

S'il avait été l'aîné, le trône anglais lui serait revenu de droit. Hélas pour lui, son père avait engendré de nombreux fils. Pour mettre enfin la main sur la couronne qu'il désirait tant, Lancastre avait donc été contraint de porter ses regards sur le continent.

Gil aussi avait été pressé de quitter l'Angleterre. Pour lui, comme pour Lancastre, la Castille avait été la réponse à ses problèmes, le lieu où il pourrait enfin devenir l'homme qu'il avait envie d'être.

Mais, ce soir, au lieu d'organiser l'invasion et de préparer son plan d'attaque, Lancastre se promenait au milieu de sa cour. Il était roi de Castille uniquement parce qu'il avait épousé la fille du précédent souverain. Pourtant, il devait bien savoir que le véritable trône ne pouvait être gagné que par la guerre.

Gil erra quelques minutes au milieu de la foule, n'osant pas interrompre Lancastre qui discutait avec Lady Katherine et Lady Valerie. Il attendit qu'elles s'éloignent pour aborder son souverain, sans pour autant quitter la jeune femme des yeux. Avait-elle dit au duc qu'il lui avait jeté l'infidélité de son époux au visage ?

— Elle devrait se remarier, dit Gil, pensif, se sentant vaguement responsable des malheurs de cette veuve trahie.

— Certes, mais elle est indispensable à mes enfants, répondit Jean en regardant aussi les deux femmes. Je ne peux pas me passer d'elle.

Évidemment : toutes deux étaient veuves. Seulement, ce n'était pas de Katherine que Gil parlait.

— Je pensais à Lady Valerie, précisa-t-il donc.

Ce nom parut tirer le duc de ses pensées.

— Ah, oui. Je lui ai demandé de se mettre au service de la reine pour quelque temps.

Gil ne put s'empêcher de froncer les sourcils. Il n'avait pas vraiment envie de côtoyer cette femme plus longtemps, dont la présence allait lui rappeler ses propres échecs.

— De plus, continua Lancastre sans voir le trouble de Gil, elle ne paraissait pas très enthousiaste à l'idée de prendre un nouvel époux.

Cela agaça également Gil, sans qu'il sache pourquoi. Elle ne semblait pourtant pas beaucoup pleurer Scargill.

— Et qu'a-t-elle l'intention de faire ? Veut-elle entrer au couvent ?

Peut-être était-ce sa coiffe de veuve qui lui faisait penser à cela. Il fut soudain envahi par un irrépressible désir d'arracher ce voile pour libérer ses cheveux. De quelle couleur étaient-ils ? Il avait été si fasciné par ses yeux noirs qu'il n'avait même pas prêté attention à la couleur de ses sourcils.

— Elle avait l'air de vouloir se concentrer sur sa moisson de seigle, répondit le duc avec un sourire moqueur.

Gil lâcha un petit rire, partageant l'amusement de son seigneur. Quels que soient ses désirs, cette femme ne pouvait pas refuser un second époux, même s'il la traitait aussi mal que le premier. Elle se marierait à l'homme que Lancastre choisirait pour elle et cela ne concernerait absolument pas Gil !

La guerre, par contre, était son affaire, et il était temps d'aborder le sujet…

— L'invasion, Votre Grâce, commença-t-il donc, encore peu habitué à utiliser ce titre. Les troupes et les bateaux devraient être prêts au début de l'été. Je vous suggère d'accoster au Portugal et de marcher sur la Castille.

Il serait en effet plus facile pour eux d'attaquer depuis un royaume allié plutôt que de lancer un assaut direct. Cela leur permettrait au moins de prendre le temps de préparer les hommes et les chevaux après leur long voyage en mer. Depuis le début, Gil avait farouchement soutenu le passage par le Portugal et, si Lancastre finissait par choisir sa stratégie, il proposerait sans doute à Gil de diriger ses troupes.

— Pembroke propose de passer par Navarre, répondit néanmoins le duc, et d'autres, par la Galice.

— Le roi du Portugal voit l'usurpateur comme une menace pour son pays. Il sera certainement heureux de nous soutenir, protesta Gil.

— Nous ne pourrons en être certains que lorsque son ambassadeur nous l'aura confirmé.

Lancastre se pencha à l'oreille de Gil et ajouta, à voix basse :

— Mon père, le roi, a aussi des projets personnels…

— Va-t-il repartir en France ?

Autrefois, presque tout le royaume de France avait été sous le joug anglais ; mais ces terres étaient à présent déchirées, et le roi était sur le point de perdre un territoire qui avait engendré des souverains anglais pendant trois cents ans…

Lancastre sourit.

— Ne dites rien à personne, pour le moment.

Gil acquiesça sans répondre. La dernière fois qu'il avait vu le roi — autrefois le plus grand guerrier de la chrétienté — celui-ci lui avait paru faible et fatigué. Mais s'il avait suffisamment retrouvé ses forces et se sentait prêt à conduire une nouvelle campagne…

Gil revient à ce qui l'intéressait.

— Je vais me mettre au travail pour préparer notre propre campagne, Votre Grâce.

Il lui fallait rassembler argent, hommes et navires avant le début de l'été — la saison de la guerre.

— Plymouth est le meilleur port de départ pour nous. Je vais ordonner à notre flotte de s'y rassembler, et…

— *Mi Señor y Rey*, puis-je vous parler un instant ?

Décidément, ce prêtre castillan n'avait pas peur d'interrompre son roi, sans respect pour son autorité !

Gil attendit patiemment que le duc le chasse. Hélas, Lancastre n'en fit rien.

— Oui, Guiterrez, dit-il, que voulez-vous ?

— Vous devriez publier immédiatement une proclamation pour annoncer que vous revendiquez le titre de roi. Une telle déclaration sera un défi ouvert à l'usurpateur qui prétend au trône de Castille. Je pourrais bien sûr rédiger ce document pour vous, mais j'aurais besoin pour cela d'un bureau où travailler et vous assister, la Reina et vous, concernant les affaires de l'État.

— Demandez à mon intendant de vous trouver un endroit où vous installer et de vous apporter toute l'aide dont vous aurez besoin.

À nouveau, Lancastre se souciait davantage des apparences que de la guerre bien réelle qu'il lui fallait mener pour conquérir son royaume.

— Dès que vous aurez rédigé la proclamation, je m'occuperai de la signer et de la rendre publique.

— Et pour faire cela, Monseigneur, nous allons devoir créer un sceau : les armes de Castille associées aux vôtres — les léopards et les lys — par exemple.

Le duc accueillit cette proposition avec un grand sourire, l'un des premiers sourires sincères que Gil ait vu chez lui depuis le matin.

— Oui, j'aime beaucoup cette idée !

Documents… Signatures… Sceaux… C'étaient les hommes qui prendraient la Castille, pas les proclamations !

Et pourtant, Lancastre était là, dans ses habits d'apparat, en train de discuter de la création du sceau royal.

— Votre Grâce, insista encore Gil. Pouvons-nous revenir à la stratégie d'invasion ?

— Nous verrons demain, répondit le duc en le renvoyant d'un geste de la main sans même le regarder.

Gil vit Lancastre et le Castillan s'éloigner, abasourdi. Quand ils s'arrêtèrent pour que le duc présente le prêtre à Lady Katherine, Lady Valerie s'écarta et les observa de loin, en silence.

Elle était si discrète, dans le faste de cette cour bariolée ; et pourtant Gil ne parvenait pas à la quitter des yeux. Entourée par les riches étoffes des vêtements, le bruit et l'agitation qui régnaient dans la grande salle, elle avait l'air à part avec sa robe simple et sa coiffe. Elle était calme, immobile, presque figée comme une statue de la Vierge Marie.

Pensait-elle à l'époux qu'elle avait perdu ? Ou à la femme qu'avait aimée Scargill à sa place ?

Le chiffon de soie le brûlait comme une marque au fer rouge sous son pourpoint. Il décida alors de sortir un instant pour se promener dehors. Avec un peu de chance, la froideur hivernale chasserait son trouble.

Le soleil était déjà bas sur l'horizon lorsque Gil passa la porte du château. Le regard perdu sur la rivière qui s'assombrissait, il essaya de se souvenir du mari de Lady Valerie.

Digne commandant, Gil s'était toujours enorgueilli de bien connaître ses hommes et, pourtant, il n'avait rien remarqué d'inhabituel chez Scargill. À la guerre, les hommes faisaient ce qu'ils pouvaient pour satisfaire leurs besoins…

Qui avait été cette mystérieuse amante ? Sans doute pas une fille de la noblesse ni une Lady méritant la dévotion totale d'un chevalier. Non, elle avait très certainement été l'une de ces femmes qui suivaient les troupes de campement en campement. Gil n'avait jamais su les différencier — à part la blanchisseuse qui s'occupait de son propre linge — mais, dans la fièvre du combat, d'étranges choses pouvaient enflammer les passions d'un homme. Quand on fait face à la mort, jour après jour, il arrive parfois que l'on se raccroche à une femme comme on se raccrocherait à la vie…

Et les épouses des soldats devaient le savoir, instinctivement.

Un petit vent glacial portait l'odeur de la rivière jusqu'au château. Gil descendit sur le bord avant de tirer le chiffon de Scargill de sa tunique ; un gage aussi souillé que l'était sans doute la relation entre le défunt chevalier et sa mystérieuse compagne… Il tint le morceau d'étoffe au-dessus de l'eau quelques instants puis le lâcha dans l'obscurité. Durant une poignée de secondes, le chiffon blanc flotta dans l'air comme une plume avant de se poser à la surface de l'eau et d'être aspiré par les vagues.

Voilà. Gil avait accompli son devoir. Il n'avait plus à y penser.

Il fit alors volte-face et remonta vers le palais, le cœur serré par un élan d'empathie envers Lady Valerie. Il valait mieux que le duc lui choisisse vite un époux qui lui ferait des enfants et lui permettrait d'oublier son passé.

Avec un peu de chance, son nouveau mari se montrerait plus fidèle que le premier…

Chapitre 3

Comme convenu avec Lancastre, Valérie rejoignit la suite de la reine, installée dans le palais Savoy. Mais, durant les premiers jours, elle ne vit que très peu Constance — la Reina, comme celle-ci aimait se faire appeler. En effet, le jeûne du Carême avait commencé, et la souveraine passait le plus clair de ses journées agenouillée dans la chapelle ou allongée dans son lit.

Quant au « roi » de Castille, Valerie ne le voyait jamais. Lancastre accordait une généreuse rente à sa femme pour que celle-ci puisse tenir sa maisonnée comme bon lui semblait. Et il lui faisait sans cesse des cadeaux.

Chaque semaine, le clerc de la Garde-Robe Royale se présentait à la porte, chargé d'un nouveau trésor pour la reine de Castille, qu'il remettait à Valerie. Des étoffes dorées. Des tiares ornées d'émeraudes et de rubis. Des perles par poignées, assez pour remplir des seaux entiers ; des perles à transformer en boutons, à coudre sur des robes, à déposer comme des gouttes de rosée sur les cheveux de la reine pour agrémenter ses coiffures…

Jamais Valerie n'avait vu autant de richesses — et c'était à elle qu'on les confiait pour qu'elle les porte à sa nouvelle maîtresse ! Docile, elle remettait ces présents à la reine, lui expliquant qu'il s'agissait d'une marque de respect de la part de son époux. Hélas, à chaque fois, Constance se détournait et soupirait :

— *El único regalo que quiero es Castilla.*

Valerie avait désormais appris suffisamment d'espagnol pour la comprendre.

Le seul cadeau que je désire est la Castille.

Ses vagues liens avec la contrée natale de la reine avaient peut-être permis à Valerie de s'installer parmi sa suite, mais cela ne réjouissait pas le moins du monde les dames de compagnie de Constance. Elles voyaient d'un très mauvais œil la présence de cette seconde *Inglésa* dans la maison. De plus, les Castillanes ne parlaient pas anglais et n'avaient manifestement pas l'intention d'en savoir plus sur ce nouveau pays. Ce gouffre entre elles maintenait Valerie dans l'ignorance des rumeurs et nouvelles de la cour.

Lady Katherine et elle — toutes deux superbement ignorées — se réfugièrent donc dans la compagnie l'une de l'autre. Les suivantes de la reine ne les invitaient pas à coudre ni à écouter de la musique avec elles et, chaque fois que Katherine ou Valerie entrait dans la pièce où se trouvait la reine, toutes les Castillanes se serraient en essaim autour d'elle comme pour la protéger d'un danger.

— Est-ce qu'elles pensent que je vais voler son enfant ? grommela un soir Katherine alors qu'elles étaient toutes les deux au coin du feu dans leurs appartements. J'ai déjà bien assez à faire avec les miens !

Valerie frissonna. Peut-être que les Castillanes avaient lu dans ses yeux son propre désespoir… En effet, dans le courant du mois de février, il devint évident que la reine était enceinte. Ses robes larges et ses capes avaient dissimulé sa grossesse lors de son arrivée, mais dans l'intimité de ses appartements, elle ne s'en cachait pas.

Et Valerie, dont le ventre n'avait jamais porté de bébé, se sentait envahie par une jalousie coupable.

Dieu avait rendu Constance et Katherine fécondes… Où étaient donc les enfants qu'elle-même était destinée à porter ? Est-ce que Dieu l'avait oubliée ? Les choses seraient-elles différentes avec un autre homme ?

— La reine et ses suivantes sont seules dans un pays qui leur est étranger, répondit-elle. Elles doivent être apeurées et nous n'avons rien à voir là-dedans.

Elle pouvait comprendre leur angoisse. Elle aussi se serait sentie en danger, exilée sur une terre inconnue.

— Je n'ai pas vu cette femme avoir *peur*, moi, marmonna encore Katherine.

À cela, il est vrai, Valerie ne savait que répondre : dès que la Reina quittait son lit, elle se montrait sûre d'elle, très autoritaire. Chaque ordre qu'elle donnait concernant le quotidien de sa cour en exil montrait bien qu'elle ne doutait pas un seul instant de sa légitimité — que ce soit ici, en Angleterre, ou en Castille.

— Mais ses suivantes ont toujours l'air en colère, reprit Valerie.

En dépit de ses sourires et de ses efforts pour les apprivoiser, elle n'avait pas même été gratifiée du moindre signe de tête en réponse…

— Et si jamais elle se plaignait de nous au duc ?

Katherine eut un petit sourire tranquille.

— Ne vous en faites pas. Il sait.

Comment pouvait-elle en être si sûre ? Était-elle si proche de lui ? Non, il valait mieux ne pas penser à ces choses-là.

— Vous avez été au service de sa première femme, vous, répondit Valerie. Il connaît votre valeur. Mais il ne sait rien de moi.

Katherine posa avec douceur sa main sur le bras de Valerie.

— Ne vous en faites pas : je ne laisserai pas cette femme vous causer du tort.

Peut-être bien, songea Valerie, perplexe. Quoi qu'il en soit, cette cour castillane en exil était tout ce qui la protégeait de l'arrivée d'un nouvel époux. Si jamais la reine décidait de la chasser, plus rien ne lui permettrait de repousser l'inévitable.

Soudain, on frappa à la porte, et un page entra.

— La reine vous demande, Lady Valerie.

Le cœur battant, Valerie se leva, sans vraiment savoir si elle devait se réjouir ou avoir peur.

— Attendez, laissez-moi vous ajuster, proposa Katherine avant de replacer quelques cheveux qui s'étaient échappés de son voile. Voilà, vous êtes ravissante. Allez donc voir ce qu'elle désire.

Valerie suivit le page jusqu'aux appartements de la reine.

Constance, « la Reina », était assise dans un fauteuil grandiose — qui avait tout d'un trône — portant une coiffe d'un style que Valerie n'avait jamais vu en Angleterre. Sa tête était comme enveloppée d'une pluie de perles qui remontait en pointe au milieu du front. Le bijou dissimulait ses cheveux mais rendait ses yeux immenses.

Le prêtre qui lui servait d'interprète se tenait à ses côtés.

Valerie les salua d'une révérence et attendit tandis que la reine et le prêtre conversaient à voix basse.

— Vous êtes veuve, dit finalement l'homme.

Instinctivement, Valerie porta la main à son voile.

— *Sí*, Votre Grâce. Mon époux est mort au service du vôtre.

Nouveaux chuchotements. Le prêtre reprit la parole :

— La Reina porte encore le deuil de son père. Elle comprend votre douleur.

Valerie murmura un remerciement avec un petit salut de la tête, tout en priant en silence pour que la reine ne se doute jamais de ses sentiments réels à l'égard de son époux décédé.

Un silence pesant emplit la pièce.

La reine avait des difficultés à se tenir droite : de toute évidence, sa grossesse la fatiguait. Valerie l'avait souvent entendue se plaindre de saignements de gencives ou de douleurs dans la gorge ou le ventre.

— Je n'ai pas encore félicité Votre Grâce, dit-elle précipitamment. Vous allez devenir mère.

La reine sourit — jamais encore Valerie ne lui avait trouvé un air si heureux. Non, cela allait au-delà de la joie. C'était un bonheur profond.

Le prêtre traduisit ses paroles.

— Oui, grâce à Dieu. Quand nous retournerons en Castille, ce sera avec un fils, et mon père sera finalement vengé.

— *Dormit in pace*, murmura Valerie, les yeux baissés.

Le roi de Castille avait été assassiné par son demi-frère qui en avait profité pour se hisser sur un trône qui revenait de droit à Constance.

Soudain, la reine toucha la tête de Valerie et chuchota quelques mots au prêtre qui parla de nouveau :

— La Reina fera dire cent messes pour l'âme de votre mari.

— Cent ?

Valerie avait déboursé quatre pence pour la messe funéraire de son époux — songeant que cet argent aurait sans doute été plus utile ailleurs, pour payer par exemple la réparation du toit de la grange…

Elle demanda rapidement le pardon pour ces pensées indignes. Son mari allait avoir besoin de prières pour que son âme puisse quitter le Purgatoire et reposer en paix. Sans doute croisait-il de nombreuses autres âmes, là-bas, qui attendaient la purification qui leur ouvrirait les portes du Paradis.

Elle fit une nouvelle révérence empressée.

— Votre Grâce est très généreuse.

Pour le prix de cent messes, elle aurait pu s'acheter un cheval et une charrette !

— S'il y a quoi que ce soit que je puisse faire pour Vous, ajouta-t-elle, je serais ravie de me rendre utile.

Un sourire habilla les lèvres de la reine avant même la fin de la traduction. Peut-être comprenait-elle mieux l'anglais qu'elle voulait bien l'admettre. À moins que les Castillanes apprennent aussi à se montrer en permanence humbles et reconnaissantes — comme les Anglaises.

Quelques murmures, et le prêtre lui fit face.

— Vous avez de la patience, d'accepter de rester ici. Vous devez avoir hâte de rentrer chez vous. La Reina vous demande uniquement de continuer à prier pour la victoire en Castille. Relevez-vous et que Dieu vous accompagne.

On la renvoyait.

Et on avait mentionné son « chez elle ».

Valerie dut ravaler un violent désir de revoir ses terres du Kent. Si seulement elle était libre de retrouver sa maison — sa *vraie* maison. Hélas, au lieu de cela, elle allait être contrainte de se soumettre à la tyrannie d'un nouvel époux, tôt ou tard ; un époux qui pouvait même être pire que le précédent.

Si la reine avait si facilement senti son désir de rentrer, elle allait devoir redoubler d'efforts pour la convaincre qu'elle n'avait qu'une envie : rester à son service.

— Votre Grâce, j'espérais pouvoir au moins vous servir jusqu'à la naissance de votre enfant.

Elle avait dit cela sans réfléchir. Quand donc Constance devait-elle accoucher ?

L'interprète fronça les sourcils.

— La Reina a déjà de nombreuses suivantes.

— Certes, mais Lady Katherine et moi sommes les seules à connaître la langue et les coutumes de ce pays.

Constance grimaça au nom de Katherine, comme si elle venait de mordre dans un fruit amer.

— *Me gusta. Esta mejor*, dit-elle sans quitter Valerie des yeux.

« Celle-ci est mieux. » C'était d'elle dont la reine parlait !

Ainsi, il y avait donc bien quelque chose qui lui déplaisait chez Katherine. Peut-être avait-elle peur que la loyauté de Katherine aille d'abord à Lancastre et non à elle… Quelle que soit la raison de sa méfiance, se montrer fidèle envers Constance pourrait sans doute aider Valerie à parvenir à ses fins.

Elle effleura du bout des doigts la broche de son ancêtre, le souvenir de son passé.

— Comme vous le savez, Votre Grâce, je porte en moi le sang de Castille…

Du moins était-ce ce qu'on lui avait toujours dit, même si, au bout de cent ans et de plusieurs générations, son sang castillan devait être très dilué.

— Je serai honorée de servir la Reina qui a su réunifier nos deux grandes nations, l'Angleterre et la Castille.

Elle attendit la fin de la traduction en silence, le cœur battant. Le moindre froncement de sourcils, la moindre grimace voudrait dire qu'on ne la tenait pas en plus haute estime que Lady Katherine.

La reine l'examina un long moment, et Valerie fit de son mieux pour soutenir innocemment son regard, souriante.

Finalement, Constance acquiesça et murmura quelques mots à son prêtre.

— *Hasta unas semanas*, dit-il. Jusqu'à Pâques. Ensuite, nous verrons.

Quelques semaines à peine… C'était un répit bien court, mais Valerie en était à un point tel que même ce petit délai lui paraissait précieux.

— Je ferai de mon mieux pour servir Votre Grâce par tous les moyens.

Et les choses les plus importantes aux yeux de Constance

44

étaient son bébé et son pays. Fort bien. Cela deviendrait donc tout aussi important aux yeux de Valerie.

Tant qu'elle pouvait éviter d'être offerte en trophée à un époux quelconque qui déciderait à sa place de ce qui était important et de ce qui ne l'était pas. Au moins, Valerie pouvait-elle comprendre le désir d'enfant de la reine tout comme sa hâte à l'idée de retrouver son foyer.

Elle remercia Constance par une profonde révérence puis se retira. Une nouvelle fois, elle ne put s'empêcher de se demander quel époux Lancastre lui choisirait. Pour une raison qu'elle ne comprit pas vraiment, le visage de Gil lui apparut. Ce visage, empreint d'un tel choc lorsqu'il avait découvert l'infidélité de Scargill et avait compris que le chiffon de soie n'était pas à elle. L'éclat triste de ses yeux bleu clair, la compassion dans son regard.

Il était d'ailleurs étonnant qu'un guerrier chevronné comme lui attende tant de vertu de la part de ses hommes ; et encore plus surprenant qu'il ait pu penser qu'elle-même ait espéré cela de la part de son époux.

En dépit de tous les contes de chevalerie que l'on récitait au coin du feu, le mariage n'était finalement qu'un échange, aussi dépassionné que l'achat d'un sac de farine au marché. C'était ainsi que se concluaient tous les mariages, celui de la reine de Castille comme celui de Valerie de Florham…

Sir Gilbert Wolford l'ignorait peut-être, mais Valerie, elle, n'était pas aussi naïve.

Gil ne s'autorisa pas à repenser à Lady Valerie jusqu'à ce jour de mars où Lancastre l'envoya chercher Lady Katherine dans les appartements de la reine.

Il avait très peu vu Valerie durant les semaines précédentes. Le château était immense, et la suite de la reine se tenait à l'écart. De plus, Gil avait été plus occupé à rassembler des navires pour transporter l'armée sur la Manche qu'à chercher la compagnie de la veuve de Scargill.

Pourtant, depuis leur rencontre, elle n'avait jamais vraiment quitté ses pensées. Le duc avait-il déjà choisi son nouvel époux ? Par moments, Gil avait même espéré qu'on lui octroie un homme plus noble que Scargill.

À son arrivée dans les appartements de la reine, ce fut donc Valerie, et non Lady Katherine, qui retint son attention. Elle était assise dans un coin de la pièce, silencieuse, encore vêtue de noir, les yeux baissés. Elle avait un air un peu timide, calme et distant, comme si elle s'efforçait de prendre le moins de place possible.

— Mesdames, lança-t-il dans un salut, espérant que sa voix attire l'attention de Valerie. Monseigneur d'Espagne demande à Lady Katherine de le rejoindre pour qu'il puisse prendre des nouvelles de ses enfants.

Lady Katherine sourit et se leva précipitamment, soudain radieuse. Elle quitta la pièce d'un pas vif, sans même attendre que Gil l'escorte, le laissant seul avec Valerie.

Dans le silence.

Il aurait dû partir, lui aussi. Il n'avait aucune raison de s'attarder. Cependant, le refus entêté de le regarder que manifestait la jeune veuve avait tout d'un défi. Lui avait-on parlé de son passé ? Le blâmait-elle encore pour la mort de son époux ?

Les sifflements enjoués d'un oiseau noir et blanc en cage, dans un coin ensoleillé de la pièce, brisèrent soudain le silence.

Valerie leva enfin la tête et, quand ses yeux rencontrèrent ceux de Gil, ils se parèrent d'un voile opaque. Qu'essayait-elle de dissimuler ? Sa colère ? Sa peur ?

Elle se leva brusquement et tenta de passer devant lui pour quitter la pièce, mais il l'arrêta en lui attrapant doucement le bras.

— Attendez.

Elle baissa les yeux sur la main qui la retenait, comme si elle ne savait pas si ce geste était une menace ou une caresse. Quand elle croisa de nouveau le regard de Gil, ses yeux n'affichaient aucune émotion particulière.

— Pourquoi attendre ? Avez-vous des ordres pour moi aussi ?

Elle était bel et bien en colère. Contre lui.

Il lâcha son bras. Qu'est-ce qui lui avait pris de la retenir comme cela ? C'était comme si le sang chaud qui coulait dans ses veines refusait de se laisser dompter en dépit d'années d'efforts pour y parvenir.

Craignant de lui faire peur, il recula d'un pas.

— Votre époux a trahi ses vœux conjugaux… mais ce n'est pas ma faute, vous savez.

Et pourtant, il se sentait tellement responsable.

Elle se contenta de hausser les épaules.

— Tous les hommes font cela. C'est ainsi que se terminent tous les mariages, tôt ou tard.

— Non. Pas tous. Le mariage de Lancastre avec Lady Blanche…

Il n'acheva pas sa phrase. La dévotion du duc envers sa première épouse était légendaire, certes, comme l'étaient les contes ou les vers des poètes. Oui, son premier mariage avait été si unique qu'il aurait pu inspirer un écrivain comme Chaucer.

— C'est ce que l'on m'a dit, répondit-elle dans un soupir. Mais son deuxième mariage…

Elle haussa de nouveau les épaules.

En effet, le duc ne montrait ni tendresse, ni dévotion envers sa nouvelle femme.

Semblant comprendre ce que pouvaient sous-entendre ses propos, Valerie poussa un petit cri et plaqua une main contre ses lèvres.

— Je suis navrée ! Je ne voulais pas sous-entendre que Monseigneur d'Espagne… qu'il ait…

Son regard se perdit un instant par-dessus l'épaule de Gil, vers le fond du couloir que Katherine avait emprunté, avant de revenir sur lui.

Sans un mot, ils se posèrent la même question. Est-ce que… Était-il possible que… ? Lady Katherine avait-elle été appelée dans les appartements du roi pour… ?

— Non. Bien sûr que non, répondit hâtivement Gil.

Il ne fallait pas penser à ces choses-là — et encore moins en parler.

Les yeux dans les yeux, ils ne se quittaient plus du regard, n'échangeaient plus un mot. Avant même que Gil puisse comprendre ce qui se passait, une étincelle s'alluma entre eux. Il sentit son souffle s'accélérer et son cœur battre plus fort. Perdu dans l'éclat noisette des grands yeux de Valerie, il ne pensait plus au duc. Non, il ne pensait plus qu'à eux. Ensemble.

Soudain, elle battit des paupières et recula, comme si elle venait de se réveiller d'un profond sommeil. Elle se mit à faire les cent pas dans la pièce. Essayait-elle d'oublier ce qui venait de se passer entre eux ?

— Je voulais seulement dire que Sa Grâce a été très occupée, dernièrement, reprit-elle sans regarder Gil, et que nous ne l'avons pas encore vu dans les appartements de la reine.

Gil aussi tenta instinctivement de combler la gêne du moment en marmonnant quelques paroles.

— Et la reine n'est jamais sortie de ses appartements.

— Parce qu'elle est enceinte, répondit Valerie sans cesser son manège.

La pie en cage battit des ailes et vint se joindre à la conversation.

— C'est difficile pour elle, reprit Valerie.

— Oui, en effet, renchérit Gil, surpris d'être encore capable de parler tant il était ému. Le duc sait bien qu'elle a besoin de se reposer.

À présent que Valerie était assez loin de lui et ne le regardait plus dans les yeux, il put enfin réfléchir posément. Le chant de l'oiseau emplissait le silence, trop semblable à un rire pour être agréable. Gil sentait son désir si violent s'apaiser, peu à peu remplacé par une émotion bien moins dangereuse : la colère. Comment osait-elle suggérer que Lancastre puisse ne pas être l'incarnation parfaite de la chevalerie ?

— Il lui a envoyé des présents, protesta Gil. Des bijoux.

À ces mots, Valerie cessa de faire les cent pas. L'oiseau s'arrêta de chanter, comme si lui aussi attendait sa réponse. Bien en sécurité de l'autre côté de la pièce, la jeune femme leva enfin les yeux et soutint le regard réprobateur de Gil.

— Pensez-vous vraiment, dit-elle d'une voix douce mais ferme, que La Reina s'intéresse aux perles ou à l'or ?

Gil se souvint alors du dédain avec lequel la reine avait repoussé la coupe que son époux lui avait offerte le jour de son arrivée. En effet, elle ne semblait pas se soucier de ce genre de choses.

— Et à quoi donc s'intéresse-t-elle selon vous ?

— Elle veut seulement rentrer chez elle, répliqua Valerie avant de se tourner vers la fenêtre comme si elle aussi était attirée par la perspective d'un retour au foyer.

Oui, chez elle. En Castille.

— C'est aussi ce que désire Lancastre, la rassura Gil, et moi aussi. C'est d'ailleurs bien pour cela que nous rassemblons hommes, chevaux et navires. Nous sommes en train d'établir une stratégie pour y retourner.

— Quand ?

Un seul mot qui résonna dans la pièce comme un défi — le même défi que Gil lui-même avait lancé au duc. Hélas, loin d'avoir pris une décision, Lancastre attendait encore les ambassadeurs portugais, ainsi que la rencontre entre les cardinaux et le Valois qui régnait en France.

— La guerre n'est pas si simple, se contenta-t-il de

répondre sèchement, emporté par l'amertume de sa propre frustration.

Combattre sur le champ de bataille était bien plus facile : on devait tuer ou être tué, rien de plus. Mais attendre le déclenchement des hostilités sans rien pouvoir faire de concret pour assurer la victoire épuisait sa patience. Le duc ne s'était pas encore décidé au sujet de la stratégie à adopter — tout comme il n'avait pas encore désigné de chef pour son armée.

— Les choses n'ont pas été si simples pour La Reina non plus, reprit Valerie d'une voix glaciale, et pourtant elle a fait tout ce qu'on lui a demandé. Elle a épousé le duc, elle lui a donné une légitimité par rapport au trône de Castille, et maintenant elle porte son héritier. Quand donc honorera-t-il le serment qu'il lui a fait ?

Elle parlait avec feu, comme si c'était à elle que l'on avait causé du tort.

Sans doute trouvait-elle plus facile de parler des désirs de la reine que des siens… Cela, Gil pouvait le comprendre. Lui-même était fort déçu de constater le retard pris par leur expédition ; mais comment reprocher à son seigneur ce qu'il ne pouvait pas contrôler ?

— Ces choses prennent du temps, dit-il simplement, conscient de la vacuité de ses paroles.

Le roi Edward aussi avait besoin d'hommes, de chevaux et de navires pour se rendre en France. Le duc avait bien les moyens d'organiser une expédition indépendante, mais le Parlement aurait alors eu son mot à dire sur le sujet…

Valerie leva les yeux au ciel et secoua la tête d'un air peu convaincu.

— Et pourtant, la guerre, c'est tout ce que vous savez faire, non ? C'est votre vie. Ne me dites pas que Monseigneur d'Espagne ne sait pas comment s'y prendre !

Oui, la guerre était toute sa vie, le chemin de sa

rédemption. Et pourtant, cette femme lui parlait comme s'il n'était qu'un jeune écuyer sans la moindre expérience.

— Vous parlez sans détours, Lady Valerie, grommela-t-il.

Était-ce bien là la femme qui avait baissé les yeux devant lui lors de leur première rencontre, trop effrayée pour parler ? De nouveau, il avait l'impression de faire face à une guerrière protégée par une armure de froideur...

— Vous apprendrez, reprit-il, que personne n'est aussi prompt à accomplir son devoir que moi ; et que personne n'est aussi dévoué à la cause de la Castille que Monseigneur d'Espagne.

Ses remontrances firent réapparaître la petite souris timide aux yeux baissés, qui se mordillait la lèvre et regardait obstinément le plancher de chêne comme une servante qui se serait permis de parler sans l'autorisation de ses maîtres.

— Pardonnez-moi, murmura-t-elle. Je n'ai pas à vous dire de telles choses.

— Non, en effet, pas tant que vous n'aurez pas mené d'hommes sur le champ de bataille !

Gil se rendit soudain compte que cette humilité soudaine l'irritait tout autant que les critiques qui l'avaient précédée. Qui était vraiment cette femme ?

— Vous ne savez rien de la Castille, Lady Valerie.

Elle redressa la tête.

— J'en sais peu, c'est vrai, admit-elle, mais je suis curieuse d'en apprendre plus. Je me suis toujours posé des questions à ce sujet. Comment était-ce, là-bas ?

Cette fois, sa voix ne trahissait ni colère, ni peur. Juste une grande curiosité.

« Comment était-ce ? » Cela faisait déjà cinq ans qu'il en était parti, et pourtant la Castille restait bien vivante au fond de son âme. Mais, quand il y pensait, ce n'étaient pas ses souvenirs de marche sur les sommets enneigés ni la victoire qu'ils avaient célébrée au printemps qui lui revenaient. Il ne songeait pas même à ce jour où Lancastre l'avait complimenté, admirant le fait qu'il n'ait pas peur de mourir.

Non, quand il pensait à la Castille, il revoyait le palais royal de l'Alcázar.

Contrairement à la plupart des seigneurs anglais, le père de Constance n'avait pas vécu dans un château sombre aux couloirs étroits. Il n'avait pas choisi de se faire construire une maison de pierre froide, uniquement conçue pour repousser les sièges. Non, les pierres des murs de l'Alcázar étaient au contraire subtilement gravées, ornées de motifs aussi délicats que des treillis de bois. Les pièces s'ouvraient sur des cours et des patios qui, plus loin, se refermaient pour former chambres et salons, à tel point qu'on ne savait jamais vraiment si l'on était à l'intérieur ou à l'extérieur. Gil s'était tenu là, au milieu du chant des fontaines qui l'apaisaient même lorsqu'il ne pouvait les voir. Partout où son regard s'était posé, au sol, sur les murs et les plafonds, il avait admiré ces motifs qui n'avaient d'autre but que flatter l'œil et l'esprit. Des tons de rouge, de blanc, de bleu, de jaune à perte de vue, et des dessins si complexes que l'on avait le vertige à trop essayer de les suivre du regard.

Là-bas, rien ne lui était familier. Rien ne lui rappelait l'Angleterre ni sa maison natale. Là-bas, il ne portait le poids d'aucun secret profondément enfoui.

Il n'y avait plus que la sérénité — une sérénité qu'il n'avait pas cru ressentir un jour.

Une sérénité qu'il avait hâte de retrouver.

Hélas, quel homme était censé remarquer les fontaines ou les dalles peintes ? C'étaient ses récits de conquête que Valerie voulait entendre — des récits dignes d'*el Lobo*…

S'il avait pu poser ainsi les yeux sur les splendeurs du palais, c'était parce qu'on l'avait envoyé là-bas pour récupérer le tribut promis par le roi de Castille. Celui-ci n'avait hélas jamais été versé, et le roi avait fini par offrir ses deux filles aux Anglais pour rembourser sa dette.

Constance avait-elle raconté à Valerie cette partie de l'histoire ?

— Il a fait froid, puis énormément chaud, et le Prince est tombé malade, dit-il finalement.

Le Prince, frère de Lancastre et héritier du trône anglais, avait été affaibli par sa maladie. À présent, près de trois ans plus tard, il n'avait toujours pas retrouvé ses forces et beaucoup doutaient d'un rétablissement complet.

Valerie fut visiblement déçue par la brutalité de la réponse de Gil.

— Je pensais que la Castille était une terre plus accueillante…

— Est-ce ce que la reine vous a raconté ?

Constance n'avait sans doute que des souvenirs enfantins et émerveillés de sa terre natale ; et elle aussi devait avoir hâte d'arpenter de nouveau les jardins de l'Alcázar.

Valerie secoua doucement la tête.

— Non, je l'ai appris par les histoires que l'on se transmet dans ma famille. On m'a raconté que la Castille était un pays baigné de chaud soleil, sous des cieux toujours bleus.

— Dans votre famille ?

Avait-il mal entendu ?

— Je ne savais pas que vous étiez castillane.

De nouveau, Valerie secoua la tête.

— Pas vraiment. En fait, quand Aliénor de Castille est arrivée pour épouser le premier Edward, elle était accompagnée de suivantes, tout comme Constance aujourd'hui. Nombre d'entre elles ont épousé des chevaliers anglais, comme ce fut le cas de mon ancêtre. Ses souvenirs ont été transmis au fil des générations pour arriver jusqu'à moi.

Son regard se fit lointain, un peu perdu, comme si elle essayait de voir ce pays qu'elle n'avait pourtant pas connu.

Des souvenirs… Des visions aussi changeantes que les rayons du soleil qui dansent à la surface d'un ruisseau. Les seuls souvenirs bien ancrés dans la mémoire de Gil étaient sombres et dangereux, ce qui les empêchait de disparaître.

— Dans ce cas, j'imagine que vous avez hâte de découvrir cette contrée dont on vous a tellement parlé, dit-il avec une émotion soudaine.

Partageaient-ils ce même désir ?

Valerie pencha la tête, toujours perdue dans ses pensées, comme si elle n'avait encore jamais envisagé la possibilité de voyager jusqu'en Castille.

— Tant que Monseigneur d'Espagne ne se sera pas emparé du trône, ce que je souhaite ou non n'aura pas vraiment d'importance, n'est-ce pas ?

Ses paroles, bien que prononcées avec douceur, heurtèrent Gil comme un gant qu'on lui aurait jeté au visage pour le défier.

Elle avait raison. Tous ses désirs à lui aussi n'avaient aucun poids tant qu'aucun soldat anglais n'aurait rejoint le continent. Et, en attendant ce moment-là, les splendeurs apaisantes de l'Alcázar resteraient une promesse vide de sens…

— Nous servons tous Monseigneur d'Espagne et nous connaissons notre devoir — envers lui, sa reine et son héritier. Nous atteindrons la Castille à nouveau et nous la tiendrons, contre vents et marées.

Non, l'Alcázar n'était pas un vain rêve. C'était le paradis terrestre qu'il faisait vœu de rejoindre un jour.

Chapitre 4

Lorsque Lancastre l'appela dans ses appartements, Gil retrouva son énergie guerrière.

Enfin ! C'est le grand jour : il va me placer à la tête de l'armée d'invasion !

Étonnamment, il se vit courir auprès de Lady Valerie pour lui annoncer la bonne nouvelle.

Perdu dans ses pensées, il ne comprit pas immédiatement les premières paroles de Lancastre.

— Nous avons besoin de plus de navires, commença le duc.

— Plus ?

La dernière fois qu'il avait fait le point sur les préparatifs, Gil avait constaté qu'ils avaient rassemblé assez d'hommes et de navires pour partir en guerre. Il ne leur manquait plus que le rapport des ambassadeurs.

— Pourquoi donc ? demanda-t-il, stupéfait. Les Portugais ont-ils refusé d'être nos alliés ?

Si c'était le cas, les Anglais auraient en effet besoin de plus de bateaux pour organiser un assaut frontal…

— Non, il ne s'agit pas de la Castille. Le roi, mon père, envoie Pembroke reprendre le siège en France.

En tant que souverain d'Angleterre, Edward, père de Lancastre, pouvait bien sûr faire passer sa volonté avant tout le reste. Mal à l'aise, Gil se mit à passer mentalement ses troupes en revue.

— Avez-vous l'intention de lui donner des troupes pour soutenir sa guerre ?

— Non.

Une réponse franche et directe que Gil espérait.

— Pembroke prendra quelques hommes avec lui et emportera de l'or pour recruter l'armée dont il aura besoin une fois qu'il sera arrivé en Bretagne. De là, il marchera sur l'Aquitaine et…

Gil écouta par habitude la stratégie que lui exposa Lancastre, sentant son amertume grandir à chaque mot. La France avait appartenu aux Plantagenêt avant l'Angleterre. Ils ne pouvaient pas se permettre de perdre ce territoire.

— Nous attendons encore des nouvelles du Portugal, conclut Lancastre. Ce délai n'aura donc pas d'impact sur notre propre expédition.

Le silence du Portugal… D'autres combats qui lui arrachaient les navires qu'il avait rassemblés… Avec toute l'énergie que Gil avait investie dans ces préparatifs, jamais il n'aurait la patience de surmonter tant d'obstacles !

Toutefois, un bon commandant devait savoir quand avancer et quand attendre une meilleure opportunité. Dès qu'ils auraient rejoint la Castille, ces longues semaines de frustration seraient vite effacées.

— Je partirai dès demain pour Losford, dit-il, bien décidé à ne pas laisser son agacement le trahir.

Losford, port gardien de la côte anglaise, était le château où il avait fait ses classes de chevalier bien des années plus tôt. Là-bas, quelques armateurs seraient sans doute ravis de transporter des hommes et des chevaux de l'autre côté de la Manche contre un paiement généreux. L'heure était grave et le moindre bateau, aussi petit soit-il, aurait son utilité.

— J'enverrai aussi des hommes à Sandwich et à New Romney, ainsi que…

Le duc le fit taire d'une main fermement posée sur son épaule.

— Nous devons d'abord discuter d'autre chose.

Une nouvelle fois, Gil sentit un espoir fou l'envahir.

— Je vous écoute.

Il allait enfin devenir le capitaine des Chevaliers de Castille !

— Vous devez vous marier.

— Quoi ?

Abasourdi, il dévisagea le duc, certain d'avoir mal compris. Ils parlaient de guerre, pas de mariage !

Hélas, Lancastre confirma :

— Vous devez vous marier.

— Bien sûr, mon Seigneur. Un jour.

Comment Lancastre pouvait-il penser au mariage quand l'avenir de la Castille était en jeu ?

— Non, maintenant, répondit le duc.

— Mais, mon Seigneur…

Avait-il donc perdu la tête ?

— Ce n'est pas le moment de…

— Bien sûr que si. Il faut vous marier, avant de…

Il n'acheva pas sa phrase — et ce n'était pas nécessaire. Gil savait très bien ce qu'il voulait dire. *Il veut que je me marie avant de reprendre les armes. Avant de jouer une nouvelle fois avec la mort.*

— Mon Seigneur, je crois sincèrement que mon mariage peut attendre.

Malheureusement, Lancastre paraissait bien décidé.

— Vous avez déjà attendu plus longtemps que la plupart des hommes. Vous désirez bien trouver une épouse, pourtant, n'est-ce pas ?

En fait, Gil ne s'était jamais vraiment posé la question. Le mariage n'était pas un choix : tous les hommes se mariaient, tôt ou tard. Seulement, pour lui, cette idée restait au rang des décisions que l'on repousse toujours au lendemain. Il n'avait pas envisagé de franchir ce pas avant d'avoir accompli suffisamment de faits d'armes pour effacer les ombres qui entachaient encore le nom de Brewen, celui de la famille de sa mère.

Les rares fois où il s'était permis de penser au mariage, il avait vaguement imaginé un avenir lumineux dans lequel il vivrait en paix en Castille, honoré par tous. Là, un jour, il croiserait le regard chaleureux d'une femme qui saurait être aussi précieuse à ses yeux que Lady Blanche l'avait été aux yeux de Lancastre...

C'était un rêve absurde, un rêve d'enfant, bien sûr. Néanmoins, il gardait l'espoir de devenir un jour l'homme qu'il voulait réellement être — et de voir apparaître à ses côtés la femme qu'il désirait au fond de son âme.

— Oui, Votre Grâce, je souhaite me marier, mais uniquement quand ce sera le moment, dit-il.

— Et les enfants ? Vous voulez des enfants ?

Bien sûr qu'il en voulait ! Il voulait un fils aussi désespérément qu'un mendiant veut du pain.

— J'en serais heureux, quand nous aurons repris la Castille, mon Seigneur.

Quand il pourrait enfin retourner dans les jardins de l'Alcázar, non pas en étranger, mais en seigneur qui a toute sa place dans ces lieux enchanteurs.

En face de lui, le duc secoua la tête, les lèvres pincées.

— Vous ne pouvez plus attendre, déclara-t-il d'une voix qui n'acceptait pas le moindre compromis. Si quoi que ce soit m'arrive, la reine donnera naissance à mon héritier, et mon enfant s'assiéra sur le trône à ma place. Si nous perdons mon frère, son fils prendra sa place. Mais si quoi que ce soit vous arrive...

Si quoi que ce soit m'arrive...

La mort pouvait frapper le jour même. Le lendemain.

Accidents et maladie ne connaissaient pas de frontières : ils pouvaient atteindre Gil en France aussi facilement qu'en Castille.

Lancastre avait déjà donné naissance à quatre fils, mais un seul avait survécu. Personne ne connaissait mieux que le duc la brièveté de l'existence. Gil aussi en était douloureusement conscient, mais il était convaincu, au fond de lui, de pouvoir tenir la mort à distance le temps de rendre tout son honneur au nom de Brewen.

Lancastre se racla la gorge et reprit :

— Le commandant que je désignerai doit prendre l'avenir en compte.

Comment ? Essayait-il de lui faire comprendre que son mariage était nécessaire à sa nomination à la tête des armées ?

Gil ravala le malaise qui lui serrait la gorge.

— Qui ? demanda-t-il finalement, résigné. Qui voulez-vous me voir épouser ?

Il n'avait jamais encore songé au visage de cette épouse qu'il se promettait toujours pour plus tard. Son fils, oui, il l'avait vu en rêve : il aurait des yeux bleus aussi clairs que les siens, et ses traits étaient déjà si précis dans l'esprit de Gil qu'il avait parfois l'impression que l'enfant était réel. Mais la femme qui réchaufferait son lit et s'éveillerait à ses côtés, jour après jour, à quoi ressemblait-elle ? Il n'en avait aucune idée.

Soudain, le visage de Valerie lui apparut. Pourquoi pensait-il à elle ?

— J'ai choisi Lady Valerie, lança alors le duc.

Gil sentit son cœur battre plus fort. Lancastre avait-il lu dans ses pensées ?

Pourtant, Valerie n'avait rien de ce qu'il espérait trouver chez sa future épouse ! Elle partageait peut-être sa passion pour la Castille, mais les quelques paroles qu'ils avaient échangées prouvaient bien à Gil qu'ils ne sauraient s'accorder. Elle était têtue, butée… Il avait toujours pensé qu'il épouserait quelqu'un de… différent. Quelqu'un qui ne lui rappellerait pas sans cesse ses échecs.

— Mais nous sommes en pleine guerre, protesta-t-il encore. Le roi veut des navires. Nous n'avons pas le temps de…

— Vous aurez bien assez de temps pour consommer votre mariage, coupa Lancastre, un sourire entendu aux lèvres.

Après tout, lui-même avait consommé le sien quelque part entre la France et la côte anglaise.

À l'idée de partager le lit de Valerie, le sang de Gil s'échauffa et tout son corps s'éveilla. C'était comme si ses désirs inavouables étaient soudain devenus légitimes. S'il l'épousait, il aurait enfin le droit de découvrir la couleur de ses cheveux, de sentir la douceur de sa peau sous ses doigts — et cette tentation était bien trop forte pour qu'il y résiste.

— Mais j'ai des devoirs envers vous, envers la Castille…

Lancastre chassa ses maigres protestations d'un geste las.

— Rien de tout cela ne changera.

Un souvenir visiblement douloureux vint obscurcir un instant son regard.

— Mes devoirs n'ont pas changé avec mon mariage, reprit-il. Pas celui-ci, en tout cas.

Hélas, Gil voulait un changement dans sa vie. Il en avait besoin. S'il se mariait avant la conquête de la Castille, il n'aurait pas même un foyer à offrir à son épouse, à part celui qu'il avait fui tant d'années plus tôt.

— Ne pensez-vous pas que ce mariage puisse attendre que nous ayons gagné la guerre ?

— J'ai dit que rien ne changerait, Gil, répondit Lancastre, mais c'est faux : les choses changent pour tous les hommes, qu'on le veuille ou non.

De nouveau, ses souvenirs et ses regrets se lisaient sur son visage.

— C'est pour cela que vous devez vous marier au plus vite.

Voilà, la décision était prise, sans laisser à Gil l'opportunité de peser dans cette décision qu'on lui imposait.

Tentant de dominer sa frustration, il demanda :

— Est-ce qu'elle est… consentante ?

Le duc parut abasourdi par cette question.

— C'est une femme. Elle fera ce que je lui ordonne.

Tout comme Gil… Au bout du compte, ce choix ne lui appartenait pas plus qu'à Valerie. Bien sûr, tous deux pourraient encore refuser d'entrer dans l'église, mais l'église dirigeait la vie après la mort. Lancastre, lui, dirigeait leur vie sur Terre… leur vie à tous les deux. La relation qu'ils avaient avec leur seigneur était tissée d'une série complexe d'accords et de promesses, dont la plupart étaient couchés sur parchemin. D'autres n'étaient pas écrits, mais n'en mettaient pas moins leur honneur en jeu. Et l'honneur était plus important que tout : on ne pouvait le bafouer, on ne pouvait revenir sur une parole donnée.

En tout cas, pas quand on voulait devenir l'homme que Gil rêvait d'être.

Cependant, une question le hantait, restée sans réponse. *Acceptera-t-elle de m'épouser ? De s'unir à un Brewen ?*

Il tenta de lever cette incertitude par un autre biais :

— Sa famille… Sa famille sera-t-elle d'accord ?

— Elle n'a plus de famille et n'a donné aucun enfant à Scargill — personne ne viendra entrer en compétition avec ceux que vous lui ferez.

Gil acquiesça en silence. Soudain, il comprenait pourquoi le duc avait pensé que Valerie serait un bon parti pour lui. Plus de famille. Personne pour lever des objections.

— Elle m'a dit qu'une de ses ancêtres avait servi Aliénor de Castille, commença Gil.

— Oui, répondit le duc. Sa famille est irréprochable sur de nombreuses générations.

Gil serra les dents. C'était un sous-entendu à peine déguisé : il avait besoin d'une épouse qui lui apporterait une respectabilité sans faille, pas une quelconque fortune familiale…

Sans attendre l'accord de Gil, le duc continua :

— Sa dot consiste en une parcelle de terre qui a été offerte à sa famille il y a des années, mais elle fait à présent partie des biens de Scargill, qui est mort endetté. Je m'arrangerai donc pour donner une petite somme d'argent à Lady Valerie pour former une nouvelle dot, puisqu'elle ne pourra pas conserver ces terres.

En effet, en tant que duc, il pouvait se le permettre.

— Est-ce qu'elle a été prévenue ? Est-ce qu'on lui a annoncé votre décision ?

Le duc sourit.

— J'ai pensé que vous seriez le mieux placé pour lui faire part de la bonne nouvelle.

Gil ne répondit pas tout de suite. Contrairement à Lancastre, il était presque sûr qu'elle ne partagerait pas son enthousiasme.

— Je pars demain pour Losford. Quand je rentrerai…

— Non. Maintenant. Avant votre départ.

Gil soupira. La chance pouvait encore lui sourire, après tout, songea-t-il en saluant le duc avant de prendre congé. Têtue comme elle l'était, Valerie pouvait encore dire non.

— Sir Gilbert vous demande de le rejoindre.

Valerie leva les yeux de son ouvrage, surprise. Elle avait à peine entendu le murmure poli du page. La reine se reposait, et ses suivantes ignoraient délibérément Valerie comme à leur habitude.

Elle ne manquerait à personne en allant voir Gilbert…

Elle reposa donc la couture qu'elle détestait tant faire et suivit le page hors de la pièce. Tout en marchant, elle fit de son mieux pour étouffer la chaleur qui lui montait aux joues au souvenir de leur dernière entrevue. Chacune de ses rencontres avec cet homme lui avait laissé une impression désagréable. Pourquoi donc voulait-il la voir de nouveau ? Avait-il l'intention de la mettre en garde contre les ragots qu'elle pourrait colporter au sujet de Lady Katherine et de Monseigneur d'Espagne ? C'était inutile. Elle n'avait pas l'intention de blesser Katherine ni la reine en s'adonnant à ce genre de bavardages.

Lorsqu'elle aperçut Gilbert au loin, ses lèvres pincées et ses traits austères ne la rassurèrent pas. Le Loup... tel qu'elle le voyait à cet instant, il ne faisait pas mentir son surnom. Quel que soit le message qu'il ait été chargé de lui porter, ce n'était sans doute pas une bonne nouvelle.

Que disait la légende, déjà ?

« Si le loup voit l'homme avant que l'homme ne voie le loup, l'homme perdra sa voix. Si l'homme voit le loup en premier, le loup perdra sa sauvagerie. »

Eh bien, si c'était vrai, Gilbert avait dû la voir le premier.

Elle s'arrêta à sa hauteur, et il la salua sans le moindre sourire.

— Je dois vous parler en tête à tête, dit-il. Promenons-nous quelques instants.

Valerie renvoya le page d'un geste de la main et suivit Sir Gilbert dans le long couloir. Il marchait à grands pas, l'obligeant presque à courir pour rester à sa hauteur. Lorsqu'elle eut pris trop de retard, il s'arrêta et lui jeta enfin un petit coup d'œil, les sourcils toujours froncés.

Valerie s'arrêta aussi, à quelques pas de lui, et lui renvoya un regard noir.

— Je marche moins vite que vous, lança-t-elle d'une voix accusatrice.

Une ombre traversa un instant le regard de l'homme.

Allons, songea-t-elle, voilà qu'une nouvelle fois elle avait pris la parole sans y être invitée. Allait-il crier ? Lever la main sur elle ? Non. Il n'avait pas les mêmes droits qu'un époux. Elle n'avait rien à craindre.

Il lui indiqua de la main l'embrasure d'une fenêtre, agrémentée d'un petit banc de pierre.

— Asseyez-vous, je vous prie.

Elle obéit. Le couloir, éloigné de toutes les cheminées du château, était vide, et Valerie sentit le banc froid contre sa peau malgré l'épais lainage de sa robe.

Sir Gilbert ne s'assit pas, restant dressé de toute sa hauteur face à elle. Ses larges épaules arrêtaient le courant d'air qui passait par la fenêtre. Dans cet espace étriqué, il était plus terrifiant que jamais. Valerie osa néanmoins soutenir son regard, mais les yeux du Loup ne trahissaient pas la moindre chaleur. Elle n'y retrouva pas la flamme de leur précédente rencontre.

Bien au contraire, il la dévisageait comme il aurait fait d'un ennemi sur le champ de bataille.

Elle aurait voulu se détourner — étudier un instant le ciel chargé de nuages pour savoir si la pluie allait ou non tomber… Elle aurait voulu regarder n'importe où sauf au fond de ses yeux froids et implacables. Néanmoins, elle rassembla son courage pour lui faire face avec calme et attendre qu'il lui dise enfin pourquoi il l'avait fait appeler.

Sans préambule, il annonça :

— Le duc pense que nous devrions nous marier.

Des paroles brusques. Dénuées de toute émotion.

Des paroles qui frappèrent Valerie plus fort qu'un coup de massue en plein ventre. Ses pauvres rêves de liberté, d'indépendance, les espoirs qu'elle avait nourris pour les semaines à venir au moins, tout venait de disparaître sous ses yeux !

— Mais je sers la reine ! protesta-t-elle tout en sachant

très bien que cela ne suffirait pas à la sauver. Elle m'a demandé de rester...

— Vous continuerez à la servir aussi longtemps qu'elle le désirera.

La Reina avait promis de la garder à son service jusqu'à Pâques, pas plus longtemps. De toute manière, aucun mariage ne pourrait être célébré pendant le Carême. Mais après ? Après, elle se retrouverait de nouveau à la merci d'un homme qui aurait tous les droits sur elle !

Elle resta muette pendant quelques secondes, le temps d'apaiser l'élan de panique qui montait en elle. Il était trop tôt pour craindre le pire. Le duc et ses officiers rassemblaient navires et troupes pour reprendre la Castille. Sir Gilbert avait d'autres obligations ; il n'avait sans doute pas le temps de construire un nouveau foyer.

— Nous serons donc fiancés, pendant un temps.

— Non, répondit-il, le visage fermé comme si ce mariage ne lui faisait pas plus plaisir qu'à elle. Nous devons nous marier avant mon départ pour la Castille.

Quand donc était prévu ce départ ? Valerie aurait-elle plusieurs semaines devant elle ? Quelques jours ? Quelques heures avant de devoir renoncer à sa liberté ?

— Une date est-elle déjà fixée ? balbutia-t-elle.

Combien de jours lui accordait-on avant de l'arracher à sa solitude ?

— Le mariage aura lieu dans quelques semaines. La guerre approche à grands pas.

Il était évident que cet homme ne s'était encore jamais marié ! Il n'avait aucune idée de tout ce qu'il faudrait faire pour le préparer.

— Mais il va falloir publier les bans, annoncer notre union et...

— Lancastre s'en chargera, coupa le Loup.

— Je vois.

Elle comprenait enfin : il était inutile de protester,

d'espérer un répit. La décision avait été prise. Une fois encore, des hommes avaient pris sans scrupule le contrôle de sa vie. Elle s'efforça de sourire, la gorge nouée, et leva les yeux sur son nouveau fiancé en affichant le masque d'obéissance qu'elle avait depuis longtemps appris à porter.

— Notre union m'honore, bien sûr, et je ferai tout mon possible pour vous être agréable.

Ce compliment parut troubler Gilbert, et son regard trahit un instant de doute.

— Vous acceptez donc de m'épouser ?

Elle aurait voulu crier « non » à cet homme qu'elle connaissait à peine ! Était-il doux ou cruel ? Était-il riche ou bien n'avait-il que l'armure qu'il portait sur son dos ?

Tout cela n'avait finalement que peu d'importance par rapport à ce que *lui* savait d'elle.

Il avait vu son humiliation. Il savait que son époux l'avait trompée avec une autre femme. Il avait tenu dans ses mains la preuve froissée de son échec en tant qu'épouse.

À la pensée qu'elle allait une nouvelle fois devoir satisfaire un époux, Valerie sentit toutes ses anciennes peurs s'éveiller. Serait-il comme Scargill ? Trouverait-il sa poitrine trop plate et ses hanches trop fines ? Finirait-il aussi par haïr le son de sa voix au point de lui crier de se taire ?

Bien sûr, elle savait que cet homme, comme tous les autres, finirait par aller chercher un peu de tendresse dans un autre lit ; qu'il considérerait leur mariage comme un échec dès la première nuit passée avec elle. Et ce qu'il savait d'elle n'arrangerait pas les choses.

Pourtant, il lui avait demandé si elle acceptait de l'épouser. Une question à la fois inattendue et étonnamment attentionnée. C'était presque comme s'il voulait lui faire croire que le choix lui revenait, à elle. Évidemment, il n'en était rien, et Valerie l'avait toujours su : aucune femme ne pouvait refuser le mariage que l'on arrangeait pour elle.

Ainsi, la tête haute et les dents serrées, elle afficha de nouveau son sourire de façade et acquiesça.

— Oui, j'accepte de vous épouser.

« J'accepte de vous épouser. » Des paroles qui suffiraient à satisfaire le droit canon et permettraient à cet homme de se dire son mari.

Sir Gilbert poussa un petit soupir, comme si l'attente de son consentement avait été une dure épreuve pour lui.

— Dans ce cas, nous voilà fiancés, dit-il sans pour autant se départir de ce regard perplexe, qui, de manière fugace, transformait ce « loup » en agneau. Avez-vous autre chose à dire ?

Valerie toussa pour camoufler l'éclat de rire nerveux qui menaçait de résonner dans tout le couloir. Une femme ne devait jamais se moquer de son époux — en tout cas, pas si elle voulait vivre une existence paisible… Mais cet homme était tellement plein de contradictions, parfois austère, fâché, mais aussi gentil et — visiblement — rempli des mêmes doutes qu'elle au sujet de leur avenir.

Elle aurait dû lui poser d'importantes questions, tant au sujet des terres dont elle avait hérité que de sa future belle-famille. Où se marieraient-ils ? Où allaient-ils vivre ? Mais ses réponses n'avaient pas vraiment d'importance, pour le moment. Monseigneur d'Espagne avait décrété qu'ils s'uniraient, et ses ordres seraient suivis à la lettre. Tout ce que Valerie pouvait faire était de se mordre la lèvre, baisser les yeux et se soumettre à la volonté de cet homme.

— Que va-t-il se passer, maintenant ? demanda-t-elle donc, la gorge nouée.

— J'ai des devoirs envers mon seigneur, tout comme vous en avez envers la reine. Nous continuerons à les remplir.

Elle acquiesça vivement, un demi-sourire aux lèvres, un peu rassurée par la réponse de son fiancé. Rester au service de la reine lui apporterait un répit temporaire, ce qui était peu habituel pour une jeune épouse…

— Mais, répondit-elle cependant, je dois rencontrer votre famille, rassembler mes affaires, m'installer chez vous et commencer à bâtir un nouveau foyer pour nous…

Quand elle avait épousé Scargill, elle avait été emportée par un tourbillon de devoirs nouveaux à accomplir : elle avait dû régler en détail le sort de ses propriétés et la gestion de ses biens, et faire de la place à son époux dans ce foyer qui avait toujours été le sien.

Tout avait été préparé pour l'arrivée d'un enfant qui n'était jamais venu.

— Rien ne changera, répondit Sir Gilbert comme s'il lui faisait un serment, avant de s'écarter d'un pas.

Considérait-il que leur conversation était terminée ? Que tout avait été réglé ?

« Rien ne changera ? » Oui, de toute évidence, cet homme n'avait jamais été marié ; sinon, il saurait déjà que *tout* allait changer. À moins que ce ne soit vrai que pour lui. Finalement, seule Valerie devrait une fois encore ajuster sa vie aux désirs d'un autre. Et, s'il n'avait pas de foyer à lui, peut-être s'installeraient-ils ensemble à Florham, comme elle l'avait déjà fait avec Scargill.

— Est-ce à moi d'annoncer à la reine que je vais me marier ? demanda-t-elle au bout de quelques secondes.

Comment faisait-on ce genre de choses ? Jusque-là, sa vie avait été liée à la terre, pas à la cour…

Sir Gilbert haussa les épaules.

— Peut-être Monseigneur d'Espagne le fera-t-il lui-même. Je ne connais pas les habitudes de la cour au sujet de ces choses-là.

— Comme vous préférez, mon Seigneur.

Il haussa de nouveau les épaules, plus nerveusement, comme si ce titre lui collait désagréablement à la peau et qu'il avait voulu s'en débarrasser.

— Ne m'appelez pas comme cela, dit-il avec une grimace de dégoût.

Mon Seigneur. C'était pourtant le titre que Scargill avait toujours préféré entendre de la part de son épouse.

— Vous serez pourtant bien mon Seigneur quand nous serons mariés, protesta-t-elle.

— Trouvez autre chose.

— Le Loup ? suggéra-t-elle en s'autorisant un demi-sourire. Je crois que je préfère encore « mon Seigneur »...

— Mon père m'a toujours appelé Gil.

— Gil, répéta-t-elle, songeuse.

Un nom court. Facile à prononcer.

— Comme vous le souhaitez, Gil.

Il acquiesça, semblant mal à l'aise, puis se prépara à la quitter. Avant de tourner les talons, il dit encore :

— Je pars demain pour Losford, aux ordres du roi. Nous parlerons plus en détail de l'organisation de la cérémonie à mon retour.

Son devoir accompli, il la salua d'un geste un peu raide, courtois mais dénué d'émotion.

— Passez une bonne nuit, Lady Valerie.

Elle se serait presque attendue à le voir se frotter les mains comme pour les dépoussiérer après une tâche désagréable. Il s'était déjà éloigné de quelques pas quand elle l'interpella :

— Si vous insistez pour que je vous appelle Gil, alors appelez-moi simplement Valerie.

Il lui jeta un rapide coup d'œil et la gratifia d'un signe de tête rigide, comme si la moindre interaction avec elle lui était pénible.

Puis, après une brève hésitation, il s'avança d'un pas, sans se détourner d'elle. Les yeux plongés dans ceux de son fiancé, Valerie se leva et s'approcha timidement de lui. Le temps ralentit, et son cœur se mit à battre plus fort. Elle était à présent si proche de lui qu'elle pouvait voir le détail de ses lèvres dont l'expression s'était adoucie, perdant peu à peu leur rictus amer. Une respiration de plus. Deux. Et ils feraient encore un pas pour se toucher, pour…

— Bonne nuit, Valerie.

Sur ce, il disparut au bout du couloir.

« Rien ne changera. »

Si seulement cela pouvait être vrai.

Chapitre 5

Après avoir annoncé à la veuve de Scargill qu'il allait l'épouser, Gil fit vœu de ne plus penser à elle.

Hélas, il en fut incapable.

Pendant les deux jours qu'il lui fallut pour atteindre Losford à cheval, il ne pensa presque à rien d'autre...

Il avait affronté de nombreuses batailles, dans sa vie, et jamais encore il ne s'était senti aussi peu préparé. Il était à son aise sur le terrain, avec le poids rassurant de son bouclier sur son bras et son épée bien en main. Là, aucun homme ne pouvait le traiter de lâche : il avait appris tant de leçons d'autres guerriers, des hommes d'honneur... Des leçons qu'il pourrait plus tard transmettre à son fils...

Mais les manières de la cour, les jeux de séduction et les différentes façons dont un homme pouvait faire honneur à une femme de haut lignage... C'étaient des combats qu'il avait bien du mal à mener. Pendant toute sa vie, il avait considéré que de telles choses n'avaient pas vraiment d'importance, et il ne s'y était pas intéressé. Seulement, les choses avaient changé bien plus vite qu'il ne l'aurait pensé. Il venait de demander à une femme de devenir son épouse ! Comment savoir ce qu'il fallait dire, quand on avait passé sa vie à fuir les beaux discours ?

Et elle avait accepté, alors qu'il ne lui en aurait pas voulu de lui préférer un autre époux. « Si je dois rencontrer votre famille », avait-elle dit avec innocence, sans la moindre hésitation. Ignorait-elle vraiment l'histoire sombre de sa famille ? Et, si tel était le cas, comment réagirait-elle quand elle découvrirait la vérité ?

Il était hélas déjà trop tard pour se poser toutes ces questions : elle avait dit « oui ». Gil allait donc se marier et avoir le fils dont il avait toujours rêvé.

Qu'en serait-il du legs qu'il avait espéré transmettre à ce fils ? La Castille scintillait encore devant ses yeux, comme une étoile lointaine. À chaque fois qu'il avait besoin de tranquillité, il repensait aux cours colorées de l'Alcázar, bien plus lumineuses que les forêts de Leicester. Là-bas, sous le soleil, loin de son foyer où le nom de Brewen n'était synonyme que de disgrâce, son fils pourrait devenir homme avec fierté.

Quand les tours crénelées du château de Losford apparurent au loin, surplombant le petit bras de mer qui séparait l'Angleterre de Calais, il se sentit rassuré. Il était plus chez lui dans ce lieu que dans sa maison natale.

Car c'était ici qu'avait débuté son long cheminement vers la rédemption…

À l'époque, il n'était qu'un garçon solitaire, affublé d'un nom tombé en disgrâce. Il avait servi le comte, l'un des hommes les plus puissants d'Angleterre, d'abord en tant que page, puis en tant qu'écuyer. Chaque jour, jusqu'à sa mort en France, le comte avait façonné le caractère de Gil et l'avait aidé à affiner ses talents de combattant.

Gil avait quitté Londres en hâte et n'avait pas eu le temps de faire annoncer son arrivée, mais les gardes du château de Losford reconnurent ses armoiries et, avant même qu'il ait pu mettre pied à terre, le voyageur fut accueilli à bras ouverts par Lady Cecily, la fille du comte.

— Cela fait tellement longtemps qu'on ne t'a pas vu, dit-elle d'une voix douce et aimante de petite sœur.

Marc, son époux, ne dit rien mais donna à Gil une

grande tape amicale dans le dos. En guerriers chevronnés, ils se contentèrent d'échanger un rapide sourire.

Huit ans plus tôt, après la mort du comte, Marc avait eu pitié de Gil et l'avait pris sous son aile pour lui apprendre de nouvelles manières de se servir de son bouclier ainsi que de son épée.

À cette époque, l'Angleterre semblait avoir vaincu tous ses ennemis. Jeune chevalier, encore novice, Gil avait eu peur de ne jamais rencontrer de nouvelle opportunité de prouver sa valeur au combat. Cette peur s'était révélée infondée : il avait eu plus de chances de briller qu'il n'aurait osé le souhaiter… S'il avait survécu à tout cela, c'était entièrement grâce aux enseignements du comte, puis de Marc.

Lady Cecily et son époux conduisirent Gil dans la chaleur du château, et tous trois s'installèrent au coin du feu, protégés des hurlements du vent par les épais murs de pierre. Un verre de vin. L'odeur de l'agneau en train de rôtir. Les visages de ses amis… Gil s'emplit de ces bonheurs simples, laissant la fatigue du voyage et l'approche de la guerre s'effacer de son corps et de son esprit. Enfin, il se sentait en paix, et cela lui faisait du bien…

Aurait-il vraiment un havre comme celui-ci, un jour ? L'austère veuve de Scargill lui sourirait-elle comme Cecily souriait à Marc ?

Rien n'était moins sûr : ces deux-là avaient défié un roi pour sauver leur amour. Valerie et lui seraient au contraire poussés à la porte de l'église sans même avoir eu le temps d'apprendre à se connaître.

— Cela me fait tant plaisir de te voir, lança soudain Cecily de sa voix claire, le tirant de ses pensées. À chaque fois que nous recevons des nouvelles de Londres, je prie pour que tu te maries, tu sais.

Elle le dévisagea un instant, d'un regard pétillant et plein d'espoir.

Gil s'éclaircit la voix. Le moment était venu de tout leur dire…

— Eh bien, commença-t-il, cette semaine, le duc m'a justement choisi une épouse.

Ce mot lui paraissait toujours aussi étrange, aussi peu familier.

— Qui est l'heureuse élue ? Dis-moi tout ! s'écria Cecily d'un air ravi.

— Je ne sais presque rien d'elle.

Soudain, tout en parlant, Gil songea à tout ce qu'il allait découvrir sur elle. L'odeur de sa peau. La douceur de ses lèvres. Si elle dormait sur le côté ou sur le dos. Des choses intimes, dont il ne pouvait parler en public.

— C'est la veuve de l'un de mes hommes, ajouta-t-il.

Cecily éclata de rire.

— Peux-tu au moins nous dire son nom ?

— Valerie.

Ce prénom sonna étrangement à ses oreilles. « Valerie » : cette femme lui serait liée pour l'éternité.

— Lady Valerie, veuve de Scargill, précisa-t-il, incapable de réprimer une grimace en prononçant le nom de son premier mari.

— Lady Valerie de Florham ? demanda Cecily, comme si cela lui faisait plaisir. Sa famille a vécu à deux jours de cheval d'ici pendant des générations.

— Tu la connais ?

D'un seul coup, Gil se sentit curieux, pressé de découvrir un lien quelconque entre Cecily, qui avait été comme une sœur pour lui, et sa promise.

Hélas, elle secoua la tête.

— Non, nous ne nous sommes jamais rencontrées, mais je connais ses terres et sa famille.

« Une famille irréprochable… »

— Lancastre m'a dit que sa famille était très honorable.

— C'est vrai.

74

Cecily et Marc échangèrent un rapide regard. L'espace d'un instant, Gil fut jaloux de cette complicité. Il aurait tant voulu connaître ce type d'amour. Celui qui n'a pas besoin de mots pour s'exprimer.

— Et comment a-t-elle réagi en apprenant qu'elle allait épouser… ? Qu'elle allait faire partie de ta famille ?

Gil perçut le sous-entendu comme si Cecily l'avait crié dans la grande salle silencieuse : « Comment a-t-elle réagi en apprenant qu'elle allait épouser un Brewen ? »

— Elle n'a rien dit…

De nouveau, une vague de peur l'envahit. Est-ce que le duc l'avait choisie parce qu'elle ne pouvait pas protester ? Ou bien ignorait-elle simplement ce qui s'était passé si longtemps auparavant, bien loin de chez elle ? Dans ce cas, Gil devrait l'en informer lui-même. Et si ensuite elle refusait de l'épouser, il serait libre de…

Il se redressa. Ses frustrations personnelles étaient si mesquines. Il était hors de question qu'il les mentionne.

— Chers amis, je ne suis pas venu pour cela, reprit-il donc.

Il reposa son verre de vin. La paix et le réconfort qu'il avait ressentis s'évaporaient aussi vite qu'ils étaient venus.

— Lancastre se prépare à faire voile vers la Castille, et le roi rassemble de son côté des navires pour une expédition en France.

Le visage de Marc se fit plus dur. En quelques secondes, il savait aussi redevenir guerrier, prêt au combat.

Quant à Cecily, elle ne paraissait pas aussi terrifiée par la guerre que la plupart des femmes. Son regard trahit certes un éclair de tristesse, mais ce nuage disparut bien vite de ses yeux.

— Le roi Edward ne commandera donc pas ses hommes lui-même ?

Cela faisait longtemps qu'elle n'apparaissait plus à la cour. Elle ne savait sans doute pas à quel point le roi perdait ses forces, à quel point il était rare de le voir apparaître sur son propre trône.

— Je suis certain que Lancastre consulte Sa Grâce et son frère avant de prendre la moindre décision, répondit-il, sans doute un peu trop vite.

Il soupira. Cecily et Marc méritaient de savoir la vérité. Toute la vérité.

— En toute honnêteté, ajouta-t-il donc, ni le roi ni son fils aîné ne se portent bien.

Il lui était difficile d'admettre une telle chose à voix haute. Pendant plus de quarante ans, Edward avait mené les Anglais à la victoire. Qu'allaient-ils devenir, à présent ?

Cecily et Marc échangèrent-ils un nouveau regard.

La jeune femme avait grandi dans ce château, en avait hérité et l'avait tenu au nom de l'Angleterre. C'était le fort qui arrêtait tous ceux qui osaient traverser la Manche pour tenter de marcher sur le royaume.

— Losford est prêt, dit-elle fermement. De quoi est-ce que le roi a besoin ?

— De navires, de barques, de tout ce qui flotte.

— Aucun homme ? demanda soudain Marc.

Otage français de l'armée, Marc avait été emmené de force en Angleterre. Mais il y était resté par amour, après avoir fait serment de défendre les côtes du roi Edward. Serait-il pour autant prêt à envahir son propre pays ?

Gil posa une main amicale sur l'épaule de Marc.

— Non, nous n'exigerons pas cela de toi.

Son ami parut soulagé. Il changea de sujet et énuméra les navires déjà prêts à prendre le large. Il précisa aussi que le reste de la flotte pourrait rapidement se préparer, mais que ce délai allait sans doute retarder les projets du roi.

— Je vous remercie, tous les deux, conclut Gil, et je suis sûr que Monseigneur d'Espagne vous sera aussi reconnaissant que moi.

— Qui ?

Gil avait été tellement plongé dans le rythme effréné de la vie de cour qu'il n'avait pas pensé que les décrets du Parlement n'avaient pas eu le temps d'atteindre Losford.

— Le duc de Lancastre a pris ce titre, maintenant qu'il a épousé l'héritière légitime du trône de Castille.

Marc fronça les sourcils, trouvant manifestement ce nouveau titre ridicule.

Soudain, un jeune garçon entra en courant dans la salle avant de ralentir quand il aperçut l'étranger.

— Denys, dit Marc, je te présente Sir Gilbert Wolford.

Le gamin se redressa immédiatement, remplaça son sourire par un petit rictus sérieux et salua Gil de la tête.

Cecily sourit, emplie de fierté maternelle.

— Voici notre fils, Denys, dit-elle en ébouriffant les cheveux du garçon. Et il ne devrait pas être debout à une heure pareille !

L'enfant — avait-il sept ans ? Huit ? — avait hérité des cheveux bruns de sa mère, ainsi que de la forme de son visage. Sa mâchoire était néanmoins un peu plus carrée que celle de Cecily, et il avait les yeux marron clair de son père.

— Sir Gilbert a été élevé par mon père, expliqua-t-elle à son fils. C'est comme un frère pour moi.

Gil sourit, tentant de mettre le garçon à l'aise.

— Ton grand-père était un homme bon et un grand guerrier, dit-il.

— Denys doit nous quitter cette année, dit Cecily avec tristesse.

Oui, l'enfant devait partir dans une autre maison, pour être formé aux armes par un seigneur, tout comme Gil l'avait été à son âge.

— Qui sera son mentor ?

— Nous n'avons pas encore pris notre décision…

Soudain, Gil revit ses années d'entraînement défiler devant ses yeux. Il avait commencé en tant que page dans ce château. On lui avait appris à servir à table, à réciter de la poésie et à s'occuper des chevaux. Puis, lorsqu'il était devenu écuyer, il avait appris à manier une épée (de bois d'abord, puis d'acier) ainsi qu'à prendre soin de l'armure de son maître. Finalement, on l'avait adoubé à son tour.

— Accepteriez-vous que je m'occupe de lui ? proposa alors Gil. Je pourrais lui apprendre tout ce que son grand-père m'a appris.

Cecily et Marc échangèrent un nouveau regard en silence. Mais ils ne dirent pas « oui ».

Gil regretta immédiatement sa proposition. À chaque fois qu'il pensait avoir gagné le droit d'être considéré comme un homme d'honneur, quelque chose venait le rappeler à la dure réalité. Denys était l'héritier de l'un des plus importants titres d'Angleterre — et même l'affection de Cecily ne suffisait pas à la convaincre de lui confier son enfant…

— Ce n'était qu'une idée en l'air, reprit vivement Gil, faisant mine de ne pas avoir été sérieux. De toute manière, je m'apprête à repartir à la guerre, et l'enfant est trop jeune pour…

Une excuse hâtive, mais utile : les enfants de l'âge de Denys accompagnaient peut-être leurs seigneurs lors de missions dangereuses, mais on ne les envoyait jamais à la guerre.

— Je ne suis pas trop jeune ! interrompit le garçon.

— Chut, Denys, intervint Marc.

— Ton père a raison, reprit Gil à son tour.

Il sentit alors son cœur se serrer à la vue de ce jeune enfant si fier et si obstiné. Non, un Brewen ne serait jamais assez bien pour lui mais, un jour, un grand seigneur de Castille pourrait le devenir.

— Avant de t'entraîner à la guerre, tu vas devoir passer plusieurs années à apprendre les bonnes manières et la poésie, expliqua-t-il.

Le visage du garçon trahit tout le mal qu'il pensait de ces activités.

— Je dois apprendre le combat et l'honneur, pas la poésie !

Cecily attira son fils contre elle, tant pour l'apaiser que pour le protéger.

— J'aimerais tant le garder un peu plus longtemps avec nous…

C'étaient les mots d'une mère, et non d'une comtesse, songea Gil.

Denys se débattit, faisant de son mieux pour se soustraire aux caresses de sa mère.

— Je veux partir maintenant ! Avec Sir Gilbert !

Gil examina l'enfant, ému. Ce garçon était le fils qu'il n'avait pas encore : aussi assoiffé de combats et de gloire que lui-même à son âge, quand il ne connaissait pas encore la peur… Il croisa le regard de Marc puis se pencha vers l'enfant.

— Tu sais, dit-il, quand tu partiras d'ici, tu reverras peu ton foyer et ta famille. Attends encore quelques mois. Tes parents trouveront un seigneur digne de t'entraîner.

Puis, lui donnant une petite tape sur l'épaule, il ajouta :

— Cela te laissera le temps de te préparer à ce qui t'attend.

Les yeux clairs du garçon s'illuminèrent. Il acquiesça d'un air déterminé, un grand sourire aux lèvres. Oui, cet enfant serait un bon guerrier, un jour… aussi bon que son père et que son grand-père avant lui.

Cecily se leva alors et emmena son fils se coucher.

— Tu sais, dit-elle à son fils avant de quitter la pièce, nous ne pouvons pas demander à Sir Gilbert de nous donner sa parole tant qu'il n'en aura pas discuté avec la femme qu'il doit épouser : ce sera elle qui devra se charger de ton entraînement de page avant que tu ne prennes les armes.

Gil fut frappé par ces paroles. Il n'avait même pas envisagé de consulter Valerie avant de faire cette proposition.

Il marmonna un assentiment. Comprenant soudain ce qu'avait voulu dire sa fiancée au sujet des changements qui allaient se produire dans leur vie.

Les jours qui suivirent l'annonce faite par Gil, Valerie préféra ne parler à personne de cette conversation.

Elle ne reçut aucune nouvelle de son futur époux, qui était immédiatement parti pour Losford ; et le duc ne lui confirma pas sa décision lui-même. Elle finit même par se demander si elle avait bien compris ce dont il s'agissait.

— Il dit que nous allons bientôt nous marier, confia-t-elle à la pie, un jour, profitant de leur solitude, puis il disparaît pendant des jours sans même m'envoyer un mot !

L'oiseau pencha sa tête sur le côté et lâcha une série de sifflements comme s'il lui répondait « Ma pauvre… Tu n'es pas au bout de tes ennuis avec cet homme. »

Elle sourit à la pie, ne sachant pas vraiment si c'était l'oiseau qui l'amusait ou elle-même qui croyait percevoir de la compassion dans les cris stridents d'un animal de compagnie.

Peut-être cette demande en mariage n'avait-elle été qu'une illusion. Peut-être que, si elle ne disait rien à personne, sa vie ne changerait pas. Serait-elle alors libre de rentrer chez elle à Pâques ?

Hélas, après une semaine d'incertitude, elle ne put se taire plus longtemps. Un après-midi, alors qu'elle était seule avec Lady Katherine, elle osa prononcer les mots qui la hantaient à voix haute :

— Monseigneur d'Espagne a choisi Sir Gilbert pour devenir mon époux.

Époux… Quel mot étrange, encore.

Elle attendit en silence. Espérait-elle que Lady Katherine la contredise, démente ses propos ?

La jeune femme eut un petit sourire et la serra brièvement dans ses bras.

— Je vous souhaite tout le bonheur possible.

C'était donc vrai. Elle allait devenir l'épouse de cet homme. Elle se souvint alors de la chaleur de sa main posée sur son bras et ravala la boule qui se formait au fond de sa gorge.

— Merci.

Elle prononça ces deux syllabes bien plus facilement qu'elle ne l'avait craint.

— Qu'est-ce que John vous a dit au sujet de Sir Gilbert ?

« John. » Elle venait d'appeler le roi… *John !*

Valerie rougit au souvenir de sa discussion avec Gil. Avait-elle vraiment sous-entendu que Lancastre était coupable d'adultère ? C'était au cours de cette conversation que son propre cœur s'était emballé en sentant le chevalier si proche d'elle.

Katherine et le roi étaient-ils amants ?

Elle ne pouvait évidemment pas poser une telle question à sa compagne, mais elle décida de guetter le moindre indice qui pourrait confirmer ses soupçons. Il valait mieux connaître la vérité pour éviter les faux pas.

— Monseigneur d'Espagne ne m'en a pas parlé, répondit Katherine sans relever la familiarité avec laquelle Valerie avait parlé du duc. La nouvelle m'a été annoncée par Sir Gilbert… Gil. Et il m'en a dit si peu que…

— Que pouvez-vous me raconter à son sujet ?

Katherine haussa les épaules et lâcha les mains de Valerie pour se détourner.

— Je ne sais presque rien de lui.

— Mais j'en sais encore moins ! protesta Valerie.

Certes, il était reconnu pour son courage et Lancastre avait confiance en lui. Mais cachait-il quelque chose ?

Si Katherine était réellement si proche du roi, elle avait forcément entendu des choses.

— Est-ce qu'il est... exigeant ?

C'était un mot plus doux que *cruel*. De toute manière, s'il avait une mauvaise nature, qui le lui dirait ?

Katherine parut surprise.

— Je sais que mon seigneur le tient en haute estime.

— Tout comme il appréciait Sir Hugh ?

Le visage de Katherine se figea un instant. Elle n'avait jamais parlé à Valerie de son époux.

— J'en suis certaine, oui.

Valerie baissa les yeux à son tour, sans rien dire. Avait-elle été trop loin ?

Soudain, un mouvement brisa le silence et Katherine s'éclaircit la voix.

— Sir Gil est un bon guerrier et un conseiller avisé. Je suis certaine que mon seigneur a pensé qu'il ferait un bon parti pour vous.

Malgré ces compliments, Katherine semblait cacher quelque chose.

— On l'appelle le Loup de Castille, reprit Valerie dans un frisson.

— C'est pour rendre hommage à ses prouesses sur le champ de bataille. Sir Gil est un guerrier redouté.

Redouté par ses ennemis. Devait-elle avoir peur de lui, elle aussi ?

— Valerie ?

La voix de Gil la fit sursauter. C'était presque comme si leur discussion l'avait fait apparaître derrière elles. À présent qu'elle savait qu'il était là, elle n'avait pas besoin de se retourner pour sentir sa présence de tout son être.

Valerie releva la tête et croisa son regard, le souffle court.

Il était plus grand que dans son souvenir, mais son visage était toujours aussi sévère, comme s'il ne l'appréciait pas. Non, pire : comme si le simple fait de devoir la regarder était une épreuve pour lui. Pourtant, parfois, quand leurs regards s'étaient rencontrés, elle avait eu l'impression que... peut-être...

Avait-elle eu tort ? Allait-elle devoir passer sa vie aux côtés d'un homme qui ne supporterait pas de poser les yeux sur elle ? Peut-être même n'allait-il accepter de partager son lit que dans le noir, pour mieux oublier cette épouse qu'il n'avait pas choisie.

— Je dois m'occuper des enfants, annonça Katherine avant de quitter discrètement la pièce pour les laisser seuls.

La porte se referma derrière elle, ne laissant pour tout bruit dans le profond silence que les chants de la pie.

Valerie s'efforça de sourire — ses petits sourires, la tête baissée, avaient souvent su apaiser Scargill. Pour un temps.

— Je suis heureuse de vous voir de retour sain et sauf, mon Seigneur.

Le froncement de sourcils de son fiancé la rappela à l'ordre.

— Je veux dire, Gil.

Cette fois, il acquiesça, sans pour autant se laisser aller à sourire.

— Et vous ? Est-ce que vous vous portez bien ?

S'en souciait-il vraiment ?

Valerie fit oui de la tête. Cet homme était-il capable de compassion ? Si lui aussi désirait éviter ce mariage, alors peut-être pourraient-ils...

— Lancastre a obtenu une licence spéciale auprès de l'Archevêque, commença-t-il. Nous pouvons nous marier dès le lendemain de Pâques.

Sa voix semblait si froide, dénuée du tourbillon d'émotions qu'elle-même ressentait. Il aurait tout aussi bien pu lui expliquer comment charger un navire de guerre !

Bien sûr, le mariage n'avait jamais été pour elle synonyme de sentiment. Chaque fois que sa mère s'était retrouvée veuve, elle avait sélectionné un nouvel époux comme on choisirait la pomme la plus mûre d'un arbre. Et pourtant…

— Je n'ai plus de famille, commença-t-elle, sans vraiment savoir ce qu'elle avait l'intention de dire.

Son père était mort avant sa naissance, et sa mère avait eu deux autres époux avant de quitter cette Terre elle aussi. Il ne lui restait que Florham. Ce domaine qui avait été offert à sa famille par la reine castillane.

— Nous nous marierons donc sur vos terres, dans le… ?

Elle attendit qu'il complète sa phrase.

— Dans le Leicestershire.

Au nord. Bien loin du Kent. Dans une région dont elle ne savait rien.

— Nous nous marierons donc dans le Leicestershire, reprit-elle, tentant d'étouffer ses inquiétudes.

— La licence spéciale nous permet de nous marier où nous voulons, pas seulement dans la paroisse de nos foyers. Nous donnerons la cérémonie ici, à la cour.

— Votre famille pourra donc se déplacer ? Vos parents…

— … sont morts depuis longtemps. Personne ne viendra.

— Pourquoi ?

Valerie sentit bien que sa question était trop directe, mais elle ne put s'empêcher de la poser. Avait-il donc honte que ses proches la rencontrent ?

Gil haussa les épaules, ses traits figés en un masque froid.

— Vous n'avez pas besoin de les faire leur connaissance.

Depuis qu'elle l'avait rencontré, elle n'avait entendu personne parler de sa famille. Même Katherine avait adroitement éludé ses questions.

Souris. Aie l'air accommodante.

— Dans ce cas, nous nous rendrons chez vous après la cérémonie. Vous me montrerez vos terres et je pourrai rencontrer…

— Non.

Il se détourna et s'approcha de la fenêtre.

84

— Cela fait des années que je ne suis pas rentré chez moi.

— Mais vos serfs, vos récoltes… Qui s'en occupe ?

— J'ai un intendant pour ces choses-là.

Sa réponse, si déterminée, si calme, fit perdre toute patience à Valerie.

— Il doit vraiment faire un excellent travail pour que vous n'ayez pas besoin de le surveiller ! répliqua-t-elle avec ironie.

D'après sa propre expérience, les intendants avaient besoin de consignes. De consignes très précises.

— Cette vie ne m'intéresse pas, c'est tout, répondit-il.

Cette vie ne l'intéresse pas ? Comme s'il avait le choix !

— Dans ce cas, où comptez-vous nous faire vivre ? demanda-t-elle.

Elle entendit sa voix résonner dans la pièce, agressive, insistante, exigeante.

Gil parut surpris.

— En Castille, bien sûr, dans le royaume de Monseigneur d'Espagne.

« En Castille. » Il avait prononcé ce mot avec la même révérence que La Reina lorsqu'elle parlait de son foyer, comme si ce pays lointain et étranger était la Terre Sainte…

— Pourtant, répliqua-t-elle les dents serrées, j'ai cru comprendre qu'un autre souverain dirigeait déjà ce royaume.

Gil se redressa et s'avança d'un pas, comme si on venait de l'attaquer personnellement, mais il ne leva pas la main sur elle.

— Ce souverain est un usurpateur. Tant que la Castille ne sera pas anglaise, nous vivrons à la cour. Pourquoi aurions-nous besoin d'un autre foyer ?

— Je vois…

Pourtant, elle ne comprenait pas. Pendant combien de temps allaient-ils donc retarder leur installation en ménage ? Sa chasse au Saint Graal était-elle donc plus importante pour lui que son propre mariage ?

Hélas, Valerie avait vite appris à ses dépens qu'il ne fallait jamais exprimer son désaccord à un époux. Comment avait-elle pu l'oublier si rapidement ?

Elle baissa donc la tête et fit de son mieux pour dissimuler son agitation sous une apparence paisible.

— J'obéirai à vos exigences.

— Je n'exigerai rien de vous.

Sa voix était dure, aussi cinglante qu'un vent d'hiver. Étonnée, Valerie leva les yeux et découvrit un visage impénétrable.

Son premier époux n'avait pas exigé grand-chose d'elle, à part partager son lit. Cela n'avait pas été agréable, mais c'était son devoir conjugal. Si cet homme ne désirait rien d'elle, quel serait son rôle dans leur couple ? Que ferait-elle ?

— Rien ? demanda-t-elle donc sans comprendre.

Le regard de Gil s'embruma, comme s'il avait été surpris en plein mensonge.

— Rien, à part un fils, corrigea-t-il.

Cette fois, ce fut au tour de Valerie de se figer sur place. Il lui demandait la seule chose qu'elle n'était pas certaine de pouvoir lui donner...

— Vous savez certainement que je n'ai encore jamais eu d'enfants ?

Il acquiesça tranquillement. Ce n'était de toute évidence pas une surprise pour lui.

— Dans ce cas, il est temps.

Oh oui, plus que temps !

Elle ne savait que répondre. Elle avait fait tout ce que son époux lui avait demandé de faire, mais elle avait échoué à accomplir son devoir le plus important. Et pourtant, Dieu sait si Scargill avait essayé ! Elle ferma les yeux, hantée par les souvenirs de leur chambre froide, du lit dans lequel elle s'allongeait, les dents serrées pour résister à la douleur, en attendant que tout soit fini…

Était-elle inféconde ? Elle n'en savait rien. Même sa mère n'avait pas réussi à porter de fils, alors qu'elle avait reçu la semence de trois époux différents.

Il faut que j'arrête de lui tenir tête et de poser des questions. Il n'attend qu'une chose de moi : que je lui obéisse.

— Un fils ? Oui, c'est évident, murmura-t-elle. Et nous nous marierons à l'endroit que vous aurez décidé, le moment venu.

— Nous devrons attendre que la flotte soit prête, répondit-il sans la moindre passion. Une partie de l'armée va se rendre à La Rochelle.

— Mais je croyais que…

Enfermée comme elle l'avait été dans les appartements de la reine, Valerie n'avait pas vraiment prêté attention aux préparatifs de la guerre. Elle connaissait fort peu le monde, en dehors des frontières du Kent ; et pourtant, elle savait bien que La Rochelle était loin de la Castille.

— Je croyais que l'armée partait pour rendre son trône à La Reina, reprit-elle, la gorge sèche.

Gil secoua la tête.

— L'invasion attendra. Thouars est assiégée, et le roi Edward envoie des hommes pour prêter main-forte à nos troupes.

Sous le choc, Valerie voulut lui poser plus de questions, en apprendre plus sur ce qui se passait hors du pays.

Mais il était déjà parti.

Chapitre 6

Lorsque Gil fut assez loin, Valerie lâcha un juron que Scargill avait parfois crié dans ses moments de rage.

Heureusement, personne n'était là pour l'entendre, à part la pie noir et blanc qui piailla d'une indignation fort compréhensible.

Valerie recommença à faire les cent pas, dans l'espoir de se débarrasser de la rage qu'elle avait eu tant de mal à dissimuler devant son fiancé.

— Nous allons nous marier, mais il refuse de me parler de sa famille ou de sa maison.

L'oiseau répondit, comme s'il la comprenait.

— Et il ne parle que de la Castille, avant de dire qu'on ne va pas pouvoir s'y rendre avant une éternité !

Elle s'interrompit dans un soupir et s'arrêta devant la cage. Ce délai imprévu était peut-être une bénédiction, après tout… Elle avait tellement envie de revoir Florham et son domaine qu'elle aimait tant, dont elle connaissait le moindre recoin.

— Dis-moi, Lady Pie, que dois-je faire ?

L'oiseau gonfla ses plumes et gazouilla une réponse — hélas, son langage ne s'approchait ni de l'anglais, ni du castillan. Tant pis. Au moins, elle pouvait s'adresser à cette créature sans peur.

La pie avait été offerte en cadeau à La Reina, mais

Constance n'appréciait pas vraiment cet animal noir et blanc, avec ses ailes bleutées et sa queue verte. Elle prétendait qu'il n'avait rien en commun avec les oiseaux de son foyer. Valerie, elle, l'aimait bien, car cette pie était identique à celles qui peuplaient son jardin, volaient parfois de la nourriture à la cuisine et picoraient des insectes dans les buissons de roses. Elle avait donc installé la cage dans cette pièce qu'elle partageait avec Katherine, et elle nourrissait affectueusement la pauvre bête.

— J'aimerais… J'aimerais…

Que désirait-elle, au fond ?

Sa mère l'avait baptisée Valerie en hommage à une sainte qui avait été décapitée pour avoir refusé d'épouser un païen. D'après la légende, la sainte était sortie de sa tombe, portant sa tête dans les mains et, si ce miracle ne suffisait pas, en avait fait don à l'évêque qui l'avait convertie.

La mère de Valerie prétendait qu'elle avait choisi ce nom pour que sa fille reste toujours forte face à l'adversité. Cependant, Valerie comprenait cet héritage d'une tout autre manière : elle ne pourrait jamais refuser une demande en mariage.

Sa mère avait été contrainte de se remarier très vite quand le père de Valerie était mort, laissant derrière lui une veuve enceinte. Ceci, Valerie l'avait compris, bien sûr. Et pourtant, un troisième époux avait suivi après le décès du second. Sa mère ne semblait attendre qu'une chose de tous ces hommes : qu'ils les nourrissent toutes les deux, les vêtent et leur permettent de rester vivre à Florham.

Après avoir grandi ainsi, Valerie savait donc bien qu'il n'y avait rien d'autre à espérer du mariage. Pourtant…

— Alors, Lady Pie, que me conseillerais-tu ? Comment puis-je accepter mon destin sans rien dire ?

De nouveau, l'oiseau croassa et piailla. Son chant sonna presque comme : *Dios te bendiga, mi hija.*

« Que Dieu te bénisse, ma fille. »

Combien de fois Valerie avait-elle entendu le prêtre murmurer ces mots à la reine ? De toute évidence, l'oiseau tentait de reproduire ces mots répétés jour après jour. Comment une pie pouvait-elle apprendre le castillan alors que les Castillans qui accompagnaient la reine se montraient incapables d'apprendre des rudiments d'anglais ?

D'après ce que son fiancé lui avait dit, il n'avait pas l'intention de passer sa vie en Angleterre. Valerie devrait donc, à son tour, vivre isolée dans une contrée étrangère qu'elle ne connaissait pas, comme le faisait actuellement la reine. Il n'était pas étonnant que Constance ait désespérément tenté de recréer un peu de son pays natal dans ses appartements privés… Quand Valerie serait contrainte de s'installer en Espagne, elle ferait peut-être la même chose pour se consoler.

Soudain, elle se sentit beaucoup plus proche de La Reina. Toutes deux étaient obligées d'épouser des hommes qui les entraînaient loin de leur foyer. La reine savait-elle plus de choses au sujet de son avenir que Valerie ?

Lancastre n'avait même pas pris la peine de l'informer du mariage de sa suivante… Eh bien, elle porterait elle-même la nouvelle à Constance, même si ce n'était pas la coutume à la cour ! Plus les jours passaient, plus leurs destins paraissaient liés.

— Je tenais à vous le dire moi-même, Votre Majesté, commença Valerie quand on lui permit de voir La Reina, le lendemain. J'ai été promise en mariage.

— Mariage ? *¿Casarse ?* demanda la reine sans attendre la fin de la traduction.

Valerie répondit par une profonde révérence. Avait-elle contrarié Constance ?

— Oui, Votre Grâce. Monseigneur d'Espagne a décrété que j'épouserais Sir Gilbert Wolford.

Quelques murmures furent échangés entre la reine et son prêtre, qui lui expliqua vraisemblablement de quel chevalier il s'agissait.

— La Reina vous souhaite beaucoup de bonheur, dit le prêtre. Quand donc votre mariage aura-t-il lieu ?

— Je ne le sais pas encore, répondit Valerie, mais mon fiancé m'a dit que nous le célébrerions bientôt, avant l'expédition.

Le prêtre traduisit ses paroles et la reine sourit, d'un air satisfait.

— *El ejército naviga por Castilla.*

Castilla. Le nom de son pays, prononcé avec confiance et impatience.

Valerie, gênée, s'humecta les lèvres et jeta un rapide coup d'œil au prêtre. La reine en savait-elle encore moins qu'elle ?

Bien sûr, ce n'était pas à elle de confier des secrets militaires à Constance, mais la pauvre femme méritait de savoir la vérité — en tout cas, c'était ce que Valerie pensait.

— Et en France aussi, dit-elle donc. Sir Gilbert rassemble plus de bateaux pour qu'une partie des hommes puisse se rendre à La Rochelle.

La reine parut stupéfaite et se tourna vers le prêtre.

— *¿Qué quiere decir La Rochelle ?*

Le prêtre fronça les sourcils. Il était le lien entre la reine et son époux. Avait-il été prévenu du départ de l'armée pour la France ? Si c'était le cas, il n'avait pas jugé bon informer la reine de cette mauvaise nouvelle.

Ils échangèrent quelques instants à voix basse, et Constance parut de plus en plus abasourdie. Le prêtre avait-il correctement traduit les paroles de Valerie ?

— Cet homme, demanda le prêtre, a-t-il de l'affection pour vous ?

Non, il n'avait pas du tout transcrit ses mots ! Quelqu'un

semblait vouloir tenir la reine écartée des projets d'invasion, mais qui ? Son propre époux ?

Visiblement, même une souveraine n'avait pas l'autorité nécessaire pour pousser son époux à lui dire la vérité…

— Oui, Votre Grâce.

Bien sûr qu'il aurait de l'affection pour elle : n'était-ce pas le but d'un mariage ?

— Mon futur époux est aussi un serviteur loyal de Votre Grâce et de Monseigneur d'Espagne. Il travaillera sans relâche à votre retour en Castille.

Un petit sourire se dessina sur les lèvres de la reine. Elle avait au moins dû comprendre quelques mots : serviteur, Monseigneur d'Espagne, retour en Castille…

— La Reina est ravie de l'apprendre, déclara le prêtre, comme s'il avait aussi besoin de traduire les expressions du visage de sa maîtresse.

Valerie sourit à son tour.

— Pâques arrivera bientôt, et La Reina m'a autorisée à rester jusque-là. Cela signifie que je quitterai bientôt sa maison…

Si la reine la renvoyait et si Gil refusait de l'emmener dans le Leicestershire, peut-être aurait-elle la chance de rentrer enfin chez elle, au moins pour quelques semaines. Elle pourrait arriver à temps pour voir le grand cognassier bourgeonner et, si les jours se réchauffaient avec un peu d'avance, voir sa magnifique floraison blanche et rose pâle dans le soleil du matin…

— Non, ce ne sera pas nécessaire. La Reina sera ravie de vous garder à son service aussi longtemps que votre époux le permettra.

Valerie se figea, le cœur battant. Elle était prise au piège. Même la reine n'avait que faire de ses désirs et ne se souciait que de ceux de son futur mari. Hélas, Gil ne pourrait jamais comprendre ce qu'elle désirait vraiment.

Retourner sur la terre sur laquelle ses ancêtres avaient vécu depuis le couronnement du premier Edward.

Elle fit de son mieux pour se maîtriser, priant pour que les autres n'aient pas vu le choc qu'elle venait d'éprouver.

— *Gracias*, murmura-t-elle avant de prononcer les paroles que la reine attendait d'elle : Comme vous le souhaitez. Je serai heureuse de vous servir.

Le prêtre traduisait-il au moins ceci correctement ?

Quand Valerie quitta la pièce, elle se fit le serment d'apprendre à maîtriser cette nouvelle langue. Elle servait la reine de Castille et, tôt ou tard, elle pourrait très bien se retrouver exilée en Espagne. D'une manière ou d'une autre, elle allait devoir dire autre chose que *gracias*.

Il était temps que quelqu'un d'autre que ce prêtre parle les deux langues dans cette maisonnée !

Durant les jours qui suivirent, Valerie fit donc de son mieux pour parler castillan dès qu'elle le put, mais aucune des suivantes de la reine n'accepta de l'aider à mieux comprendre leur langue. Elles grimaçaient lorsqu'elle faisait des erreurs et se moquaient de son accent, sans pour autant la reprendre ni lui apprendre à prononcer les mots correctement.

Un après-midi, toutes les jeunes femmes s'étaient rassemblées pour écouter un ménestrel que Lancastre leur avait envoyé pour les distraire. Il est inutile de connaître la langue pour profiter de la musique ; pourtant, alors que Valerie et Katherine souriaient, les suivantes de la reine restaient de marbre.

Lorsque le ménestrel se tut, Valerie fit une nouvelle tentative :

— *Me pareció que la música era maravillosa. ¿La disfruto ?*

Son accent lui parut très faux, mais les jeunes femmes

comprendraient certainement qu'elle complimentait le musicien et qu'elle leur demandait si elles avaient apprécié le spectacle…

La sœur de la reine, Isabel, gloussa mais personne ne répondit, quoi que ce soit.

Soudain, la pie siffla et répéta ce que Valerie venait de dire — avec un bien meilleur accent.

Les jeunes femmes se regardèrent, dévisagèrent l'oiseau, puis Valerie.

Elle ravala sa salive, n'osant pas parler. Allaient-elles penser qu'elle avait essayé d'enseigner quelques mots à la pie ? Ou qu'elle leur avait manqué de respect ? Penseraient-elles qu'elle tentait de les espionner par le biais de l'oiseau ?

Au bout d'un instant, un rire étrange, rouillé, emplit la pièce.

La reine riait !

Comme si elles avaient attendu sa permission, les autres femmes se mirent à rire à leur tour, et Valerie respira enfin.

Quelques mots furent échangés entre la reine et son interprète qui se tourna ensuite vers Valerie.

— La Reina dit qu'il est honteux que l'oiseau parle mieux castillan que vous. Nous devons régler ce problème.

— *Maravillosa*, corrigea donc la reine avec un sourire pour inciter Valerie à affiner son accent. *Sí, fue maravillosa.*

Valerie répéta avec soin, dans l'espoir d'avoir compris ce que l'on attendait d'elle et fut chaleureusement applaudie par les suivantes de Constance.

C'était un premier pas…

Pourvu que ses efforts plaisent à Gil.

Plus tard, Gil repensa à tout ce qu'il aurait dû dire à sa future épouse. Il aurait dû sourire, la complimenter, alléger par quelques plaisanteries la situation. Au lieu de cela, quand elle lui avait posé des questions sur sa famille, il s'était refermé sur lui-même. Brutalement. Comme pour parer une attaque.

Avait-elle réellement l'intention de lui faire répéter toutes les histoires humiliantes qu'elle avait déjà dû entendre ? C'était hors de question !

Tout de même, il aurait pu se montrer plus courtois. Il était censé épouser cette femme ; la moindre des choses était de lui être agréable.

La prochaine fois, se promit-il, les choses se passeraient différemment.

Hélas, il ne revit pas Valerie avant Pâques. En dépit de sa réclusion, la reine de Castille assista aux célébrations du Jeudi Saint. Fidèle à la tradition, la cour se rassembla dans l'abbaye de Westminster pour voir le roi Edward donner l'aumône et laver les pieds de soixante nécessiteux soigneusement sélectionnés.

Ces hommes étaient humblement alignés devant le roi, l'air plus gênés qu'honorés d'avoir été choisis.

Gil sentit une vague d'empathie gonfler en lui.

De nombreuses années plus tôt, Edward avait décrété qu'il laverait les pieds d'un mendiant par année de sa vie lors du Jeudi Saint. À présent qu'il avait atteint soixante ans, la file d'indigents semblait interminable — surtout aux yeux de la foule impatiente qui assistait à la cérémonie. Les heures s'étirèrent et, loin de tenir son rôle de témoin solennel, la cour commença à s'agiter. Des groupes se formèrent au fil des murmures et des sourires.

Les suivantes de Constance avaient été installées à côté des hommes de Lancastre. Gil chercha Valerie des yeux et sourit quand il croisa son regard, mais elle se contenta de le saluer d'un petit signe avant de baisser la tête.

Elle ne tenta même pas de le rejoindre.

Ce fut Lady Katherine qui vint à lui.

— J'ai appris que Lady Valerie et vous alliez vous marier, commença-t-elle à voix basse.

— Oui, Monseigneur d'Espagne en a décidé ainsi, répondit Gil.

Comment avait-elle appris la nouvelle ? Valerie lui en avait-elle parlé ? Ou Lancastre ? Gil, en tout cas, n'avait confié la nouvelle à personne à la cour.

— À vous entendre, on dirait que cette décision ne vous satisfait pas…

Gil ne répondit pas immédiatement. Que dire ? Il ne savait pas assez de choses au sujet de sa promise pour être satisfait ou frustré ; mais le simple fait de se marier, maintenant, avec n'importe quelle femme, était une distraction à son devoir, un obstacle dont il se serait bien passé.

— Je suis évidemment heureux et reconnaissant de constater que Sa Grâce s'inquiète tant de mon avenir. Si je semble réservé, c'est uniquement parce que je pense que ce mariage aurait pu attendre que nous ayons repris la Castille.

Ce n'était pas toute la vérité, mais il n'était pas prêt à en dire plus.

— Et revoilà votre regard noir, soupira Lady Katherine.

Gil haussa les épaules.

— C'est mon regard habituel.

Depuis son enfance, il s'était entraîné à avoir l'air dur, implacable. C'était la meilleure protection qu'il avait trouvée contre les insultes : ainsi, personne ne pouvait savoir s'il était ou non blessé par ce qu'on lui disait.

— Je ne vois pas pourquoi je devrais en changer, ajouta-t-il.

De toute manière, il n'en avait absolument pas envie.

— C'est ce regard qui fait si peur à Valerie, vous savez.

Cet aveu enflamma les joues de Gil. Il songea d'abord qu'il était en colère contre Valerie parce qu'elle parlait de lui dans son dos mais, à la vérité, il avait honte.

— Je suis sûr qu'elle craint ma famille, et pas moi, répliqua-t-il en guettant la réaction de Lady Katherine.

À sa grande surprise, elle fit non de la tête.

— Elle ne sait rien de votre famille.

— En êtes-vous sûre ?

En effet, plus le temps passait, plus il avait l'impression qu'elle ignorait tout de son passé. Cela expliquait sans doute qu'elle ait accepté de l'épouser sans la moindre protestation.

— Je croyais que le monde entier savait…

— Ses terres sont bien loin des vôtres, et ce sont de vieilles histoires.

« Vieilles ? » Pour certains, peut-être. Pas pour Gil.

— Pourtant, j'entends encore des murmures sur mon passage, répondit-il en embrassant la foule du regard.

Où qu'il pose les yeux, il surprenait toujours quelqu'un en train de le dévisager avec dédain ; où qu'il aille, il y avait toujours une ou deux personnes pour refuser de lui adresser la parole.

— Je suis sûr que quelqu'un, à la cour, s'est déjà fait un plaisir de tout lui raconter, ajouta-t-il, amer.

— Comment aurait-on pu ? Elle passe tout son temps en compagnie des suivantes castillanes.

Ces femmes-là, au moins, n'avaient jamais entendu le nom de Brewen. Était-il possible que Valerie ait été protégée des ignobles ragots qui circulaient à son sujet ?

— Elle a néanmoins passé du temps avec vous, reprit-il. Vous ne lui avez rien dit ?

De nouveau, Lady Katherine secoua la tête.

— Je me suis dit que ce n'était pas à moi de le faire.

Elle avait raison. Si cette douloureuse confession devait avoir lieu, ce serait à Gil lui-même d'affronter cette épreuve.

Lady Katherine le dévisageait toujours, comme si elle attendait une promesse de sa part, et, soudain, Gil eut envie que quelqu'un d'autre dévoile la vérité à sa promise. Si seulement on lui épargnait la honte d'en parler lui-même…

— Nous n'avons pas vraiment eu le temps d'apprendre à nous connaître, dit-il sans savoir s'il s'adressait vraiment à Lady Katherine ou à lui-même. Et ce…

Il examina rapidement l'intérieur de la cathédrale.

— … ce n'est pas l'endroit pour en parler.

Oui, plus il y pensait, plus il sentait à quel point cette discussion serait pénible — pour Valerie autant que pour lui.

— Elle finira par découvrir la vérité, à un moment ou à un autre, murmura Lady Katherine comme pour le mettre en garde.

Cela, Gil le savait pertinemment. Pourtant, il avait osé espérer un temps que Valerie et lui pourraient s'échapper en Castille comme il l'avait toujours rêvé, qu'elle ne saurait jamais rien de son passé.

Seulement, quel genre de mariage auraient-ils ? Pourraient-ils vivre l'amour qu'il aurait tant voulu connaître ?

Il hocha la tête dans un soupir.

— Je sais. Mais pas aujourd'hui.

— Les mauvais commencements détruisent parfois les mariages les plus prometteurs, vous savez, dit Lady Katherine en posant doucement une main sur son bras, et je veux voir Valerie heureuse en mariage.

— La plupart des unions ne le sont pas.

Il était plus facile de se réfugier sous le masque de l'amertume que d'avouer ses propres espoirs.

Lady Katherine resta silencieuse un long moment.

— Je sais, admit-elle finalement d'une voix un peu triste.

Elle s'éloigna, laissant Gil seul, plongé dans ses pensées.

Leur conversation avait au moins éclairci un point : il avait cru que Valerie avait peur de lui à cause de sa famille mais, apparemment, la vérité était pire encore… Elle avait peur de lui sans même savoir qui il était vraiment !

Il avait pensé que ses questions incessantes et sa curiosité étaient un artifice pour le pousser à tout lui raconter. En fait, elle avait simplement cherché à apprendre ce qu'elle pouvait au sujet de l'homme qu'elle allait épouser.

« Les mauvais commencements… » Oui, Valerie et lui étaient partis du mauvais pied et, quand elle découvrirait enfin la vérité, les choses ne feraient qu'empirer.

De loin, il vit Lady Katherine donner un petit coup de coude à Valerie et la pousser dans sa direction. La promise de Gil s'avança alors vers lui, lentement, les yeux baissés. Elle était l'image même de la terreur et jetait à son amie des regards inquiets.

Lady Katherine essayait de lui forcer la main ! Pourtant, il refusait de parler de sa famille en ce jour de fête.

Il s'éclaircit la voix, ne sachant pas vraiment par où commencer.

— Avez-vous apprécié la cérémonie ?

Valerie lui jeta un petit coup d'œil furtif.

— Plus que le roi, je pense.

Gil leva les yeux sur la file de mendiants.

— Il n'en reste que cinq.

Elle sourit.

— Il a l'air d'aller plus vite en s'approchant de la fin…

En effet, la cérémonie du lavage de pieds avait commencé solennellement, comme un rituel bien préparé. Le roi avait soigneusement plongé les pieds de chaque homme dans une vasque, d'abord le gauche, puis le droit. Ensuite, il les avait séchés à l'aide d'un linge propre, en prenant bien soin de n'oublier aucun endroit — même entre les orteils. Finalement, il avait placé une aumône et du pain dans les mains tendues de chaque malheureux.

Gil ne put réprimer un sourire et un petit clin d'œil.

— Je crois que j'ai vu des empreintes humides quand le dernier est parti, murmura-t-il.

Valerie réprima un rire inapproprié et le transforma en une petite quinte de toux pour éviter de se faire remarquer.

Gil fut secrètement satisfait : il avait réussi à la faire rire.

Enfin, le roi termina sa besogne, et on l'aida à se relever. Le prêtre bénit alors la foule, toute la cour se dirigeant vers la porte.

— Qui est cette femme ? demanda Valerie. Celle qui se tient près du roi.

— Elle est sa…

Il regarda furtivement autour de lui. Pouvait-on se permettre de parler à voix haute de la maîtresse du roi ?

La femme était si jeune qu'elle aurait facilement pu être la fille d'Edward. Elle papillonnait autour de lui, sans jamais s'éloigner, faisant bouger les valets et s'assurant de fournir au roi tout ce qu'il désirait avant même qu'il le demande.

— Elle est… proche de Sa Majesté, reprit Gil, incapable de dissimuler le reproche dans sa voix.

Bien sûr, on ne pouvait pas demander à un homme de rester fidèle à sa femme dans le veuvage, et pourtant…

— Elle s'appelle Alice Perrers.

— Oh ! je vois.

Valerie n'hésita pas, ne parut ni surprise, ni désapprobatrice. Elle se contenta de jeter un dernier regard à la jeune femme, par-dessus son épaule.

— Je suppose que Monseigneur d'Espagne trouve sa présence bénéfique au roi, reprit-elle.

Décidément, Gil ne comprenait rien au fonctionnement de l'esprit des femmes — et de celle-là en particulier !

Néanmoins, il fallait bien admettre que le roi avait l'air plus en forme que lors de sa dernière apparition publique. Pouvait-on vraiment féliciter sa maîtresse pour cela ? Il était possible qu'elle y soit pour quelque chose, puisqu'on lui avait permis de se montrer à ses côtés lors d'une cérémonie religieuse.

La cour sortit de l'abbaye comme un raz-de-marée et s'étala dans le soleil. On aida la reine Constance à s'installer dans une litière. Lancastre, lui, préféra monter à cheval ; la plupart des courtisans repartirent à pied.

Gil marcha aux côtés de Valerie, mais il eut du mal à ralentir le pas pour éviter de la fatiguer. Il voulait la faire rire à nouveau, mais plus il s'obligeait à la bonne humeur, plus il était hanté par de sombres pensées.

Pâques était célébrée très tôt, cette année. Le mois de mars n'était pas encore fini, et le vent restait mordant. Deux femmes de la cour passèrent près d'eux, pressées de retrouver la chaleur du palais, et Gil surprit quelques bribes de leur conversation :

— ... s'occupe des enfants de Lancastre... de lui aussi, c'est sûr !

— Je l'ai vue sortir de sa chambre...

Elles s'éloignèrent avant qu'il en entende plus.

Était-ce la vérité ?

Il jeta un rapide coup d'œil à Valerie, mais elle ne semblait pas avoir entendu ces indiscrétions.

Gil n'avait jamais vraiment prêté attention aux commérages de cour, mais il s'était déjà posé la question... Si c'était vrai, le duc avait-il suggéré à Lady Katherine qu'elle vienne voir Gil pour lui rappeler ses devoirs de futur époux ?

À moins que tout cela ne soit qu'une rumeur de plus.

Soudain, un rire aigu s'éleva un peu plus loin, trop fort pour qu'on puisse l'ignorer. Il leva la tête et examina le groupe de Castillanes qui les précédaient, incapable de différencier tous ces visages qu'il ne connaissait pas.

— C'est la sœur de Constance, lui glissa Valerie. Isabel.

Il lui avait été présenté, c'était certain, mais il n'avait gardé aucun souvenir d'elle.

— Elle semble bien différente de la reine, remarqua-t-il.

— Oui, elles n'ont pas du tout le même caractère. Isabel adore la compagnie des gens, même des *Inglés* et, quand elle ne comprend pas ce que l'on dit, elle se contente de rire.

La route tourna pour descendre vers la rivière, et le vent se mit à souffler dans leur dos. Valerie se courba pour s'en protéger, et Gil passa un bras autour de ses épaules.

À présent qu'il était si près d'elle, il voyait bien comme elle était menue. Il aurait pu la porter dans ses bras sans le moindre effort. Mais marcher à côté d'elle, au même rythme… c'était un vrai défi.

— L'an prochain, quand Pâques reviendra, commença-t-il alors qu'ils s'apprêtaient à grimper l'escalier qui conduisait au palais Savoy, nous serons à Séville. Et il y fera chaud.

Valerie ne répondit pas immédiatement.

— On m'a dit que les Castillans ont une manière très différente de fêter Pâques.

Gil avait été en Castille pour Pâques, mais il avait passé cette journée à marcher en pleine campagne avec ses troupes et n'avait pas mis les pieds dans une église.

— Différente ? demanda-t-il donc, surpris.

Espagnols et Anglais étaient chrétiens, après tout, et Gil n'avait jamais pensé que leurs cérémonies puissent être dissemblables.

— Apparemment, répondit-elle d'une voix si basse qu'il dut tendre l'oreille, les hommes se promènent dans les rues en se flagellant pour partager la douleur du Christ.

— Vraiment ?

Ce devait être une représentation symbolique, pour enseigner la parole divine aux foules…

— Comme nous pourrions voir un mystère sur le parvis d'une église, vous voulez dire ?

— Non. Ils utilisent un fléau. Avec des clous.

— Mais l'église a interdit les Flagellants.

— Certes, mais elle autorise toujours les dévots à honorer les souffrances du Christ pendant cette semaine qui marque son décès.

102

Ses yeux sombres, emplis d'une horreur contenue, se levèrent un instant vers Gil.

— On m'a dit que les rues sont rouges de sang sur leur passage.

Gil lui-même ne put réprimer un frisson.

La vie contenait déjà son comptant de douleur. Pourquoi chercherait-on à s'en infliger plus encore ?

Cette simple pensée l'empêcha de poursuivre leur conversation, et il murmura un adieu pressé à Valerie avant de pénétrer dans le palais.

Elle disparut dans la foule, sous son regard songeur. Les suivantes de la reine avaient sans doute exagéré en lui racontant ces choses… Mais, si ce n'était pas le cas, alors leur Castille était bien différente du jardin paisible qu'il avait conservé dans sa mémoire.

Laquelle de ces deux facettes était la vraie ?

Chapitre 7

Appelé dans les appartements de Lancastre quelques jours à peine après Pâques, Gil était prêt à délivrer son rapport sur les préparatifs de l'expédition. Le roi avait initialement décidé de partir pour la France le premier mai, un mois plus tard à peine, mais il était rapidement devenu clair que ce délai était beaucoup trop court. En dépit de tous les efforts de Gil, il n'y avait simplement pas assez de navires en Angleterre pour mener une guerre sur deux fronts en même temps.

Il avait cependant réussi à trouver assez de bateaux pour emporter quelques troupes et se défendre contre les pirates pendant la traversée, ainsi qu'assez d'or pour engager des régiments dès leur arrivée en Bretagne. Cela permettait de laisser le plus gros de l'armée, des chevaux et des navires, partir pour la Castille — sous les ordres de Gil lui-même, si tout se déroulait comme il l'espérait.

Seulement, quand il entra dans les appartements du duc, Lancastre ne le laissa pas parler :

— Nous avons reçu des nouvelles. Les Français et l'usurpateur de Castille se sont alliés. Ils ont rassemblé leurs flottes.

L'espace d'un instant, Gil crut avoir mal compris.

— Ils ont rassemblé leurs flottes ?

Il savait, bien sûr, que le souverain français soutenait

l'usurpateur castillan. Mais Lancastre et lui ne s'étaient pas préparés à les affronter avant même d'avoir atteint les côtes.

— Nous n'avons pas assez de navires pour mener une bataille sans pouvoir accoster...

Sauf s'ils abandonnaient leur projet de marcher sur la Castille...

— Ils ne comptent pas provoquer une bataille navale, répondit Lancastre. Ils ont l'intention d'envahir l'Angleterre.

C'était impossible ! La Manche avait protégé l'île depuis des siècles comme de gigantesques douves.

— Est-ce que vous en êtes sûr ? balbutia-t-il.

Les nouvelles du continent arrivaient toujours tard, et les comptes rendus changeaient avec chaque messager. On disait que le Poitou subissait des sièges, et en même temps que des navires français allaient accoster au Pays de Galles. À quoi pouvait-on réellement accorder crédit ?

— Que j'en sois sûr ou non, je refuse de prendre ce risque.

Gil acquiesça. Si la menace d'invasion n'était venue que des Français, il ne se serait pas inquiété : au fil des ans, la France avait lancé plusieurs raids sur la côte anglaise, sans le moindre succès. Mais la Castille possédait assez de navires et d'hommes pour représenter une menace bien plus sérieuse... Si la flotte castillane était prête à faire voile, l'Angleterre pourrait voir un ennemi poser le pied sur son sol pour la première fois depuis très longtemps.

Ainsi, sans relâche, il fallait élaborer un nouveau plan. L'esprit de Gil s'attela immédiatement à la tâche.

— Losford tiendra bon, dit-il au bout de quelques instants, mais nous devons les prévenir.

— Et installer des postes de guet le long de la côte, ajouta le duc, pour qu'ils puissent allumer des feux au moindre signe de danger.

— Nous pouvons peut-être envoyer certains de nos

navires patrouiller le long des côtes. Je pars immédiatement pour…

— Non. La fête a lieu ce soir.

Au beau milieu des préparatifs de la guerre, Lancastre avait organisé un concours pour célébrer la fin du Carême et son couronnement en Castille, royaume qu'il n'avait pas encore conquis. La reine Constance et son étourdie de sœur, Isabel, avaient apparemment décidé d'une partie des plats servis et des divertissements qui seraient offerts, pour introduire un peu plus la culture castillane dans les grandes salles du Savoy.

— Votre Grâce, si une invasion nous menace, je pense que la fête devrait être annulée.

— C'est hors de question : la reine ne doit rien savoir, répondit Lancastre, catégorique.

Abasourdi, Gil n'en crut pas ses oreilles.

— Quoi ?

— Rien ne doit la contrarier ou mettre en danger l'enfant qu'elle porte. J'ai déjà donné mes ordres à son interprète. Elle ne doit entendre que des bonnes nouvelles. Donc, ce soir, nous ferons la fête comme si de rien n'était.

Obéissant aux ordres du duc, Gil se retrouva dans la grande salle, le soir, sans avoir la moindre envie de s'amuser. Et pourtant, quelle fête ce fut ! Même le père de Lancastre, le roi Edward, était venu en signe de soutien face aux ambitions royales de son fils. Son apparition au milieu de la cour était une sorte de bénédiction, rappelant les gloires et triomphes passés de l'Angleterre et laissant tout le monde supposer que la couronne anglaise poursuivait la longue route du succès.

Dans ces circonstances, il était compréhensible que Lancastre fasse tout son possible pour que rien ne gâche la soirée.

Cependant, alors que Gil s'approchait de son maître, en pleine conversation avec l'homme qui dirigerait l'expédition en France, il lui parut évident que leurs sourires n'étaient qu'une façade.

— Monseigneur d'Espagne ne peut sérieusement envisager de confier les rênes de l'invasion en Castille à Wolford. C'est un…

Avant de finir sa phrase, Pembroke aperçut Gil près d'eux et se tut. Cependant, le regard qu'il posa sur Gil en disait long : on ne pouvait confier une telle responsabilité à un Brewen.

Soudain, les ombres du passé resurgirent, plus menaçantes que jamais. Les rires moqueurs des écuyers de sa jeunesse résonnèrent de nouveau aux oreilles de Gil. Il revit les regards soupçonneux qui avaient accompagné ses premières batailles, les femmes qui se détournaient quand il leur souriait…

S'il avait espéré un instant que Valerie ne découvre jamais la vérité, cet espoir fut immédiatement étouffé. Les vieilles histoires et les douleurs anciennes ne s'éteignaient jamais.

— Qu'étiez-vous sur le point de dire ? demanda Gil d'un air de défi.

Si cet homme voulait l'insulter, qu'il le fasse devant lui, au lieu de colporter des ragots dans son dos !

Pembroke eut un instant d'hésitation et se mordit la lèvre. En un instant, il perdit toute sa superbe.

— Sa Grâce et moi parlions de la stratégie d'invasion, finit-il par répondre.

— Cela suffit, coupa Lancastre en posant une main sur l'épaule de Gil. Ne contestez plus jamais mes décisions ainsi, Pembroke. Sir Gilbert a combattu à mes côtés et m'a prouvé sa bravoure ainsi que son honneur. J'interdis à quiconque de se montrer insultant envers lui.

L'homme acquiesça sans un mot et se retira. Après

cette remontrance, Pembroke ne contredirait sans doute plus Lancastre, mais il resterait convaincu que Gil tenait plus du hors-la-loi que du chevalier.

— Je ne partage pas son avis, le rassura Lancastre lorsqu'ils furent seuls. Je n'ai jamais douté de vous.

Gil murmura un rapide remerciement tandis que Lancastre se laissait entraîner dans une autre conversation. Le duc ne doutait pas de lui, certes, mais il ne l'avait pourtant pas encore nommé commandant…

Parfois, Gil avait l'impression que Monseigneur d'Espagne était le seul homme en Angleterre à avoir confiance en lui — et c'était suffisant pour qu'il lui voue une inébranlable loyauté.

Ce court échange lui rappelait aussi que la Castille restait son but. Sur les plaines ibériques, personne n'avait entendu parler des Brewen. On ne le connaissait que sous un nom : *el Lobo, un hombre de honor…* et c'était un titre qu'il portait avec fierté.

Quittant Lancastre, il chercha un instant Valerie des yeux et finit par l'apercevoir, de l'autre côté de la grande salle, en pleine conversation avec les suivantes de la reine et les musiciens de la cour.

— Que fait Valerie ? demanda-t-il en s'approchant de Lady Katherine, priant pour qu'elle ne lui demande pas s'il avait raconté la vérité à sa promise. De quoi parle-t-elle, là-bas, avec ces femmes et les ménestrels ?

— Je crois qu'elle essaie de leur expliquer comment ils doivent jouer les musiques de danse castillanes.

— Et comment sait-elle ces choses ?

— Oh ! elle a fait beaucoup d'efforts pour apprendre quelques mots de castillan ; et, tâche plus ardue encore, vous pouvez me croire, elle a appris quelques mots de notre langue aux suivantes de la reine.

Gil regarda encore une fois cette femme qu'il allait épouser — petite, aux yeux noirs et au visage indéchiffrable. Savait-il la moindre chose à son sujet ? Comment une femme qui craignait jusqu'à son regard arrivait-elle à s'imposer au milieu de cette cacophonie d'anglais et d'espagnol ? En cet instant, il eut l'impression de retrouver en elle la femme qu'il avait aperçue le jour de leur rencontre — une femme forte, qui n'avait pas peur d'exprimer ses avis avec franchise.

Si elle essayait d'apprendre le castillan, cela voulait sans doute dire qu'elle partageait son amour pour l'Espagne — et qu'elle avait réellement envie de l'épouser, malgré tout. Il sentit une petite onde de fierté le parcourir et se laisser aller à sourire. Une épouse qui connaîtrait le castillan serait un atout indéniable pour lui…

Alors qu'elle faisait son possible pour essayer de traduire le terme *animado*, Valerie examina la foule qui emplissait le palais, à la recherche de Gil.

Tout le monde profitait de la fête mais, au milieu de cette liesse, son futur époux paraissait aussi morose et colérique qu'à son habitude en parlant à Lancastre et un autre homme. Valerie n'aperçut un sourire furtif passer sur ses lèvres que lorsque Katherine vint lui parler.

Un sourire qui s'illumina quand il croisa son regard…

Elle le lui rendit immédiatement. Avait-elle fait quelque chose qui lui plaisait ? De quoi pouvait-il s'agir ?

Elle n'eut, hélas, pas le temps d'y penser plus longtemps. La reine avait quitté ses appartements et l'église qu'elle fréquentait souvent pour assister à la fête. Sa « cour en exil » et elle avaient prévu des distractions particulières pour la soirée : une démonstration de musique et de danse castillanes. Ses suivantes avaient obligé tous les pages et les écuyers à participer à ce qui aurait pu ressembler à un bal masqué. Leurs visages avaient été noircis à la cendre, et leurs livrées étaient ornées de rubans et de clochettes comme des bouffons à Noël.

Valerie avait été sollicitée pour traduire approximativement les instructions des jeunes femmes — mais il restait encore à voir si elle avait été capable de comprendre ce qu'elles lui avaient dit.

Les derniers conseils ayant été donnés aux musiciens, Valerie put enfin s'éloigner du groupe, les mains jointes, avant le début des danses.

Gil la rejoignit rapidement près du dais, et plusieurs hommes s'élancèrent au son de la musique. Les mélodies et les rythmes étaient aussi étranges aux oreilles de Valerie que la langue qu'elle tentait d'apprendre. Le résultat était-il à la hauteur des espérances de La Reina ? Elle pria en silence pour que Constance soit satisfaite.

La foule se pressa autour des danseurs pour les regarder, et Gil poussa avec douceur Valerie devant lui afin que personne ne vienne lui masquer la vue.

Elle dut se concentrer pour apprécier la danse. Elle savait déjà que Gil était fort, mais n'avait pas encore passé autant de temps aussi près de lui. Petite comme elle l'était, atteignant à peine son épaule, elle ne l'empêchait certainement pas de profiter du spectacle…

Effleurant son dos de son grand corps puissant, il posa ses mains sur le haut des bras de Valerie, sûr de lui.

À chaque fois que Scargill avait posé les mains sur elle, cela avait été pour l'emprisonner, la contraindre, la piéger. Au contraire, Gil était protecteur. Il semblait vouloir s'assurer qu'aucun courtisan maladroit ne la bouscule.

Envahie par cette force paisible qu'il dégageait, elle se sentait en sécurité. Elle retrouvait espoir. Peut-être serait-il finalement un époux plus doux et plus gentil que le précédent.

Elle essaya de se concentrer sur les danseurs.

Leurs mouvements lui paraissaient étranges, et leur

apparence la troublait. Cette démonstration était-elle vraiment castillane ou bien n'était-ce qu'un pâle reflet de ce que la reine espérait, aussi maladroit que ses traductions hésitantes ?

À la fin du morceau, les danseurs s'alignèrent, avec des sourires gênés, s'échangeant des regards mal assurés.

La grande salle fut plongée dans un profond silence.

Au bout de quelques instants, le roi autoproclamé de Castille se leva et applaudit très fort, très longtemps, jusqu'à ce que toute la cour l'imite. Assise près de lui, La Reina rayonnait de bonheur comme si, pour la première fois depuis son arrivée, elle se sentait chez elle.

Son regard croisa celui de Valerie, et elle la récompensa d'un petit signe d'approbation. En dépit de ses doutes, elle avait visiblement réussi à offrir un peu de joie à Constance en recréant un aperçu de ce foyer lointain qui lui manquait tellement.

Une musique plus familière emplit alors la salle et Gil lâcha Valerie. La foule des spectateurs s'éparpilla de nouveau en petits groupes.

— C'était censé être une danse de Castille, expliqua-t-elle à Gil, sans vraiment oser croiser son regard. Avez-vous déjà vu des choses semblables quand vous étiez là-bas ?

Gil la gratifia d'un nouveau sourire.

— Je crois qu'ils ne font pas cela de la même manière, en Espagne…

Valerie ne put retenir un éclat de rire.

— Cela ne me surprend pas !

Pourtant, la reine et Gil paraissaient satisfaits.

— Par contre, je ne comprends pas pourquoi il a fallu grimer le visage des danseurs, reprit-elle, cédant à sa curiosité.

— Il y a beaucoup de Maures, en Espagne. Je pense que cette danse était l'une des leurs…

Cette nouvelle rappela à Valerie l'étendue de l'inconnu qui l'attendait, et son sourire s'évanouit.

— Est-ce une danse païenne ?

Jamais elle n'aurait cru que la reine, si dévote, pouvait vouloir assister à pareil spectacle.

— Oh ! ce n'est pas si inhabituel, là-bas, répondit Gil. On y trouve aussi d'extraordinaires cavaliers et des lieux d'une beauté enchanteresse.

Soudain, il parut se perdre dans ses souvenirs.

— Vous verrez, murmura-t-il. Quand nous y serons.

Ce rappel de leur départ serra le cœur de Valerie.

La Castille planait au-dessus d'elle comme une ombre menaçante. Là-bas, rien ne lui serait familier — ni la terre, ni le climat, ni la langue — et voilà qu'on lui disait qu'il y aurait aussi des hommes étranges à la peau sombre…

— Lady Katherine m'a dit que vous essayiez d'apprendre le castillan, reprit Gil avec un sourire approbateur.

Était-ce pour cela qu'elle l'avait vu se réjouir pendant qu'elle parlait aux ménestrels ?

— Je fais de mon mieux, puisque la reine et ses suivantes ne parlent pas notre langue. J'avais déjà appris quelques mots à force de les écouter. Seulement, elles m'ont demandé d'expliquer une danse castillane que je n'ai jamais vue, et…

Elle leva les yeux au ciel.

— Pour être honnête, je ne suis pas certaine que ma malheureuse traduction ait été très utile.

Pourtant, son bref triomphe, couronné par les visages heureux de la reine et de Gil, restait gravé en elle. Si elle avait réussi à accomplir ce prodige, c'était parce qu'elle avait pris le risque de faire quelque chose de nouveau, qui lui était parfaitement étranger.

— Je vous félicite d'avoir réussi à apprendre ne serait-ce que quelques mots. J'ai passé des mois là-bas et je n'ai retenu que deux ou trois phrases… Nous cherchions toujours des interprètes.

Des interprètes ? Comme le prêtre qui, Valerie en était certaine, avait déformé ses paroles en les traduisant à la reine ?

Qu'avait-il caché d'autre à cette pauvre femme ? Savait-elle vraiment ce qui se passait autour d'elle ?

— Si vous ne parliez pas la langue, comment pouviez-vous être sûr que vos interprètes traduisaient correctement ce que vous disiez ? Qu'ils ne trahissaient pas vos intentions ?

En termes de diplomatie et de guerre, quoi de plus important que de comprendre ce que disent vos amis ou vos ennemis ?

Gil fronça les sourcils, envahi par de sombres souvenirs.

— Parfois, les interprètes ne faisaient pas leur travail, en effet.

Il examina un instant Valerie d'un air songeur, puis lui sourit.

— C'est pour cela que, dorénavant, vous serez mon interprète.

Se moquait-il d'elle ?

— Dans ce cas, j'ai encore beaucoup à apprendre, répondit-elle.

Ils partagèrent un nouveau sourire, presque complice.

Des danseurs s'avancèrent au milieu de la salle et Gil la conduisit dans un coin plus calme, loin de la foule et du bruit. Là, ils restèrent silencieux pendant quelques instants.

Finalement, Valerie, d'un air mal assuré, prit une profonde inspiration.

— Parlez-moi de la Castille.

— C'est difficile à expliquer.

— Vous m'avez dit que c'était à la fois froid et brûlant. Et pourtant, vous avez hâte d'y retourner.

— Je vous parlais de la campagne, répondit-il. Toutes

113

les campagnes sont difficiles. Il faisait froid dans les montagnes mais chaud et sec en plaine.

C'était donc un pays chaud et sec. Qu'est-ce que l'on pouvait bien faire pousser dans un endroit pareil ? Les roses que Valerie aimait tant dans son jardin, elles, s'épanouissaient sous la rosée qui perlait sur leurs pétales, dans le pâle soleil du matin…

— Cela ne semble pas très… accueillant.

— Oh ! mais le palais, l'Alcázar, est une merveille ! Vous comprendrez mieux quand vous le verrez. Des patios, des jardins… On pourrait y vivre autant dehors qu'à l'intérieur.

Des jardins ? Cette terre étrangère pourrait peut-être lui apporter un peu de bonheur, en fin de compte.

Elle repensa à son propre jardin. Elle avait quitté sa maison en février, et on était déjà en avril. Elle avait manqué la floraison des pervenches, et les jacinthes de bois allaient bientôt éclore.

Elle avait prévu de faire tant de choses avant la fin de l'hiver. Le treillage sur lequel elle faisait grimper ses roses avait besoin d'une réparation, et le tunnel de verdure que son ancêtre castillane avait planté tant d'années plus tôt allait bientôt bourgeonner. Si seulement elle pouvait rentrer chez elle, ne serait-ce que pour quelques jours ! Si seulement elle pouvait revoir les rais de soleil filtrant au milieu des nouvelles feuilles vert tendre.

Elle jeta un rapide coup d'œil à Gil. Il lui avait souri. Peut-être qu'en demandant gentiment…

— J'ai aussi un jardin, dit-elle. Avec l'arrivée du printemps, il a besoin d'entretien. Si vous m'autorisiez à m'y rendre juste pour une courte visite…

— Non.

En un éclair, il redevint l'homme dur et terrifiant qui fronçait les sourcils quand il la voyait. Il l'attira encore plus à l'écart de la foule et murmura :

— Vous ne devez pas quitter Londres.

Qu'avait-elle donc fait pour provoquer un tel accès de colère ?

— Je demanderais la permission de la reine, bien sûr.

Hélas, il se montra inflexible, sa main fermée sur son bras.

— Ce n'est pas la question. C'est bien trop dangereux. Nous avons appris que les Castillans et les Français se sont alliés. Ils rassemblent leurs flottes pour traverser la Manche.

Valerie eut du mal à comprendre cette menace de guerre, trop concentrée sur les souvenirs de son jardin.

— Que voulez-vous dire ?

Gil se pencha un peu plus à son oreille, suffisamment pour que son souffle vienne lui caresser la peau.

— L'ennemi va tenter de nous envahir, chuchota-t-il.

Abasourdie, Valerie sonda son regard dur. Il acquiesça, comme pour lui dire qu'elle avait bien compris. Son visage s'était fait plus austère que jamais.

Sous le choc, Valerie regarda alors la ronde des danseurs sans vraiment les voir. La guerre, qui s'était toujours déroulée si loin, pouvait-elle arriver jusqu'en Angleterre ? Jusqu'à elle et à son précieux jardin ? C'était inimaginable !

Et pourtant… Elle regarda de nouveau Gil, puis Lancastre et le prêtre. À présent, elle comprit tous ces signes qu'elle avait perçus depuis le début de la soirée — les lèvres pincées, les silences, les regards furtifs.

Ces hommes n'avaient pas l'esprit à la danse et à la fête.

Malgré tout, Gil lui tenait toujours les mains, et la chaleur de sa peau suffisait à la rassurer un peu.

Elle leva les yeux vers lui et serra furtivement ses doigts.

— Comme vous le souhaitez, dit-elle. Je resterai ici.

Tous deux regardèrent les danseurs en silence. Après de telles révélations, il semblait absurde de revenir à une conversation quotidienne…

Pourtant, Gil restait à ses côtés, comme s'il se tenait prêt à tirer l'épée pour la défendre face à l'ennemi.

Valerie chercha la reine des yeux, sous le dais. Elle souriait toujours, à côté de son époux.

Soudain, une certitude frappa Valerie : *elle ne sait pas.*

D'ailleurs, si Valerie n'arborait plus un sourire aussi candide que celui de Constance, c'était par pur hasard. Toutes les deux étaient contraintes de se soumettre à la volonté de leurs époux : mais la reine, en dépit de son pouvoir politique, semblait encore plus impuissante que Valerie, perdue dans ce pays qui n'était pas le sien.

Elle était emprisonnée par les murs d'un langage qu'elle ne comprenait pas, obligée de se fier aux traductions d'hommes qui servaient leurs propres intérêts. Le duc voulait-il éviter de l'inquiéter ? Ou l'empêcher d'interférer dans ses projets ? Aucune importance : en la maintenant dans l'ignorance, il s'était arrogé le droit de décider de sa vie à sa place !

Elle jeta un coup d'œil furtif à Gil.

Il ne lui avait pas ordonné de garder le secret sur ce qu'il venait de dire.

Et elle ne comptait pas lui demander le droit de divulguer la nouvelle.

Le lendemain matin, la reine et ses suivantes s'attardèrent au lit.

Mais pas Valerie. Elle se leva tôt et fit les cent pas dans le couloir, trop anxieuse pour se concentrer sur quoi que ce soit. De temps à autre, elle s'approchait des fenêtres et sondait le paysage. En combien de temps pouvait-on atteindre la côte ? Deux jours de voyage sur un cheval rapide, avait-elle entendu dire. Et si un navire remontait la rivière, pourrait-il atteindre Londres ?

Elle laissa ses mains courir le long des murs, remarquant

pour la première fois leur épaisseur et leur solidité. Si la guerre se déclarait, serait-elle réellement en sécurité ici, avec Constance et sa suite ?

Peut-être devrait-elle en parler à Katherine d'abord… Seulement, si Katherine était aussi proche du duc qu'on le disait, elle était certainement au courant de la nouvelle et n'avait rien dit à personne ; elle pourrait donc conseiller à Valerie de ne pas parler non plus.

Elle resta là, immobile dans le couloir, déchirée entre sa loyauté envers son époux et envers la reine. Quelle différence cela ferait-il, pour les hommes, que la reine soit mise au courant de ce qui se passait vraiment ? Leurs préparatifs seraient exactement les mêmes. Pourquoi tenait-on toujours tellement à maintenir les femmes dans l'ignorance, comme si elles étaient sourdes et aveugles au monde ? Leurs sentiments avaient-ils donc moins d'importance que leur corps ?

Valerie avait en effet toujours connu ce mépris masculin. Mais une reine ? Une reine méritait mieux !

Ainsi, en fin de matinée, elle profita de l'absence des autres suivantes et du calme qui régnait dans les appartements de Constance pour aborder le sujet. Le prêtre était là, bien entendu, et il tenterait certainement de déformer les paroles de Valerie, mais elle ne le laisserait pas faire. Sa maîtrise du castillan était insuffisante pour lui permettre de transmettre les nouvelles les plus importantes elle-même, mais elle pouvait en dire assez pour obliger l'interprète à avouer toute la vérité à sa maîtresse.

Valerie commença donc par quelques compliments et quelques remarques légères concernant la fête de la veille, pour endormir la méfiance du prêtre.

Puis, soudain, elle changea de ton :

— Hélas, ma joie a été ternie par les nouvelles que j'ai

apprises hier : on m'a dit qu'une flotte de navires français et castillans pourrait menacer nos côtes.

Le prêtre s'interrompit brusquement en pleine traduction, jetant un regard horrifié à Valerie.

Loin de se laisser impressionner, elle le dévisagea gravement.

— Je suis d'ailleurs certaine que vous avez déjà informé La Reina de tout ceci.

Le visage habituellement rougeaud de l'homme pâlit immédiatement et son regard prit un air plus coupable qu'effrayé. Ainsi, Valerie avait raison : il connaissait la vérité depuis le début mais n'en avait pas informé sa maîtresse. Sans doute avait-il en cela suivi les ordres du duc.

La reine les dévisagea tour à tour, puis parla au prêtre qui murmura une rapide réponse. D'après le calme de la reine, Valerie devina que l'homme n'avait en rien traduit ses paroles.

Elle s'en était doutée.

Elle hésita donc un instant avant d'insister. Elle pouvait encore garder le secret. Et elle aurait dû. C'était ce que l'on attendait d'une épouse obéissante. Si jamais elle disait tout ce qu'elle savait à la reine, elle devrait sans doute affronter la colère de Gil… Seulement, son fiancé était un homme, il était donc libre d'aller et venir dans le monde à sa guise. En dépit de son autorité royale, Constance, plus jeune que Valerie et enceinte, était à la merci de ce que les hommes qui l'entouraient étaient prêts ou non à lui dire.

Aujourd'hui, Valerie pouvait changer cela — et elle était vraisemblablement la seule à avoir cette opportunité.

— Mon père, dit-elle d'une voix volontairement menaçante, vous devriez peut-être réessayer. La Reina doit savoir que des *caballeros* peuvent arriver jusqu'ici.

La reine, comprenant la gravité du mot et du ton de Valerie, jeta un regard noir au prêtre.

— *¿Qué dice ?*

— *Sobre la guerra…*

Valerie rassembla les quelques mots d'espagnol dont elle disposait. C'était suffisant pour que la reine fronce les sourcils, mais pas assez, sans doute, pour qu'elle comprenne toute la vérité.

Avec un regard appuyé sur le prêtre, elle reprit donc, en anglais :

— Si vous êtes incapable de tout lui dire, je le ferai moi-même, mais je suis certaine que votre maîtrise de la langue lui transmettra les informations qu'elle doit savoir avec plus de douceur que mes quelques phrases trop brusques. Je vous prie donc de dire à La Reina *exactamente* qu'avec la menace d'une invasion, son bébé et elle seraient plus en sécurité à la campagne, loin de Londres.

Elle se tourna ensuite vers la reine, soutenant son regard et s'efforçant de sourire de son mieux. Le prêtre traduisit ses paroles — sans faute, apparemment, car les yeux de la reine s'écarquillèrent un instant de peur. Puis ses lèvres se pincèrent en une moue déterminée et elle hocha la tête comme si elle comprenait enfin.

— *Gracias, señora*, dit-elle sans quitter Valerie des yeux.

Il y eut un nouvel échange entre le prêtre et elle.

— La Reina vous remercie de votre loyauté à son égard, dit-il, et pour le dévouement dont votre futur époux et vous faites preuve pour défendre le trône de Castille. Elle demandera à Monseigneur d'Espagne de trouver un château convenable à la campagne. Votre époux vous autorisera-t-il à rester auprès de Sa Grâce tandis que nous nous placerons à l'abri ?

Répit plus que bienvenu… Au début, c'était Gil qui

avait insisté pour qu'elle demeure au service de la reine, et maintenant, c'était l'affection de cette même femme qui saurait la protéger de sa colère.

Reconnaissante et soulagée, elle répondit dans une profonde révérence :

— *Gracias, mi Reina.* Je lui demanderai la permission de vous suivre.

Comme si elle avait compris, la reine sourit.

Chapitre 8

On obligeait Gil à se marier et c'était déjà en soi une mauvaise nouvelle, songea-t-il en remontant le couloir à grands pas, mais en plus, on lui avait imposé une femme incapable de garder les secrets qu'il avait eu la maladresse de lui confier !

Non seulement elle avait décidé toute seule d'informer la reine de leur mariage ; elle avait aussi — apparemment — dit à Constance qu'une flotte castillane était en vue des côtes. À cause de cela, une Constance terrifiée était allée voir Lancastre pour exiger qu'il l'envoie à la campagne avec toute sa suite. Donc, au lieu d'organiser la défense du pays, Gil venait de passer sa matinée à envoyer des messagers aux châteaux d'Hertford, d'Higham Ferrers et de Kenilworth pour voir lequel pourrait accueillir et défendre la reine ainsi que ses suivantes.

Monseigneur d'Espagne n'avait pas été ravi de la tournure qu'avaient prise les événements — ce n'était rien de le dire !

À présent, Lady Valerie allait payer le prix de son indiscrétion.

Il pénétra dans le premier salon des appartements de la reine sans se faire annoncer et découvrit Valerie à genoux, au milieu d'une monstrueuse pile de malles.

Elle ne leva pas les yeux à son arrivée.

— Ce coffre contient le crucifix et l'autel personnel de La Reina, commença-t-elle comme si elle donnait des instructions à un domestique. Assurez-vous d'en prendre grand soin et de le charger en premier dans la voiture. Sa Grâce voudra prier dès son arrivée pour remercier Dieu de nous avoir accordé un voyage paisible.

Elle se tourna ensuite vers d'autres éléments, pensant sans doute qu'un serviteur viendrait emporter le coffre.

Constatant que, dans son dos, Gil ne répondait pas et ne faisait pas le moindre mouvement, elle reprit :

— Venez vite.

Ce fut alors qu'elle leva enfin la tête, l'aperçut, et se releva vivement.

— Pardonnez-moi, mon Seigneur. Je n'avais pas vu que c'était vous.

Cette femme, qui avait donné ses ordres d'une voix confiante quand elle pensait avoir affaire à un serviteur, baissa immédiatement les yeux et se crispa devant Gil.

Incapable de contrôler sa colère plus longtemps, il s'écria :

— Quand vous deviendrez ma femme, j'ose espérer que vous ne divulguerez pas chacune de mes paroles à la reine !

Sa voix résonna dans le salon vide, et Valerie frémit. Son visage trahit un instant la terreur, comme si elle s'attendait à recevoir un coup.

Elle baissa de nouveau la tête, vivement, et ploya le genou.

— J'avais simplement l'intention de me montrer aussi loyale envers la reine que vous envers son époux, répondit-elle d'une petite voix. Je pensais que Monseigneur d'Espagne avait prévu de la protéger au cas où…

Au cas où le pire arrive.

Ce sous-entendu choqua Gil. En effet, il était sage de

mettre la reine en sécurité, et il eut un peu honte à l'idée que ni lui, ni l'époux de Constance n'y aient pensé plus tôt.

Luttant pour garder son calme, il s'éclaircit la voix.

— Je vois. Vous avez raison.

Après tout, lui avait-il demandé de garder le silence sur cette affaire ? Il ne s'en souvenait plus. De toute manière, même s'il l'avait fait, aucun homme ne devait crier sur sa femme comme sur un bœuf qui refuse de tirer sa charrue.

Elle leva alors timidement les yeux vers lui et murmura :

— Punissez-moi comme je le mérite.

— Vous punir ?

Pour qui est-ce qu'elle le prenait ? Certes, il était contrarié qu'elle ait parlé à la reine sans sa permission, mais son humilité exagérée avait tout d'une accusation. C'était comme si elle percevait une noirceur bien cachée sous des années de travail pour atteindre l'idéal de la chevalerie.

— Non, répondit-il, un peu embarrassé. Il n'y aura pas de… Je ne voulais pas…

Il s'interrompit pour mieux regarder sa promise. Elle avait retrouvé son visage impassible, indéchiffrable. Quand il l'avait rencontrée, elle n'avait pas hésité à mépriser sa main tendue et à se détourner de lui comme une femme de très haute naissance. Il l'avait alors trouvée triste, mais forte. À présent, elle se recroquevillait devant lui comme un chien qu'il aurait frappé.

En effet, il était entré dans la pièce comme un diable, en criant et en tapant du pied… Dans de telles conditions, la réaction de Valerie n'avait rien de surprenant. Elle sentirait la présence d'un monstre caché au fond de lui s'il continuait à se comporter aussi stupidement !

Il baissa donc la tête pour s'excuser.

— Je suis navré, je suis fatigué.

Il ne pouvait pas continuer à prétendre que son histoire

familiale était la cause de la peur de sa promise : c'était bien lui et sa maladresse qui la terrifiaient à ce point.

— J'ai passé la matinée à chercher un lieu convenable pour accueillir la maisonnée de la reine. Dans un jour ou deux, nous saurons où vous envoyer.

— La reine vous en sera reconnaissante, répondit Valerie, et moi aussi.

En dépit de ce calme retrouvé, elle n'osait toujours pas lever les yeux.

Lady Katherine avait pourtant mis Gil en garde contre les mauvais commencements… Comment avait-il pu perdre son calme aussi facilement ?

— Regardez-moi, dit-il avec plus de douceur. Je vous en prie.

Valerie leva la tête d'un air surpris, et ses grands yeux sombres sondèrent les siens.

— Si vous le désirez, je peux vous promettre qu'à l'avenir je ne…

— Me trouvez-vous si laid que vous n'osiez me regarder ?

Elle eut un sourire timide et ses joues se parèrent d'un voile rosé qu'elle ne put dissimuler.

— Je vous trouve…

Elle ravala sa salive.

— … agréable à regarder.

Cette fois, ce fut au tour de Gil de ne pouvoir réprimer un sourire. Il s'avança d'un pas, confiant, mais elle recula devant lui et il dut s'immobiliser pour ne pas l'inquiéter.

— N'ayez pas peur de moi, Valerie.

Comme s'il avait le moindre pouvoir sur les émotions de cette femme.

Elle soutint son regard, comme pour lui prouver qu'elle savait se montrer courageuse.

— Je n'ai pas peur, répondit-elle, farouche.

C'était un mensonge, mais c'était brave, en effet. Gil avait vu suffisamment d'hommes se préparer au combat

124

pour le savoir. À moins qu'il ait tort — encore une fois — et qu'elle soit simplement méfiante, comme un animal prêt à fuir à la moindre menace.

— Bien, répondit-il.

— Je vous connais à peine.

— Je ne vous connais pas non plus.

D'ailleurs, plus il passait de temps avec elle, plus elle le troublait. Elle était capable de défier son autorité pour confier un secret à la reine mais, face à lui, elle se montrait soumise et intimidée…

— Néanmoins, Monseigneur d'Espagne nous destine l'un à l'autre et je pense que nous devrions… parler. Vous ne croyez pas ?

Ils avaient échangé quelques phrases, la veille, évoquant pour la première fois autre chose que les préparatifs nécessaires à leur mariage. Mais, même à ce moment-là, ils n'avaient discuté que de la Castille. Les femmes s'attendent en général à plus de… séduction.

— Eh bien parlons, si vous le voulez.

Rien de plus. Aucun encouragement.

— De quoi désirez-vous parler ?

Elle parut surprise.

— Vous avez dit que nous devions parler. J'ai donc supposé que vous aviez quelque chose à me dire.

Quelle femme restait aussi silencieuse alors qu'on lui proposait de l'écouter ? Que faisait Lancastre pour faire sourire Lady Katherine ? Peut-être que…

Gil trouverait-il le courage de se confier, cette fois ?

— Vous m'avez posé des questions au sujet de ma famille.

Voilà : il lui donnait une nouvelle chance de lui demander ce qu'elle voulait.

Elle haussa légèrement les sourcils, mais ne parut pas mordre à l'hameçon.

— Et vous m'avez clairement fait comprendre que vous ne souhaitiez pas aborder le sujet.

Détectait-il une pointe de soupçon dans sa voix ?

— De plus, poursuivit-elle, Monseigneur d'Espagne nous croit dignes l'un de l'autre. C'est tout ce que j'ai besoin de savoir.

Soulagement. Répit. Un jour, il n'aurait d'autre choix que de tout lui avouer lui-même, mais pas tout de suite. Pas tant qu'elle aurait peur de lui.

— En tant que votre fiancée, ne vaudrait-il pas mieux que j'apprenne à vous faire plaisir ? Je vous demanderai de me prévenir quand je vous contrarie, comme vous l'avez fait aujourd'hui.

— Ce qui me fait plaisir ?

Que lui dire ? Il ne savait pas vraiment comment répondre.

— Quand nous triomphons d'une bataille, les compliments de mon maître me font plaisir. Et je serai heureux de rejoindre la Castille.

Il pensait que ce nom illuminerait les regards de Valerie, mais il n'en fut rien.

— Permettez-moi aussi d'en savoir un peu plus sur vous.

Elle redressa imperceptiblement la tête, comme une enfant à qui l'on ordonne d'avouer ses secrets.

— Qu'aimeriez-vous savoir ? demanda-t-elle.

— Vous ne semblez pas pressée de vous marier. Est-ce que… Est-ce qu'il y a quelque chose que vous n'aimez pas chez moi ?

Elle fit non de la tête sans la moindre hésitation.

— D'après mes souvenirs, vous n'aviez pas non plus l'air enjoué quand vous m'avez annoncé la nouvelle.

Elle eut un petit sourire malicieux.

— Devrais-je m'inquiéter de vos propres hésitations ? ajouta-t-elle.

— Non ! répondit-il immédiatement. Bien sûr que

non. J'ai toujours eu l'intention de me marier un jour. Évidemment. Mais pas… maintenant.

— Vous savez, j'ai déjà été mariée et, pour être honnête, je ne voyais aucune raison de recommencer.

Gil connaissait peu de femmes et ne s'était jamais vraiment demandé ce qu'elles faisaient de leurs journées, qu'elles soient veuves ou mariées. La vie de Valerie serait-elle différente, si elle ne prenait pas de second époux ?

— Si on vous avait permis de rester veuve, qu'auriez-vous fait ?

— Je serais retournée sur mes terres, pour m'occuper des moissons et du bétail, répondit-elle sans hésiter.

Quelle occupation lassante ! Gil, pour sa part, avait toujours fui ces tâches répétitives, leur préférant la guerre.

— Mais quand ce travail est accompli, que faites-vous ? Est-ce que vous aimez les jeux d'échecs ?

Peut-être avait-elle une passion et craignait-elle qu'il lui interdise de s'y adonner…

— Ou la chasse ?

Elle le dévisagea d'un air perplexe.

— Quelle importance cela a-t-il ? Les moments que nous partagerons se passeront au lit et non en divertissements.

Seigneur, quel mariage avait-elle donc vécu avec Scargill ? Est-ce qu'il se contentait de rentrer chez lui, de coucher avec elle et de repartir sans même un mot pour elle ?

Était-ce même pire que cela ?

Gil tenta de rassembler le peu de souvenirs qu'il avait de cet homme. Il l'avait souvent vu crier ou frapper un compagnon sous le coup de la colère. Mais une femme… ?

Jamais Gil n'aurait pu imaginer une telle chose. Seulement, si c'était vrai, cela pouvait peut-être expliquer la méfiance de Valerie à son égard. Il chassa immédiatement cette pensée et l'ajouta à la longue liste des sujets qu'il ne préférait pas aborder.

— Oh ! je pense que nous… que nous passerons du temps ensemble, hors du lit conjugal…

En dépit de sa volonté de renouer le dialogue, il fut incapable de penser à autre chose qu'aux nuits qu'il pourrait passer avec elle, après leur mariage. Une vague de chaleur monta en lui et tout son corps s'éveilla sous le feu de son désir.

Il s'efforça pourtant de se contrôler.

— Donc, dites-moi, qu'aimez-vous faire ?

Pourvu qu'ils aient au moins un point commun… Lady de Losford avait adoré son don pour la poésie.

De nouveau, Valerie sembla perplexe — comme si personne ne lui avait posé cette question auparavant. Elle prit ensuite le temps de réfléchir sérieusement avant de lui répondre.

— J'aime faire pousser des choses, dit-elle finalement avec un petit hochement de tête affirmatif.

— Faire pousser des choses ?

Elle avait déjà parlé de moissons. Que voulait-elle donc dire ?

— Des choses… comme des herbes ?

Elle rougit un peu et précisa dans un doux sourire :

— Des fleurs. J'aime faire pousser des fleurs.

— Des fleurs…

Le mot parut flotter entre eux comme une arme que Gil n'aurait pas su manier. Il se souvint alors qu'elle lui avait déjà posé des questions sur les cultures et les plantes de Castille — et il n'avait pas su lui répondre. Que dire ? Il s'éclaircit la voix une nouvelle fois.

— Et… pourquoi est-ce que vous aimez les fleurs ?

Seigneur, qu'il avait l'air nigaud !

Heureusement pour lui, le regard rêveur de Valerie se mua cette fois en un immense sourire.

— On dirait que Dieu les a créées uniquement pour nous faire plaisir, répondit-elle. Les roses de mon jardin ont tant de teintes différentes, du rouge lie-de-vin au blanc. Et leur parfum…

Elle s'interrompit pour prendre une profonde inspiration comme si elle pouvait les sentir malgré la distance.

— Les premières devraient bientôt éclore. Si je pouvais être chez moi pour…

Soudain, elle parut se souvenir de la menace qui pesait et son sourire disparut.

— Mais je sais bien que c'est impossible, reprit-elle d'une voix triste.

— Je suis vraiment navré, ce ne serait pas prudent, répondit Gil, se sentant un peu coupable d'avoir été aussi sec, la veille, quand elle lui avait demandé la permission de rentrer chez elle.

« J'ai un jardin », avait-elle dit — et, à en croire son enthousiasme, ce jardin était aussi précieux pour elle que les souvenirs de l'Alcázar l'étaient pour Gil.

Très vite, elle retrouva son sourire de femme docile et reprit :

— Vous m'avez parlé des jardins de l'Alcázar. Quelles fleurs y poussent ?

— Je ne suis pas jardinier et je ne connais hélas pas les noms des plantes, mais je peux vous dire que je n'ai jamais vu ces variétés ici.

— Pardonnez-moi. Un guerrier n'a pas à connaître le nom des fleurs qu'il voit, murmura-t-elle. Ma question était idiote.

Gil posa une main sur son épaule, comme il l'avait souvent fait pour rassurer ses hommes.

— Non, elle n'était pas idiote.

C'était lui qui était idiot ! Avant de découvrir les patios baignés de soleil de Castille, il considérait tous les jardins comme des bourbiers sombres propres à enterrer de lourds secrets.

— J'ai trop vécu sur le champ de bataille et pas assez…

Chez moi. En effet, il avait toujours tenté de rester le plus éloigné possible de ce château hanté où il avait grandi.

Mais cette femme trouvait son bonheur dans la terre et était même capable de faire jaillir quelque chose de beau du sol nu. Serait-elle capable d'embellir un foyer de cette manière ? De faire de leur maison un lieu que Gil ne voudrait pas fuir ?

Elle hocha la tête, comme si la caresse de Gil l'apaisait.

— Je n'aurai qu'à demander à La Reina. Elle saura me répondre, dit-elle. Et si les roses ne poussent pas là-bas, nous pourrons peut-être en emporter avec nous quand nous partirons.

— Inutile d'emporter le moindre souvenir d'Angleterre en Castille, répondit Gil, un peu plus sèchement qu'il ne l'aurait voulu avant de s'adoucir. Nos jardins seront remplis de plantes nouvelles.

Il laissa sa main glisser le long du bras de Valerie et se pencha, pour la rassurer.

Elle le dévisagea d'abord d'un air surpris puis ses lèvres s'entrouvrirent.

Il n'avait qu'à s'approcher pour l'embrasser. Après tout, il en avait le droit, puisqu'il était son fiancé… Elle avait un peu de poussière sur le nez et une mèche de cheveux s'était échappée de sa coiffe. Gil en admira la teinte châtain doré. Hélas, le reste de sa chevelure restait bien caché sous son voile de veuve, comme si cette femme appartenait toujours à un autre homme.

Il repoussa la mèche rebelle et effleura la joue de Valerie de ses lèvres avant de l'attirer dans ses bras.

Elle ne bougea pas tout d'abord, puis murmura :

— Les serviteurs vont revenir…

Bien sûr. Pas ici. Pas maintenant.

Il la lâcha et s'écarta pour résister à la tentation de l'enlacer de nouveau. Que venait-il de se passer ? Il était arrivé dans cette pièce comme une tornade, révolté par le manque de loyauté de Valerie, mais une magie étrange avait effacé toutes ces pensées pour la remplacer par une autre : épouser cette femme pour qu'elle devienne sienne. Pas étonnant, après cela, qu'il préférât la guerre à l'amour ! Les conséquences et les stratégies y étaient plus simples à prévoir.

Cette femme était dangereuse. Il ne se reconnaissait plus, quand il était avec elle. Elle était un nœud qu'il ne savait démêler et, à chaque fois qu'il essayait de se libérer de ces liens, il s'emprisonnait un peu plus.

Il avait d'ailleurs perdu un temps précieux ici alors qu'il aurait dû préparer les combats à venir.

— Il est bien trop tôt pour penser aux fleurs, dit-il après avoir retrouvé son sérieux et son austérité coutumière. Si nous ne reprenons pas le trône à l'usurpateur, nous ne risquons pas de voir les jardins de Castille.

Ces paroles sévères firent réapparaître le regard timide et un peu triste de Valerie.

— Bien sûr, mon Seigneur. Je veux dire : Gil…

Elle avait prononcé son prénom comme s'il lui était étranger, et Gil aurait préféré qu'elle ne l'appelle pas du tout.

— Assurez-vous que la reine soit prête à partir d'ici la fin de la semaine.

— La Reina m'a demandé d'accompagner sa suite, reprit Valerie. Me permettez-vous de le faire ?

Gil prit un instant pour réfléchir. Lancastre n'avait pas encore fixé de date de mariage et, en attendant, il valait peut-être mieux que sa promise et lui restent séparés. Ainsi, il ne risquait pas de lui confier d'autres secrets sensibles — et, à Hertford, elle serait en sécurité, loin de la cour et des ragots qu'elle pourrait entendre sur le passé des Brewen.

— Oui, bien sûr. Je vous y autorise, répondit-il donc.

Comme elle l'avait prédit, les serviteurs apparurent peu après, et Gil put s'échapper, plus troublé qu'à son arrivée.

Il ne comprenait pas du tout cette femme ! Pire encore, il ne se comprenait plus quand il était avec elle…

Ainsi, tandis que les hommes se préparaient à défendre la côte, Valerie organisa le transport des malles, de la cour castillane et de la pie en cage jusqu'au château d'Hertford. Suffisamment loin de Londres pour garantir la sécurité de la reine de Castille, si jamais le pire devait arriver.

Valerie envoya ensuite un message à Gil, mais ne le revit pas avant son départ. La cour avait fini par entendre parler de l'approche de la flotte franco-castillane, et une rumeur de guerre envahissait les couloirs du château.

Le voyage était censé permettre à la reine et à sa suite de conserver une certaine tranquillité ; mais Valérie, heureuse à l'idée de retrouver un jardin, était la seule à s'en réjouir réellement. Une fois qu'elle serait installée dans cette nouvelle demeure à la campagne, elle pourrait sans doute profiter de quelques moments de solitude pour admirer l'éclosion des lys pourpres, jour après jour. Ce genre de beauté n'avait besoin d'aucune traduction pour qu'on puisse la savourer…

La reine, dont le ventre s'arrondissait de plus en plus, passait énormément de temps à la chapelle, pour prier. Sans doute demandait-elle à Dieu de leur épargner, à son bébé et à elle, les problèmes qui pouvaient survenir lors d'un accouchement et la menace des lames ennemies. Et, à en croire les voix paniquées de ses suivantes, Valerie devina qu'elles craignaient que l'usurpateur n'atteigne les côtes et ne découvre leur cachette.

À Hertford, la cour de la reine fut encore plus isolée qu'au Savoy. Londres était à deux journées de cheval, et elles ne recevaient de nouvelles que par les prêtres espagnols de la cour qui voyageaient régulièrement entre la capitale et le château campagnard. Valerie écoutait d'ailleurs leurs comptes rendus avec scepticisme, ne sachant jamais s'ils disaient ou non la vérité à la reine.

Heureusement, Katherine aussi faisait régulièrement des séjours à Londres. Les nouvelles qu'elle en rapportait étaient sans doute plus fiables, car elles devaient directement venir du duc.

Katherine lui expliqua ainsi qu'elle devait se rendre auprès de Lancastre pour discuter avec lui de l'éducation des enfants. Avait-elle un autre but, plus intime, qui la poussait à repartir si souvent ? Valerie commençait à se poser des questions. En effet, quand elle demeurait à Hertford, Katherine passait plus de temps avec ses enfants et ceux que le duc avait eus de son premier mariage qu'avec la reine…

D'ailleurs, Constance comme elle semblaient préférer cet arrangement.

Si, comme le soupçonnait Valerie, chacune de ces deux femmes régnait sur une partie différente de la vie de Lancastre, elles n'obtenaient en tout cas pas plus de considération que n'importe quelle épouse ou amante aurait pu espérer.

Un soir de mai, alors que le ciel passait lentement du bleu au rose, Valerie et la reine essayaient comme souvent de s'apprendre mutuellement quelques mots de leurs langues natales. Elles discutaient à voix basse et riaient doucement quand l'une ou l'autre se trompait. Non, disait Constance, elle espérait ne pas rester trop longtemps en Angleterre. L'Angleterre était un pays froid et *feo*. La Castille, une contrée chaude et *magnifica*.

Soudain, Constance demanda le silence et invita la meilleure chanteuse de sa suite à entonner un chant de chez elle.

Valerie n'avait évidemment jamais vu la Castille, mais

elle ne put réprimer un flot d'émotions. Si elle parvenait à maîtriser la langue et si les jardins étaient aussi beaux que Gil le prétendait, aurait-elle une chance de trouver un peu de paix là-bas ? Ou bien serait-elle comme la reine, dans un an, émue aux larmes en écoutant la musique de son pays, aussi isolée et solitaire que cette pauvre femme ?

Constance s'était allongée, les yeux fermés, et sa douleur parut s'apaiser au fil des notes. Cette musique lui rappelait-elle sa maison, son enfance, l'époque où elle vivait heureuse, en sécurité ? Dormait-elle ? Valerie ne pouvait le dire mais elle fut soulagée de voir la reine profiter enfin de quelques instants de paix.

Puis son visage se crispa.

Elle agrippa son ventre et gémit, le souffle court, sans trouver immédiatement la force de parler.

— *Mi niño...*

Le chant s'interrompit immédiatement, et toutes les Castillanes entourèrent leur maîtresse, tournant le dos à Valerie.

Elle se leva, ne sachant que faire. Elle n'avait jamais porté d'enfant. Qu'allait-il se passer, maintenant ? Le bébé allait-il arriver immédiatement ?

La sage-femme avait été appelée pour une naissance à une demi-journée de cheval de là... Mais Katherine était au château ! Katherine avait porté quatre enfants et servi la première épouse du duc.

— Je vais chercher Lady Katherine, lança-t-elle en espérant que Constance l'entende et la comprenne.

Une réponse étouffée lui parvint. La reine avait-elle voulu protester ? Difficile à dire, au milieu de tous ces cris, des murmures et des piaillements de la pie.

Valerie remonta les couloirs en courant et pénétra dans les appartements où vivaient Katherine et les enfants. Elle ne prit même pas la peine de frapper.

— La Reina. Elle souffre. Le bébé...

Quelle idiote de n'être même plus capable de trouver ses mots !

Katherine se leva, sans un mot, et partit en direction des appartements royaux.

Valerie la suivit mais, quand elles entrèrent dans le salon, les jeunes suivantes leur jetèrent un regard soupçonneux sans s'écarter de la reine.

— Laissez-moi la voir, dit simplement Katherine.

Elle s'avança, poussant celles qui la gênaient. Valerie restait près d'elle. Si elle assistait à la naissance, peut-être que Dieu comprendrait à quel point elle aussi voulait un enfant…

Elle fut donc bientôt assez près de la reine pour surprendre un éclair dans son regard quand elle vit Katherine. C'était plus que de la douleur. De la haine, peut-être ? Constance soupçonnait-elle quelque chose… ?

La Reina prit une courte inspiration, puis une autre, sous le regard nerveux de ses suivantes.

Finalement, Katherine lui prit la main et serra ses doigts entre les siens avant de placer un chiffon humide sur son front.

— Reposez-vous. Le bébé n'arrive pas encore, dit-elle.

Un sourire. Une voix calme. C'était suffisant pour que la reine se laisse de nouveau aller à fermer les yeux.

Seulement, quand Valerie quitta le salon avec Katherine, elle vit son visage s'assombrir et le sourire rassurant qu'elle avait arboré devant la reine disparut de ses lèvres.

— Êtes-vous certaine que le bébé n'arrive pas encore ? murmura Valerie.

— Je ne sais pas… Mais l'enfant ne doit pas naître avant juin, dans plus d'un mois.

Valerie ne prit pas la peine de lui demander comment elle pouvait être aussi certaine de la date de naissance de l'héritier.

— Mais le bébé pourrait naître plus tôt, n'est-ce pas ? Et s'il arrive trop tôt…

Même Valerie savait à quel point cela était dangereux.

Katherine lui prit le bras.

— Allez à Londres. Dites à John d'envoyer la sage-femme qui a assisté Lady Blanche, dit-elle en retrouvant son calme. Je pense que nous aurons besoin d'elle.

— Et vous ?

Il était surprenant que Katherine ne souhaitât pas porter elle-même la nouvelle à « John ».

— Je dois rester pour aider la reine.

C'était logique, en effet : Valerie, elle, n'aurait pas été très utile dans ce cas-là.

— Je partirai à l'aube.

Katherine acquiesça. En dépit de sa voix posée, ses lèvres pincées trahissaient son inquiétude.

Valerie lui toucha timidement le bras, dans l'espoir de la réconforter.

— Si vous avez un message personnel, quelque chose que vous voulez que je transmette à Monseigneur d'Espagne…

Katherine sursauta et la dévisagea un instant en silence.

Valerie s'était-elle donc trompée ? Elle se mordit la langue — elle en avait trop dit…

Mais, finalement, Katherine jeta un petit regard autour d'elle pour être sûre que personne ne puisse les entendre, et son visage s'adoucit.

— Dites-lui que je ferai tout ce que je peux pour sa reine et que je veillerai sur son bébé comme si c'était le mien.

Ce n'était donc pas qu'une aventure passagère ; Katherine et Lancastre étaient unis par quelque chose de bien plus profond. Quelque chose qui poussait Katherine à servir fidèlement l'épouse du duc parce que, en faisant cela, c'était indirectement lui qu'elle servait.

Valerie acquiesça gravement.

— Je vous promets de transmettre le message.

Le visage de Katherine s'adoucit un peu plus, comme si elle reconnaissait en Valerie une amie — qui *savait* et qui ne la jugeait pas.

Valerie, elle, vit dans ce regard une preuve très nette que tout ce qu'elle avait appris au sujet du mariage et de l'amour était vrai. On se mariait par devoir. La passion, elle, venait d'ailleurs. Alliées improbables, Constance et Katherine, épouse et maîtresse, se retrouvaient unies par leur loyauté envers le même homme et portaient chacune leur douleur séparément. Et Valerie était un pont entre elles.

C'était bien pour cela qu'elle avait tant désiré ne jamais se replonger dans l'amère aventure du mariage. Pourtant, elle se sentit soudain étonnamment jalouse de Katherine — et de Scargill qu'elle avait si longtemps haï. Tous les deux avaient connu une passion qu'elle n'éprouverait jamais…

Et Gil ? Quand Valerie serait devenue son épouse dévouée, quelle autre femme saurait éveiller son amour ? Une femme aux cheveux blonds et aux yeux bleus sans doute. Valerie ne possédait ni l'un, ni l'autre, et Scargill lui avait souvent fait ce reproche. Au moins, ses cheveux pouvaient rester cachés, c'était déjà ça.

Elle embrassa brièvement Katherine et murmura :

— J'irai chercher la sage-femme moi-même et je l'amènerai ici aussi vite que possible.

C'était une promesse qu'elle faisait à ces deux femmes.

Deux jours plus tard, arrivée au château londonien de Lancastre, Valerie attendit que le page l'annonce avant d'entrer dans la grande salle. Elle profita de ces quelques instants de solitude pour répéter encore une fois le message de Katherine au duc.

Seulement, dès qu'elle passa la porte, elle n'eut d'yeux

que pour Gil, qui se tenait près de son maître. Il parut d'ailleurs fort surpris de la voir.

« Me trouvez-vous si laid que vous n'osiez me regarder ? » lui avait-il demandé.

Non, elle ne le trouvait pas laid. Au contraire, elle adorait poser les yeux sur lui. La crinière brune qui retombait sur son front, ses sourcils épais qui protégeaient ses yeux d'un bleu cristallin, et ses rares sourires qui avaient le don d'illuminer son visage comme par magie… Elle avait toujours l'impression qu'il gardait un secret précieux ; qu'elle aussi, lorsqu'elle le suivrait en Castille, saurait s'émerveiller de ce pays nouveau.

Mais, aujourd'hui, il ne sourit pas. De toute évidence, il ne s'était pas attendu à la revoir pour le moment et n'était pas ravi de sa présence.

— Qu'y a-t-il ? demanda Lancastre en faisant sursauter Valerie.

Trop fascinée par Gil, elle avait presque oublié qu'ils n'étaient pas seuls.

— Est-ce Lady Katherine ? Ou la reine ?

Bien sûr, il s'enquerrait d'abord de Katherine…

Valerie chassa cette pensée et le salua d'une révérence soignée.

— Toutes deux allaient bien quand je suis partie, mais la reine a eu des douleurs. Lady Katherine pense que le bébé arrivera bientôt. Bien qu'il y ait une sage-femme à Hertford, Lady Katherine souhaiterait que vous fassiez venir Elyot.

Le duc parut choqué, l'espace d'un instant.

— Qui est Elyot, Votre Grâce ? demanda Gil.

— Elyot est une sage-femme très compétente. Elle a aidé Lady Blanche. Plus d'une fois.

Sa voix s'érailla un peu lorsqu'il prononça le nom de son épouse décédée.

— Savez-vous où la trouver, Votre Grâce ? demanda Valerie.

— Elle vit à Leicester.

Le duc se tourna alors vers Gil.

— Allez-y. Conduisez-la auprès de ma femme.

À chaque fois que Valerie avait tenté de parler de la maison natale de Gil, il s'était refermé sur lui-même — et ce jour ne fit pas exception.

— Nous avons encore beaucoup à faire avant de partir en expédition, dit-il. Je devrais rester pour…

— Non, coupa sèchement le duc. Mon héritier est plus important.

Il s'interrompit un instant, songeur, puis reprit :

— De plus, cela vous permettra de passer sur vos terres. Je sais que vous avez… négligé votre domaine pour mieux me servir.

Ainsi, il n'était pas uniquement réticent à l'idée de parler de son foyer et de sa famille avec Valerie ; il semblait ne pas vouloir y penser du tout.

Mais si Gil pouvait refuser de répondre aux questions de sa fiancée, il ne pouvait en revanche pas s'opposer à la volonté de son suzerain.

— Je conduirai la sage-femme à Hertford, finit-il par dire, et je vous promets de rentrer sous deux semaines.

Le duc jeta un coup d'œil un peu inquiet à Valerie.

— Nous reste-t-il assez de temps ?

Katherine avait parlé du mois de juin. Il leur restait encore quelques semaines…

— Je pense que oui, mais nous devrions conduire la sage-femme auprès de la reine le plus vite possible.

Le duc acquiesça et se tourna vers Gil.

— Votre visite chez vous devra être brève. Vous pourrez donner vos instructions à votre intendant pendant que la sage-femme se préparera pour le voyage.

Ils se remirent ensuite à parler navires, ports, troupes

et ambassadeurs. C'était un vrai labyrinthe de stratégies. Valerie ne suivit pas toute la discussion, mais elle comprit que l'armée devait partir pour La Rochelle quelques semaines plus tard. Comptaient-ils se battre contre la flotte ennemie en chemin ? Elle ne pouvait en être sûre.

Cependant, elle entendit une chose très clairement : Gil devait mener l'invasion en Castille, peut-être même dès le mois suivant.

Elle baissa les yeux, faisant mine de ne pas écouter. La Reina serait heureuse d'apprendre cette bonne nouvelle, c'était certain, mais la dernière fois que Valerie lui avait parlé de l'avancée de la guerre, elle avait provoqué la colère de son futur époux et du duc…

Comme s'il lisait dans ses pensées, Gil la couva d'un regard empli de fierté avant d'échanger un rapide coup d'œil avec Lancastre.

— Votre femme, commença-t-il. Elle devrait être prévenue de nos projets.

Monseigneur d'Espagne acquiesça vaguement.

— Je lui enverrai un message.

— Lady Valerie pourrait porter votre message à la reine, reprit Gil. Pour ma part, je partirai chercher la sage-femme dès le lever du jour.

— Non ! s'écria Valerie sans pouvoir s'en empêcher. Pas sans moi !

Les deux hommes la dévisagèrent en silence. Lancastre parut perplexe, incrédule, tandis que Gil trahit un mouvement de colère.

— Je vais devoir voyager rapidement, dit-il à son maître. Elle me ralentirait.

Valerie se redressa, agacée que l'on parle d'elle comme si elle n'était pas là. Elle n'était pas encore mariée à cet homme et n'était donc pas encore obligée de s'effacer devant lui. De plus, elle avait fait une promesse.

— Je ne suis pas venue ici sur une litière, mon Seigneur.

Donnez-moi un cheval rapide et je suis prête à partir dans l'heure.

Gil ne parut pas convaincu.

— Mon Seigneur, je ne veux pas… Je veux dire que…

Il ne voulait pas qu'elle voie son foyer, c'était évident. Seulement, elle avait promis à Katherine qu'elle ramènerait elle-même la sage-femme. C'était tout ce qu'elle pouvait faire pour elle et pour la reine. Il était hors de question qu'elle laisse à quelqu'un d'autre cette responsabilité.

Elle rassembla donc son courage et fit face au duc.

— Je peux expliquer la situation à Elyot pendant le voyage pour qu'elle se mette au travail sans délai dès son arrivée à Hertford, Votre Grâce.

Lancastre parut presque convaincu par cet argument.

— Nous devons tous faire notre possible pour assurer la santé de mon fils.

— Et de la reine, ajouta doucement Valerie.

Hélas, Katherine et elle semblaient être les seules à s'inquiéter de la pauvre Constance, les mains crispées sur son ventre sous le coup de la douleur, allongée sur ce lit dans lequel elle accoucherait bientôt.

Lancastre, lui, ne semblait pas se soucier de ces deux femmes. Tout ce qui l'intéressait était le royaume si lointain qu'il convoitait et son futur héritier.

— Quand nous serons de retour en Castille, nous devrons montrer au peuple que la succession est assurée. Tout doit se passer au mieux.

Gil protesta de nouveau, jetant un regard froid à Valerie.

— Nous allons devoir couvrir vingt lieues par jour.

— Je ne suis pas infirme, mon Seigneur, répondit Valerie bien que ses jambes lui fissent mal à la simple idée de devoir chevaucher pendant une semaine complète. Mais je vais avoir besoin d'un cheval frais.

Elle soutint le regard du duc.

— J'ai fait le trajet d'Hertford à Londres en moins de deux jours, et ma monture a besoin de repos.

Cette fois, ce fut au tour de Gil de froncer les sourcils. Les deux châteaux étaient à presque trente lieues de distance, cela prouvait bien qu'elle ne le retarderait pas.

— Tout sera prêt, répondit le duc.

Valerie le salua de nouveau.

— Et, Lady Valerie…

Surprise, elle releva la tête. Le duc ne la quittait pas des yeux.

— Oui, Votre Grâce ?

— Quand vous la verrez, transmettez tous mes remerciements à Lady Katherine.

— Elle m'a demandé… de vous dire qu'elle ferait tout son possible pour aider votre reine. Qu'elle allait s'occuper du bébé comme s'il était le sien.

Si Valerie avait encore eu des doutes au sujet de la relation entre Katherine et Lancastre, elle vit la vérité s'afficher dans le regard du duc. En cet instant, il n'avait rien d'un roi, mais n'était plus que John, l'homme qui pourrait devenir le père du prochain enfant de Katherine…

Troublée, elle jeta un rapide coup d'œil à Gil dans l'espoir qu'il la détrompe, mais son visage fermé ne fit que confirmer ses soupçons.

— Et vous envoyez sans doute toute votre affection à la reine aussi, ajouta Gil hâtivement.

— Oui, oui, répondit le duc d'un air absent. À la reine, bien sûr.

Certes, il n'aurait pas dû oublier sa femme aussi rapidement, mais ce qui surprit le plus Valerie fut la réaction de Gil. Il avait l'air d'inciter son maître à se soucier de son épouse au moins autant que de sa maîtresse. Aucune femme mariée ne s'attendait pourtant à ce genre de choses.

Ou ne l'espérait.

Cependant, quand son fiancé se tourna de nouveau vers elle, Valerie ne vit pas la moindre tendresse dans ses yeux.

— Soyez prête à l'aube, dit-il froidement.

Chapitre 9

La rapidité du trajet évita à Gil de s'essouffler en bavardages inutiles. En dépit de sa promesse, la veuve de Scargill le ralentissait — comme il l'avait prédit ! À moins que ce ne soit la taille de leur escorte, ou le cheval boiteux que l'on avait dû remplacer, ou encore la rivière débordante qu'il avait fallu contourner…

Quoi qu'il en soit, ils arriveraient toujours trop vite dans le Leicestershire à son goût. Et, une fois qu'ils y seraient, Gil serait obligé de parler de son passé à Valerie.

Que penserait-elle de lui, quand elle saurait la vérité ?

— Le duc doit avoir une très haute opinion de vous, dit-elle le deuxième jour, pendant que la troupe s'était arrêtée pour manger.

C'était la première fois qu'elle mentionnait son nouveau poste de commandant de l'armée d'invasion. Malgré sa mauvaise humeur, Gil fut flatté par ce compliment discret. Cela faisait des années qu'il attendait de recevoir cet honneur, qu'il l'espérait alors qu'il conservait dans sa poche un morceau de carreau ramassé dans les jardins de l'Alcázar — pour ne pas oublier.

— Monseigneur d'Espagne sait qu'aucun de ses hommes n'est plus déterminé que moi à reprendre la Castille. Maintenant que je dirige ses troupes, je vais m'assurer que nous atteignions notre but.

— Je ne parlais pas de la Castille, répondit Valerie.

Surpris, Gil la dévisagea un instant.

— De quoi, alors ?

— Il vous a fait confiance pour conduire la sage-femme auprès de son épouse et la protéger pendant le voyage.

C'était bien un trait féminin : penser aux choses futiles avant le reste ! Ne comprenait-elle donc pas l'importance de la mission qui l'attendait sur le continent ?

— Mon temps aurait été bien mieux employé à préparer les plans pour reprendre le trône de Castille, répondit-il sèchement.

— Vraiment ? Pourtant, rien n'importe plus au duc que la vie de sa femme et de son enfant ! En tout cas, s'il veut agir en roi, rien ne devrait être plus important pour lui.

Gil haussa les épaules, un peu gêné. Bien sûr, l'héritier était important, mais il lui répugnait tant de faire ce voyage, d'être contraint de rentrer au château des Vents Hurlants !

— Je devrais être en train de prévoir des routes alternatives pour atteindre la Castille, pas de chevaucher à travers la moitié du pays pour chercher une sage-femme particulière, tout simplement parce que cette Espagnole a peur de faire ce pour quoi elle est née !

Valerie sursauta, pâle, comme s'il venait de la frapper au visage.

— Comment pouvez-vous être si dur ? répliqua-t-elle. Donner naissance à un enfant est, certes, la volonté divine, mais on n'est jamais certain que le bébé ou la mère y survivra !

Son accusation emplit Gil d'une honte cuisante.

— Je n'ai jamais eu d'enfant, dit-il.

Ce n'est pas une excuse, idiot ! N'importe qui connaissait les risques de l'accouchement. Peut-être même que Valerie avait perdu un enfant comme cela, par le passé… Qu'en savait-il ?

— Je n'aurais pas dû dire cela.

Et si la reine mourait en couches ? Que se passerait-il ?

— Est-ce que la vie de la mère est en danger ?

— Lady Katherine pense que oui.

Étrange réponse…

— Et vous ?

Silencieuse, Valerie se détourna un instant avant d'oser lever les yeux vers lui à nouveau.

— Je n'ai jamais été enceinte. Je ne sais pas.

— Jamais ?

Elle avait dit qu'elle n'avait pas eu d'enfant, bien sûr, mais il avait pensé… Eh bien, comme elle venait de le dire, de nombreux bébés ne survivaient pas.

Elle secoua la tête d'un air triste.

— J'aurais dû vous le dire plus tôt. Vous avez le droit de savoir avant que nous…

Elle baissa les yeux une nouvelle fois.

— Je comprendrais que vous vouliez une autre épouse.

Gil songea au fils de Marc et Cecily. Combien de fois avait-il rêvé d'avoir un petit garçon tel que lui un jour ?

— Est-ce que vous êtes… inféconde ?

Ce mot terrible sembla libérer le fantôme d'une douleur enfoui en elle.

— Je ne sais pas.

Gil ne connaissait rien à ces choses-là, ou presque, mais il avait entendu que le problème pouvait aussi facilement venir de l'homme que de la femme.

— Est-ce que Scargill a eu d'autres enfants ?

Valerie eut une sorte de petit sourire amer.

— Vous devriez le savoir mieux que moi.

Et pourtant, il n'en savait rien du tout, songea-t-il.

— Je n'étais pas familier des… habitudes de votre époux, avoua-t-il en tentant de sourire à son tour — sans succès. Et je vous l'ai, hélas, prouvé le jour de notre rencontre.

Le sourire de Valerie s'élargit un peu et elle répondit par un petit hochement de tête.

Cette femme était décidément bien difficile à apprivoiser. Par moments, elle s'affirmait, froide et dure, avant
de s'effacer derrière une humilité soumise. Puis, parfois,
il percevait en elle l'ombre d'une femme qui aurait pu
accueillir la vie en riant — peut-être même rire d'elle-même.

Et de lui, quand il le méritait !

— Je suis navré, je n'aurais pas dû vous poser ces
questions.

Plus il s'approchait de sa demeure, plus il perdait le
contrôle de lui-même et s'éloignait de son idéal chevaleresque. Il se vantait de sa dévotion envers son suzerain,
et agissait comme la pire des brutes avec la femme qu'il
allait épouser ! S'il l'avait vu agir ainsi, le vieux comte
de Losford l'aurait frappé de sa canne.

— Et si cela peut vous rassurer, je n'envisage pas de
prendre une autre épouse.

Il avait surtout dit cela pour l'apaiser, mais il sentit
immédiatement que c'était pour lui une certitude, comme
s'il avait toujours su que son destin devait le conduire
auprès de cette femme.

Pourtant, elle ne sourit pas. Elle le regarda au contraire
d'un air choqué, comme s'il s'était transformé en poulet
et s'était mis à caqueter devant elle.

— Mais il est normal que vous sachiez… Achèteriez-
vous un cheval sans examiner ses dents et ses paturons ?

— Une femme n'est pas un cheval, répondit-il.

Valerie avait été entraînée dans ces fiançailles de
force, sans rien savoir de son passé ; et, jusque-là, ni son
courage, ni son sens de l'honneur n'avaient su pousser
Gil à lui avouer la vérité.

— Mais on se marie pour faire et élever des enfants,
protesta-t-elle. Si… Si je ne peux pas…

En dépit de sa franchise, elle ne put visiblement se
résigner à prononcer le mot qui la hantait tellement.

Comment pouvait-elle penser une telle chose ? Il voulait

un fils, certes, mais il ne put s'empêcher de penser que Dieu lui avait peut-être destiné une femme inféconde pour éviter d'infliger à un autre enfant le poids du nom des Brewen…

— N'en parlons plus, voulez-vous ? proposa-t-il.

Valerie parut vouloir protester mais se ravisa.

— Comme vous le souhaitez.

Voilà qu'elle retrouvait sa soumission résignée ; et pourtant, Gil était certain qu'elle le prenait pour un idiot sans oser le dire.

Il n'avait jamais été à son aise avec les femmes et ne savait pas grand-chose d'elles — à l'exception de celles qu'il avait rencontrées au sein de la famille du comte de Losford. Avant leur mort, le comte et sa femme avaient paru heureux ensemble. À leur tour, Cecily et Marc avaient osé défier un roi pour défendre leur amour. Même le duc avait été fou amoureux de Blanche, ce qui l'empêchait sans doute de ressentir une réelle affection pour sa nouvelle femme.

Gil se leva et aida Valerie à se mettre en selle avant de monter à son tour sur sa monture.

— Quand vous découvrirez le château des Vents Hurlants, vous en saurez plus sur le « cheval » que vous allez acheter et sur celui qui doit devenir votre époux.

Sans lui laisser le temps de lui poser la moindre question, il s'élança en avant pour prendre la tête de la troupe. Il n'allait plus pouvoir garder longtemps le secret sur le passé de sa famille… Autant qu'elle l'apprenne de lui plutôt que de quelqu'un d'autre. Quand elle saurait enfin l'entière vérité, ce serait peut-être elle qui refuserait de l'épouser. Après tout, ils n'avaient pas encore consommé leur union, et l'Église accepterait sans doute d'annuler leurs fiançailles.

Cela permettrait à Gil de retrouver sa liberté et de partir seul en Castille, comme il l'avait prévu.

Seulement, pour la première fois, ce projet ne le réconforta pas.

Valerie avait su depuis le début que Gil ne souhaitait pas retourner sur les terres de Wolford et, quand elle vit le château des Vents Hurlants, elle comprit en partie pourquoi.

Le bâtiment, énorme, n'était plus qu'une coquille vide.

Des pierres étaient tombées du haut des murs, laissant derrière elles de grandes plaies noires. Les volets brisés ne protégeaient plus les baraquements depuis lesquels les archers auraient dû guetter la route. Ils perçaient la façade d'yeux vides sans paupières. Les rares domestiques qui accueillirent la troupe à son arrivée se déplaçaient furtivement, aussi silencieusement que des fantômes.

« L'intendant s'en occupe », avait-il dit. Si elle avait été à sa place, elle aurait depuis longtemps renvoyé un homme si peu soigneux !

L'intendant en question, choqué de devoir trouver une chambre pour une femme en plus de Sir Gil et de sa suite, prit à peine le temps de saluer Valerie avant de la laisser seule dans le hall d'entrée lugubre, tandis que Gil s'occupait de ses hommes et des chevaux.

« Personne ne viendra. » À présent, elle savait pourquoi : il n'y avait plus personne ici qui puisse venir assister à leur union.

Quand Gil revint dans la grande salle, elle ne vit aucun sourire sur son visage, aucune émotion dans ses yeux. Les souvenirs qu'il avait de cet endroit ne devaient pas être heureux… Ce n'était pas étonnant qu'il rêve tant de la Castille !

— Votre famille ne vit pas ici.

Ce n'était pas une question. Elle en était certaine, à

présent — ni mère, ni sœur, ni personne qui se souciât de ce lieu ne vivait dans cette maison déserte.

Gil secoua la tête.

— Ils sont morts.

Depuis combien de temps ce château était-il vide ? Un jardin pouvait germer rapidement, mais combien de temps fallait-il à une maison pour qu'elle tombe en ruine ?

Valerie voulut lui poser la question mais se retint. Gil ne semblait pas prêt à lui répondre.

— L'intendant va rendre la chambre des maîtres habitable pour vous cette nuit, dit-il simplement.

— Et vous ?

Elle était heureuse qu'il ne voulût pas encore partager son lit.

— Je dormirai avec mes hommes. Dans la grande salle.

Les guerriers avaient l'habitude de s'étendre sur de fines couvertures, en rond autour du feu, avait-elle entendu dire.

Elle pensa avec mélancolie à sa propre maison, plus petite mais confortable, emplie d'amour depuis des générations. Pendant près de quatre-vingt-dix ans, les racines des rosiers s'étaient étendues dans la terre, plus fortes chaque été. Pendant tout ce temps, les fleurs avaient recouvert les treillages comme une tapisserie brodée sur les murs d'un château…

S'ils devaient vivre ici au lieu de partir pour la Castille, Valerie était certaine de savoir rendre ces hauts murs froids plus accueillants.

Hélas, elle n'était pas venue en ces lieux pour se soucier de son propre avenir, mais pour assurer celui de La Reina et de son bébé.

— Où trouverons-nous la sage-femme ? demanda-t-elle.

— J'ai envoyé quelqu'un la chercher en ville.

Gil tourna les talons, comme s'il était prêt à quitter la pièce.

— L'intendant vous conduira à votre chambre dès qu'elle sera prête, lança-t-il encore par-dessus son épaule.

Épuisée par l'interminable voyage à cheval, Valerie fut tentée de le laisser partir et de se coucher tôt ; mais cet homme devait devenir son époux et, qu'elle le veuille ou non, la vie de Gil deviendrait un peu la sienne. Il était donc hors de question qu'elle le laisse s'échapper une nouvelle fois.

— Attendez ! s'écria-t-elle assez fort pour qu'il ne puisse pas l'ignorer.

Gil se retourna, surpris.

Allait-il lever la main sur elle pour l'avoir interpellé comme cela ? Non, pas tant que ses hommes seraient aussi proches. C'était sa chance de parler…

— Si nous nous marions, cela veut dire que cette maison sera mienne aussi.

— Je vous l'ai dit : nous ne vivrons pas ici.

— Même quand nous serons à la cour. Même si…

Comprenant son erreur, elle s'interrompit. Sa langue avait fourché, trahissant son espoir insensé de pouvoir rester en Angleterre. Elle se corrigea bien vite :

— Même *quand* nous irons en Castille.

S'armant de son regard le plus contrit, elle pria pour qu'il ne lui reproche pas ses doutes et s'empressa de l'apaiser au mieux :

— Et nous irons en Castille. Je le sais.

Elle vit l'ombre d'une douleur traverser le regard de Gil, et sa propre peur s'atténua. Le cœur de cet homme tout comme sa demeure n'avaient pas connu le réconfort depuis bien longtemps…

Elle adoucit donc sa voix, espérant par là apaiser son fiancé.

— Ceci est votre terre, une terre qui appartiendra à…

Oserait-elle prononcer ce mot qu'elle redoutait tant ?

— … à notre fils. C'est pour cela que je veux visiter les lieux.

Un lourd silence tomba dans la salle. Valerie tenta de déchiffrer l'expression de Gil. Était-ce de la surprise ? De la colère ? Scargill avait l'habitude de s'emporter sans réfléchir, à n'importe quel moment. Cet homme, lui, prenait le temps de penser avant de parler.

Finalement, un soupir. Un haussement d'épaules.

— L'intendant pourra tout vous montrer.

Sur ce, il se détourna, comme si la conversation était terminée.

Cet homme était capable d'affronter bravement les épées de ses ennemis, mais apparemment, le simple fait de se trouver dans le château familial suffisait à le désarmer. Qu'y avait-il donc de si terrifiant pour lui entre ces murs, sur cette terre ?

— Pas l'intendant ! Vous ! protesta-t-elle d'une voix hélas un peu trop hésitante. Je veux que ce soit vous qui me fassiez visiter cet endroit.

Elle tendit une main vers lui.

Ses doigts tremblèrent, et elle fit de son mieux pour rester calme en soutenant le regard sombre de Gil. Les yeux bleus de son fiancé la brûlaient et la glaçaient en même temps, la rendant incapable de bouger ou de prononcer le moindre mot.

S'il touche ma main, si je sens sa peau sur la mienne…

Mais il ne prit pas sa main.

Elle laissa donc son bras tremblant retomber et baissa les yeux, les joues enflammées par une honte soudaine. Il ne voulait pas d'épouse.

Il ne la voulait pas.

— Très bien, finit-il par dire. Venez.

Il partit si vite qu'elle dut presque courir pour le suivre hors de la pièce.

Tandis qu'ils arpentaient les couloirs, Valerie songea

qu'elle en aurait peut-être plus appris si elle avait été guidée par l'intendant. « Voici la grande salle. Voilà les étables. » Gil se contentait de lui donner le nom des pièces sans fournir la moindre information à leur sujet. Aucun souvenir d'enfance. Pas un mot sur sa famille.

Qui avait vécu dans ces chambres vides ? À quoi ressemblait la vie de Gil, quand il avait cinq ou six ans ? Cet endroit était son foyer, l'endroit où il avait grandi, et pourtant elle percevait plus d'émotion dans sa voix quand il parlait de la Castille.

« Vous en saurez plus sur le "cheval" que vous allez acheter et sur celui qui doit devenir votre époux », lui avait-il promis.

Pourtant, toutes ces salles abandonnées ne faisaient que rendre cet homme plus mystérieux…

— Cela fait longtemps que personne ne vit ici, commença-t-elle avec douceur.

— Oui.

Aucun détail. Aucun récit.

L'intendant s'occupait peut-être bien des fermes, songea Valerie, mais il ne savait visiblement pas entretenir une maison ! Peut-être soignait-il plus ses propres quartiers. Le château était poussiéreux, rempli de toiles d'araignées, et de vieux nids d'oiseaux émaillaient même certains recoins. Les quelques meubles qui restaient étaient simples, bruts. Valerie n'aperçut pas le moindre bougeoir décoratif ni la moindre tapisserie — même usée — tendue pour égayer les murs. Évidemment, un intendant soucieux de ses affaires ne gâcherait jamais d'argent pour maintenir en état des salles vides — surtout pour un maître qui ne venait jamais en visite.

— Est-ce que le château ressemblait à cela quand vous étiez enfant ?

— À peu de choses près, oui, répondit Gil, les lèvres

pincées. Quand je suis arrivé au château de Losford pour mon apprentissage, je ne savais rien des arts de cour.

— Vous n'aviez pas de frères et sœurs ?

— Mon frère est entré dans les ordres. Cela fait des années que je ne l'ai pas vu.

Valerie comprenait. C'était comme cela que l'on faisait, dans la plupart des familles.

Ils arrivèrent enfin dans la chambre des maîtres. Les serviteurs avaient fait tout leur possible pour la rendre habitable. Il n'y avait plus de poussière, mais le lit, couvert de draps propres et de couvertures, était aussi simple que dans un hospice.

C'était pourtant un lit. Un lit que Gil et elle pourraient très bien partager, un jour…

Elle détourna le regard. Elle n'avait jamais pris plaisir à se trouver dans un lit conjugal.

Gil s'approcha de la fenêtre et s'abîma dans la contemplation du paysage, sans même un coup d'œil pour Valerie.

— Vous m'avez dit que je devais savoir dans quoi je m'engageais avec vous, dit-il finalement.

Gil se retourna et lui fit face, en silence. Elle tenta de deviner ce qui le hantait tellement, sans succès.

— Eh bien, je pense que ce conseil vaut également pour moi, reprit-il en l'invitant à s'asseoir.

Un petit tabouret avait été placé près du lit. Valerie passa une main dessus et, constatant qu'on l'avait épousseté, s'assit, les mains sur les genoux, pour attendre la suite.

Gil ne parla pas immédiatement. Il resta debout, regardant d'abord par la fenêtre puis examinant la chambre sans doute emplie de souvenirs à ses yeux. Enfin, il soutint le regard de Valerie et prit une profonde inspiration.

— Ma mère était une Brewen.

Brewen. Ce nom avait un écho diabolique. Valerie avait entendu des histoires, trop atroces pour être vraies… Des choses qui étaient arrivées bien avant sa naissance : des hommes qui volaient de l'argent, violaient des femmes, des prêtres qui avaient disparu et que personne n'avait jamais revus, et bien plus encore.

— Mais c'était il y a si longtemps, balbutia-t-elle comme si le temps suffisait à effacer un tel passé.

— Cela a commencé avant le couronnement de notre roi, avant les guerres en France — il y a plus de quarante ans.

Et pourtant les hommes se signaient toujours lorsque l'on prononçait ce nom. Voilà que Valerie était à présent fiancée à l'un des derniers descendants de cette famille. Elle allait devoir partager sa couche avec un homme qui avait dans ses veines le sang des Brewen...

Elle crispa les mains, comme elle le faisait en prière, et murmura dans un souffle :

— Racontez-moi.

Gil la dévisagea quelques minutes, en silence, puis entama son récit :

— Mon grand-père Brewen a eu sept fils et une fille. Cette fille est devenue ma mère.

Gil avait ces souvenirs en horreur. Il aurait voulu pouvoir enfin oublier le passé, mais voilà qu'il devait le ranimer pour Valerie. Puisque personne d'autre n'avait dit la vérité à sa fiancée, c'était à lui de le faire.

Sept fils Brewen. Trop d'enfants à accueillir sur ce petit domaine.

Même pendant son enfance, il avait su que sa famille était entachée par la honte. Petite dernière de sa fratrie, sa mère avait épousé un Wolford, mais cela n'avait pas suffi à la libérer du déshonneur des Brewen. Le père de Gil était mort pendant son enfance, et Gil avait vécu seul avec sa mère dans la demeure Brewen.

On la surnommait le château des Vents Hurlants. Le sang en tachait les murs et abreuvait la terre...

Il était d'ailleurs certain que les péchés de sa famille restaient enterrés là, quelque part, mais personne n'osait en parler — même après toutes ces années.

Son grand-père avait tout fait pour maintenir une apparence de respectabilité, mais Gil avait souvent vu ses oncles aller et venir à toute heure du jour ou de la nuit, s'abritant derrière les murs du château quand la loi les rattrapait. Seul l'un d'entre eux, qui était devenu prêtre, avait apparemment échappé à la malédiction.

La famille s'était plongée dans le crime une génération ou deux auparavant. C'était avant le couronnement du roi Edward qui avait rapidement su affirmer son pouvoir. Durant cette époque de trouble, il avait été facile pour certains de vivre selon leurs propres lois.

Sa mère lui avait raconté que ses oncles étaient des hommes vertueux, qui s'élevaient contre la corruption de l'église. Ainsi, il n'avait pas immédiatement appris l'étendue de leurs crimes. Lorsqu'il quitta sa maison pour accomplir son apprentissage à Losford, il découvrit finalement ce que signifiait vraiment être un Brewen.

Au fil des ans, il s'était demandé pourquoi un comte aussi puissant avait choisi de devenir son tuteur. Plus tard, quand il eut compris comment fonctionnait le monde, il apprit que l'un de ses oncles — ou plusieurs d'entre eux — avaient combattu en France, aux côtés du roi ; Edward leur avait pardonné leurs crimes pour les remercier de lui avoir apporté la victoire décisive de Crécy.

Car même un hors-la-loi pouvait être utile à son roi.

Suite à cela, le comte avait accueilli Gil à la demande du souverain, espérant sans doute l'éloigner le plus possible de la mauvaise influence de sa famille. Mais quand Losford lui-même n'était plus à ses côtés, Gil subissait le mépris des autres garçons, des écuyers et même des chevaliers. On le maintenait à l'écart et on refusait de l'aider dans son apprentissage, murmurant sur son passage qu'il était stupide de lui apprendre à manier l'épée alors qu'il pourrait la retourner contre ses mentors.

Gil n'avait rien fait de répréhensible, mais il avait du sang Brewen, et c'était suffisant.

Son jeune frère avait fini par embrasser la vie monastique. Peut-être espérait-il par ses prières sauver les âmes de ses oncles. Gil, lui, avait cherché le salut sur les champs de bataille, pour prouver qu'il avait encore de l'honneur et — un jour — fuir dans un autre pays.

Alors qu'il était encore écuyer au service de Losford en France, il avait enfin eu sa chance. Chaque jour, il s'efforçait de respecter à la lettre le code de chevalerie. La plupart des écuyers n'avaient pas de scrupules à empocher une pièce ou une babiole avant de porter les butins de guerre à leurs maîtres, mais pas lui. Au cœur de la bataille, certains chevaliers tuaient parfois un ennemi à terre plutôt que d'en faire un prisonnier, guidés par la peur. Mais pas Gil. Il tenait à son honneur, même s'il devait lui coûter un jour la vie. Pour lui, l'existence n'avait de sens que si elle était placée sous le signe de la respectabilité.

Peu à peu, les hommes auprès de qui il se battait cessèrent de se moquer. Ses actions devinrent plus importantes à leurs yeux que celles de ses ancêtres. Il fut finalement adoubé alors qu'il était jeune — plus jeune que la plupart des autres chevaliers.

Après la mort de Losford, une paix fragile fut scellée en France, et Gil dut retourner en Angleterre. Ce fut alors que Marc, un Français qui n'avait jamais entendu parler des Brewen, le recueillit pour continuer son apprentissage et le former au combat.

Les années passèrent, la paix semblait régner. Mais Gil n'en voulait pas.

Il se mit donc au service de Lancastre et retourna sur le continent. Après les batailles de Castille vinrent celles d'Aquitaine, de Calais, d'Harfleur, d'Abbeville, de

Cognac, de Limoges, et d'autres encore. Toutes ces expéditions permirent à Gil de rester aussi loin que possible de l'Angleterre. Et si la paix s'installait de nouveau, il trouverait d'autres combats à mener, en Italie ou dans les guerres ottomanes…

Pendant sa longue absence, ses oncles moururent l'un après l'autre : le premier fut emporté par la peste, le deuxième, par une crue de rivière et le troisième tomba de cheval. On soupçonna un quatrième d'avoir été tué par l'une de ses victimes, mais personne n'osa poser de questions. Aucun des frères Brewen n'avait eu de fils. Ainsi, quand la mère de Gil mourut à son tour, le château et l'héritage honteux qui l'accompagnait lui étaient revenus. C'était un fardeau dont il se serait volontiers passé. Depuis longtemps, il avait décidé qu'il en avait fini avec l'Angleterre, qu'il était prêt à recommencer sa vie dans une contrée où les gens ne connaissaient rien de son passé. Un endroit où seule la réputation acquise à la pointe de l'épée aurait de l'importance.

Il ne serait d'ailleurs jamais rentré du tout, n'aurait jamais revu les ruines de son château, si Lancastre ne lui avait pas promis un foyer en Castille et s'il n'avait pas fallu traverser une nouvelle fois la Manche pour préparer l'invasion. Gil avait pensé que le risque en valait la peine, si cela lui permettait de s'installer quelque part où on ne le connaissait que sous un nom, *el Lobo*, et où l'on n'avait jamais entendu parler des Brewen.

Gil n'avait pas osé regarder Valerie pendant son long récit, les yeux perdus dans le vide, dans les limbes de ses souvenirs. Il s'était presque parlé à lui-même. C'était la première fois qu'il trouvait la force de partager cette douleur avec quelqu'un.

Et, lorsque le silence emplit une nouvelle fois la

chambre, il n'osa pas non plus lever les yeux, de peur de voir la réaction de sa fiancée maintenant qu'elle savait tout.

Non, pas tout. Il n'avait pas été capable de *tout* dire. Comment parler à qui que ce soit de ce qui était encore enterré ici ?

« Notre château des Vents Hurlants », disait souvent sa mère. Un château à présent si vide que seuls les vents le parcouraient encore, en effet.

Mais même le vent le plus violent était incapable de chasser la disgrâce poisseuse qui demeurait dans ces murs…

Chapitre 10

Finalement, Gil rassembla son courage pour faire face à Valerie. Il s'attendait à voir un masque d'horreur ou de dégoût, et pourtant son petit visage grave, sérieux, n'avait pas pâli. Rien ne semblait avoir changé en elle. L'avait-elle seulement écouté ?

— Voilà, vous savez tout.

Il aurait dû lui parler de tout cela beaucoup plus tôt, dès qu'il avait compris qu'elle ne savait rien de lui. Au lieu de cela, ils s'étaient tous les deux laissés entraîner dans des fiançailles qu'aucun ne voulait vraiment.

— Vous pouvez encore demander à l'Église de vous libérer de ce mariage. Il y a forcément un moyen : vous êtes dans votre bon droit.

Il attendit. Il pensait qu'elle allait se lever, fuir, briser les liens qui les unissaient et reprendre sa vie de veuve, le laissant à son célibat. Cette idée aurait dû le soulager, mais elle ne lui apportait aucun apaisement.

Face à lui, Valerie ne partait pourtant pas à toutes jambes. Non, elle secoua tristement la tête, se leva et tendit la main. Cette fois-ci, elle n'attendit pas qu'il la prenne mais referma les doigts sur ceux de Gil et les tint fermement, plus comme une bénédiction que comme une caresse…

— Oh ! mon époux, pensez-vous être le seul à avoir subi tant d'épreuves ?

La chaleur de sa petite main sur la sienne, le pardon qu'il lisait dans ses yeux, cette douceur quand il n'attendait que rejet frappèrent Gil comme un coup. Seulement, au lieu de ressentir la souffrance d'une blessure à vif, il fut empli par le réconfort qu'apporte un feu au plus froid de l'hiver.

Était-ce donc ce qu'une épouse pouvait apporter à un homme ?

Il lâcha les mains de Valerie, non pas pour la fuir, mais pour pouvoir lui caresser la joue du bout des doigts. Enveloppé dans son voile de veuve, son visage semblait clair et lumineux, avec ses yeux sombres, sa peau diaphane, ses lèvres engageantes, douces et un peu entrouvertes. Elle ne souriait pas. Pas vraiment. Mais son expression était plus sincère, plus vraie que tous les sourires qu'elle avait faits jusqu'alors pour camoufler ses sentiments.

À présent, elle savait qui il était, elle connaissait sa honte et, au lieu de reculer, effrayée, elle était venue lui prendre les mains.

Les doigts de Gil effleurèrent l'étoffe noire qui couvrait ses cheveux et il passa la main sur la joue de Valerie. Elle ne s'écarta pas. Fermant les yeux, elle entrouvrit plus encore les lèvres, prit une profonde inspiration…

Et il l'embrassa.

Sa bouche était douce, tiède. Pendant quelques secondes, elle se laissa aller contre lui. La flamme qui animait son corps était comme une promesse. L'acceptation d'un bonheur à venir qui ne se noyait pas dans les ombres du passé.

Gil laissa ses mains glisser du visage de Valerie jusqu'à ses épaules pour l'attirer à lui. Elle s'appuya contre son torse, confiante sous ses caresses. Il aurait tant voulu que sa robe de veuve, sa chemise à lui, tout ce qui séparait leurs corps disparaisse comme par enchantement.

Puis, soudain, il sentit les membres souples de Valerie se raidir. Elle redevint froide et distante, comme un pantin sans vie entre ses bras. Elle ne l'écarta pas, ne dit pas non — elle était trop obéissante pour cela — mais le réconfort après lequel Gil soupirait tant avait disparu. Le feu qu'il avait vu s'allumer entre eux s'évanouit comme une flamme s'éteint sur du bois mouillé.

Il s'écarta d'elle, déçu, et surprit un éclair de peur sur son visage. La vérité. Son aveu…

Elle avait peut-être dit que tout allait bien et lui avait offert un soupçon d'affection, cependant elle ne semblait avoir fait cela que par devoir conjugal.

À présent qu'elle savait qu'il était un Brewen, elle allait le craindre encore plus que lorsqu'elle ne connaissait qu'*el Lobo*.

L'espace d'un instant, Valerie avait oublié.

Elle s'était approchée de Gil sans crainte, pour apaiser la douleur qu'elle sentait en lui. Et, quand il l'avait embrassée, elle était devenue quelqu'un d'autre, une femme capable de se laisser aller à ce plaisir avec bonheur.

Puis, brusquement, son corps s'était souvenu. Être possédée par un homme. La violence que cela impliquait. Comme toujours, elle s'était alors échappée de son propre corps, docile mais absente.

Et voilà qu'elle avait contrarié son promis.

Il se leva.

— Vous avez peur de moi.

Chose surprenante, il ne paraissait pas en colère. Au contraire, sa voix avait un accent triste.

Valerie dut réprimer un rire nerveux : après Scargill, aucun homme ne pouvait lui faire vraiment peur !

— Non, pas du tout.

— Est-ce un mensonge ?

Elle fit non de la tête.

— C'est la vérité.

Elle n'avait pas peur de lui, mais de ses propres senti-ments.

Elle avait ressenti une chaleur étrange monter en elle, un désir physique de s'unir à cet homme, de devenir la moitié d'un tout. Un désir physique oui, mais pas unique-ment — et c'était pire. L'espace d'un instant, elle avait cru ressentir quelque chose pour lui.

Et elle avait souhaité qu'il ressente quelque chose pour elle aussi.

Il la dévisageait, à présent, et malgré tout ce qu'elle savait du mariage, elle se surprit à se demander si une telle chose était possible.

— Je crois, dit-il enfin, qu'il est temps pour vous d'abandonner vos vêtements de deuil.

Surprise, Valerie toucha le voile qui couvrait ses cheveux. Enveloppée dans ce noir qui la dissimulait, elle se sentait protégée : le veuvage était son bouclier et ces vêtements la rendaient intouchable.

Pourtant, elle était sur le point d'épouser un autre homme. À cette pensée, le tissu qui couvrait ses cheveux, son cou et sa gorge commença à l'étouffer.

Elle tira sur son voile qui refusa un instant de glisser. Gil s'approcha et l'aida à s'en débarrasser. Il était si proche d'elle qu'elle put s'emplir de son parfum, une douce odeur d'herbes, un peu terreuse.

Elle ferma les yeux et s'appuya de nouveau contre lui. Espérant. Attendant…

Le voile finit par tomber de ses épaules et un petit courant d'air doux, un peu frais, caressa sa peau.

— Châtains, murmura-t-il. Vos cheveux sont châtains.

Valerie se mordit la lèvre, la gorge nouée.

— Vous vouliez une femme blonde…

Comme elle l'avait craint.

Mais Gil fit non de la tête et glissa ses doigts dans ses cheveux pour les ramener derrière son oreille.

— Je voulais juste savoir à quoi ils ressemblaient.

Son souffle, si chaud, si proche…

De nouveau, ses lèvres se posèrent sur celles de Valerie.

Elle se raidit un instant. C'était comme cela que son premier époux commençait toujours. Il s'approchait, la dominait par sa puissance pour l'empêcher de lutter ou de s'échapper.

Elle avait donc appris à ne plus se débattre.

Cependant, les bras de Gil, tout aussi puissants, étaient tendres. Il semblait vouloir la protéger et non la frapper pour la soumettre.

Finalement, le corps de Valerie, habitué à résister ou à s'amollir pour subir en silence, s'éveilla, s'anima contre celui de Gil, comme si ce baiser pouvait être autre chose que ce qu'elle avait toujours connu.

Y avait-il du vent ? Du soleil ? Était-ce le jour ou la nuit ? Elle n'en savait rien. Elle oublia tout pendant un long, très long moment… Tout, sauf l'homme qui la serrait contre lui, qui l'embrassait.

Quand il s'écarta d'elle, en douceur, elle eut l'impression de s'éveiller d'un agréable rêve. Elle prit une petite inspiration. Soupira. Sourit même un peu.

Elle ouvrit ensuite les yeux et vit le même sourire sur les lèvres de son fiancé.

Une sensation soudaine, inattendue, lui coupa le souffle. Ce n'était pas exactement du désir, mais un espoir…

— Mon Seigneur, la sage-femme est là.

Valerie fut brutalement rappelée à la réalité. Même Gil parut surpris par cette interruption. La reine. Alors qu'ils s'embrassaient sans plus penser à rien, la reine et Lady Katherine attendaient, subissant chacune une douleur différente.

Elle lutta quelques instants pour défroisser sa coiffe mais parvint finalement à la remettre en place.

— Conduisez-moi jusqu'à elle, dit-elle au page abasourdi. Je dois l'informer de l'état de la reine.

Gil posa une main sur son épaule avant qu'elle quitte la chambre.

— Nous partons à l'aube, dit-il, et nous ne reviendrons pas ici.

Valerie suivit alors le page dans les couloirs, le cœur lourd. Comment avait-elle pu être aussi bête ?

Elle avait agi comme si ses dix-neuf années ne lui avaient rien appris ! Comme si elle pouvait oublier ces journées terrifiantes et ces nuits encore plus affreuses, tous ces mois qui avaient précédé le départ de Scargill pour la guerre.

Elle avait survécu à cette douleur en ignorant ce qu'elle ressentait, en apprenant à ne plus rien ressentir. Elle l'avait si bien appris qu'elle pensait qu'aucun homme ne pourrait plus jamais la faire souffrir.

Même quand Gil lui avait tendu le chiffon de soie, preuve que son époux l'avait trahie en plus de la battre, elle n'avait rien ressenti. Son mari était mort, tout comme ses émotions. L'espoir, le désir, toutes ces passions étaient désormais loin derrière elle.

Du moins le croyait-elle.

Chassant le trouble que Gil avait fait naître en elle, elle se concentra sur sa mission : transmettre à Elyot tout ce qu'elle savait de l'état de la reine.

Le lendemain, la troupe partit pour Hertford.

Valerie n'avait pas revu Gil en tête à tête depuis la veille.

À leur arrivée, Gil accompagna immédiatement la sage-femme au château pour qu'elle puisse s'occuper de la reine. Celle-ci se sentait toujours mal, mais elle n'avait plus éprouvé de douleurs.

C'était une assez bonne nouvelle qu'il pourrait transmettre à Monseigneur d'Espagne sans craindre que cela le distraie de son travail sur les plans d'invasion…

À présent que la reine était saine et sauve — pour un temps, du moins — il s'attendit à ce que Valerie aborde le sujet de sa famille. Ou de leur baiser. Pourtant, rien ne semblait avoir changé : elle avait remis son voile de deuil et retrouvé son sourire de façade.

Alors qu'il s'apprêtait à repartir pour Londres, un page vint le chercher. Valerie et lui étaient appelés auprès de la reine de Castille.

— Pourquoi veut-elle nous voir ? demanda-t-il à Valerie dans un murmure tandis qu'ils suivaient l'une des suivantes le long d'un corridor.

Il apprenait encore à marcher au rythme de sa fiancée mais, de temps à autre, elle devait tout de même presser le pas pour le rattraper.

— Je suis sûre qu'elle veut nous remercier, répondit-elle, le souffle court, en courant un peu derrière lui.

Ils s'arrêtèrent un instant devant la porte des appartements de la reine. Valerie recoiffa rapidement Gil et lissa la manche de sa tunique. Il la laissa faire, trouvant un peu de réconfort dans ces petits gestes attentionnés qui lui donnaient presque l'impression d'être déjà marié.

Mariée à la femme qui s'était si intensément abandonnée à son baiser…

La porte s'ouvrit.

Gil servait l'époux de Constance, ce qui voulait dire qu'il la servait aussi, indirectement. Cependant, en entrant dans la pièce, il eut l'impression de pénétrer en territoire ennemi. Heureusement, Valerie connaissait bien cette femme ; il se sentait d'ailleurs étrangement soulagé de l'avoir à ses côtés, comme si elle avait le pouvoir de le protéger.

L'expression de La Reina ne le rassura pas vraiment. Elle semblait avoir vieilli de plusieurs années pendant sa courte retraite à la campagne…

Valerie fit une révérence, tandis qu'il saluait la souveraine.

— Monseigneur d'Espagne m'a demandé de vous transmettre toute son affection, dit Gil. Il a hâte de vous voir rentrer à Londres.

Depuis quand mentait-il avec autant d'aplomb ?

Un interprète était installé aux côtés de Constance, mais elle n'attendit pas la fin de la traduction pour hausser les épaules, comme si elle savait parfaitement à quel point ces paroles étaient fausses.

— Vous allez épouser Lady Valerie ?

La voix de l'interprète, mais la question de la reine.

Gil jeta un rapide coup d'œil à sa fiancée avant de se tourner de nouveau vers Constance. Quelle étrange manière d'entamer la conversation.

— Oui, Votre Grâce.

— *La tratará bien.*

— Vous prendrez soin d'elle, dit l'interprète.

Cette fois, ce n'était pas une question mais un ordre.

Gil sourit. À la reine, à Valerie, au monde en général. Oui, il pouvait facilement promettre ceci…

— Je vous en donne ma parole, Votre Grâce.

Pourtant, Valerie baissa les yeux encore une fois. Était-elle intimidée d'être ainsi le sujet de conversation ? Ou bien avait-elle des doutes, maintenant qu'elle connaissait la vérité ?

La reine, elle, acquiesça d'un air satisfait. Elle murmura quelques mots à son interprète qui reprit à voix haute :

— Vous commanderez les troupes en Castille ?

— Oui, Votre Grâce.

Comment avait-elle appris cela ? Son époux lui avait-il écrit ? Ou Valerie lui avait-elle déjà transmis la nouvelle ?

— Monseigneur d'Espagne m'a fait l'honneur de me placer à la tête de l'expédition en Castille.

— Quand ? demanda la Reine elle-même.

Apparemment, Valerie avait réussi à lui apprendre quelques mots d'anglais.

Gil ravala sa salive.

— Quand nous recevrons un message du roi portugais. Sans doute dans quelque temps, au cours de l'été…

— Des navires partent déjà. Pas pour la Castille ?

Il ouvrit la bouche pour répondre puis la referma. Il ne put s'empêcher de maudire Lancastre et le prêtre Guiterrez : depuis le début, ils avaient essayé de maintenir la reine dans l'ignorance de ce qui allait se passer, mais ils avaient à l'évidence échoué.

À côté de lui, Valerie avait joint les mains et gardait la tête baissée, comme une religieuse en prière. Ou une conspiratrice que l'on vient de démasquer.

— Pas cette fois-ci, Votre Grâce, répondit Gil. Ces navires transportent une petite troupe pour mettre fin au siège de Thouars.

En effet, le rôle de Pembroke était bien plus modeste que celui que Gil aurait à jouer — ce qui expliquait sans doute sa jalousie…

La reine regarda Valerie qui acquiesça. Venait-il de confirmer des nouvelles déjà annoncées par sa fiancée ? Si c'était le cas, il venait de prouver à Constance que sa nouvelle suivante lui était loyale ; et ce n'était pas rien, aux yeux de tous ceux qui vivaient dans l'ombre du trône.

— *¿No a Castilla ?* demanda encore la reine, dissimulant mal sa déception.

Ses rêves venaient d'être brisés en quelques paroles. Elle avait peut-être espéré que Valerie ait tort, ou que les plans aient encore changé entre-temps.

— Pas encore, Votre Grâce. Nous espérons partir en juillet.

Jusqu'à quel point pouvait-il lui dévoiler les rouages de la diplomatie et de leur stratégie d'invasion ?

— Une fois que nous aurons obtenu la permission du roi portugais, nous pourrons traverser son pays pour atteindre la Castille.

Le regard de la reine trahit un mélange de tristesse et de dégoût.

— Je n'ai pas épousé le roi du Portugal.

— Non, Votre Grâce.

La guerre devait paraître bien facile à organiser, quand on ne savait rien des hommes et des navires ; quand on ne songeait pas aux attaques que l'on pouvait subir sur la route !

— Je suis aussi pressé que vous d'embarquer, croyez-moi.

— *Mi señor, el Rey…* oublié ?

Ces quelques mots réveillèrent les peurs de Gil. Le roi d'Angleterre vieillissait. Le prince héritier était malade. Et Lancastre était constamment détourné de ses projets. Il y avait des combats partout — en Normandie, en Aquitaine… Certains jours, on voyait trop de commandants et, à d'autres moments, on avait l'impression que personne ne tenait la barre.

— Il n'a pas oublié, répondit Gil, les dents serrées. Et moi non plus.

Il était temps de le prouver — à la reine, à Valerie et à lui-même.

— Monseigneur d'Espagne m'a fait l'honneur de me confier la conquête car il sait que je suis aussi dévoué que lui à cette cause et que je ferai de mon mieux pour que nous reprenions la Castille aux mains de l'usurpateur.

Tout en parlant, il glissa une main dans sa poche et en tira le morceau de céramique qu'il portait toujours sur lui. Ce souvenir était presque devenu une partie de lui, aussi précieux que sa chair.

— J'ai fait un vœu quand je me tenais dans le jardin du palais.

Le morceau de carrelage pesait dans sa main tendue. Il avait une face lisse, émaillée de bleu, de blanc, de vert et même d'une teinte qui s'approchait du fruit de l'oranger. L'autre face était rude, irrégulière et cassée sans doute par un jardinier peu soigneux.

En voyant l'objet, la reine ouvrit de grands yeux étonnés. Elle le lui arracha des mains pour le regarder de plus près et le serrer entre ses doigts.

— Cela vient du palais de mon père, murmura-t-elle d'une voix chargée d'émotion.

Gil acquiesça.

— Regardez, dit-elle en faisant signe à Valerie d'approcher. *Alcázar* !

L'espace d'un instant, Gil pensa qu'elle allait confier le morceau de céramique à Valerie, mais elle le garda jalousement dans sa main, et il eut peur qu'elle ne le lui rende pas.

Finalement, dans un profond soupir, elle le lui tendit et il s'empressa de le récupérer.

— Vous, dit-elle, rappelez son devoir à mon mari. Le trône.

En un instant, le petit bout de carrelage parut à la fois glacial et brûlant dans la paume de Gil, comme si les paroles de la reine l'avaient ensorcelé. Il se souvint du palais, des cours pavées qu'il avait arpentées, de la caresse du soleil sur son visage et du murmure lointain des fontaines.

Il referma la main, plus déterminé que jamais, sans sentir les rebords un peu coupants de la céramique.

— Il n'a pas besoin qu'on le lui rappelle, Votre Grâce, dit-il avant d'ajouter pour Valerie : Et moi non plus.

C'était une promesse. Il l'emmènerait bien loin de l'affreux recoin d'Angleterre qu'elle avait vu chez lui et lui ferait découvrir la chaleur lumineuse de la Castille. Ils seraient alors loin, dans un lieu différent qui permettrait enfin à Gil de devenir un autre homme.

La reine perdit ses regards dans le ciel bleu et froid de ce matin de mai, par la fenêtre.

— Au printemps, l'an prochain, je pourrai sentir la *naranja* de nouveau, soupira-t-elle.

Elle ressemblait à Valerie, en cet instant… Comme si les plantes et les fleurs la liaient à son foyer.

— Les fleurs d'oranger, oui. Et vous pourrez manger les fruits.

Constance se retourna vers lui, le regard soudain absent.

— Non. Le fruit est amer.

Sa voix s'était vidée du moindre espoir, comme si elle sentait qu'elle risquait de mourir ici, sur cette île qu'elle ne connaissait pas, sans jamais revoir son pays.

— Vous retournerez en Castille, Votre Grâce.

Gil jeta un petit coup d'œil à Valerie avant de fourrer son morceau de carreau dans la poche.

— J'en fais le serment.

Une promesse ne pouvait être brisée. Et cette promesse, il la faisait pour lui autant que pour sa future femme qui s'était liée à Constance et à l'Espagne avant même de comprendre pourquoi il était si important pour lui de partir. Elle avait étudié la langue, elle avait parlé des plans d'invasion à la reine — elle avait prouvé sa dévotion envers la Castille.

Pourtant, quand Gil regarda cette femme qu'il allait épouser en répétant son vœu, il ne vit aucune fierté dans ses yeux, aucun des sentiments qu'il avait espéré y lire.

Sur le chemin qui le ramena à Londres, il ne put s'empêcher de réfléchir à l'étrange expression qui avait assombri son visage. Ce n'était ni un air de détermination, ni même de doute…

Finalement, alors qu'il atteignit le château du duc, il comprit ce qu'avait été ce regard.

De la tristesse. À chaque fois qu'il avait parlé de la Castille, il n'avait vu que de la tristesse dans les yeux de Valerie.

La Reina accoucha tard, un soir d'été. Elyot et Katherine passèrent leur temps à son chevet, assistées par Valerie et l'une des suivantes castillanes qui parlait quelques mots d'anglais. Toutes deux parvinrent à aider la reine et la sage-femme à se comprendre — avec la fatigue du travail, Constance ne pouvait évidemment pas se concentrer sur une langue étrangère.

Hélas, on ne trouva nulle part la jeune sœur de la reine, Isabel. Sans doute était-elle encore avec les gardes, occupée à aiguiser ses charmes.

La Reina insista pour que Valerie reste auprès d'elle, sans doute pour être rassurée par la présence d'une femme qui en savait aussi peu qu'elle sur les accouchements. Elle tint donc la main de Constance et passait des chiffons humides sur son front, quand elle n'était pas occupée à traduire les paroles de la reine et de la sage-femme. Elle se surprit même à murmurer des sons qu'elle voulait apaisants, sans vraiment savoir dans quelle langue elle parlait.

Enfin, un pleur de bébé s'éleva dans la chambre, saluant les premiers rayons de soleil.

La sage-femme lava et emmaillota l'enfant d'un geste sûr.

— C'est une fille, et elle est en très bonne santé.

Ces paroles bouleversèrent Valerie. Porterait-elle un jour son propre enfant dans ses bras ? Un enfant de Gil ? Plus les jours passaient, plus son désir grandissait.

— Dieu soit loué, murmura-t-elle avant de se mettre à prier.

Elle remercia le Seigneur d'abord, bien sûr, puis le supplia de lui accorder le même bonheur.

Katherine sourit, mais son regard garda l'éclat triste d'une Pietà, comme si elle savait déjà ce qui allait suivre.

— Dieu serait sans doute plus ardemment remercié si elle avait eu un fils.

Valerie ne put réprimer un soupir. Pourquoi fallait-il que les affaires de l'État s'insinuent dans ce moment si intime ? Une fille rendait-elle donc sa mère moins heureuse qu'un fils ?

Après tout, Constance était une femme, et cela ne l'avait pas empêchée d'hériter du trône de Castille. Si jamais elle n'avait pas de fils, cette enfant pourrait suivre le même chemin ! Malheureusement, le peuple voulait un *roi*, un homme de leur sang, à la tête du pays.

Une autre réalité, aussi douloureuse pour Katherine que pour Constance, apparut à Valerie : puisque le bébé était une fille, Monseigneur d'Espagne allait devoir partager de nouveau le lit de sa femme pour tenter d'avoir un fils…

Katherine voulut emporter la fillette à la nurserie, mais Constance serra son bébé contre sa poitrine en faisant non de la tête, comme si elle aussi n'était qu'une enfant apeurée.

Elle se tourna alors vers Valerie et lui tendit la petite.

— Vous.

Valerie, gênée, jeta un rapide coup d'œil à Katherine.

— Non ! s'écria de nouveau la reine, avec une étonnante énergie pour une jeune accouchée. Vous !

Il ne resta plus à Valerie qu'à tendre les bras. Elle ne savait que faire mais, tout naturellement, le bébé trouva sa place contre elle comme dans un berceau. La reine sourit, visiblement rassurée, et ferma les yeux.

Valerie dévisagea les autres, envahie par une vague d'impuissance.

— Qu'est-ce que je fais, maintenant ?

La reine lâcha un petit ronflement, et Katherine tendit la main pour lui prendre le bébé.

— Je peux m'occuper d'elle.

Valerie eut un instant d'hésitation. Cela devait être si douloureux, pour Katherine, de devoir ainsi s'occuper de la fille de l'épouse de son amant… Et pourtant, même cela, une femme était capable de le faire par amour ; prendre soin d'un bébé qui n'était pas le sien, à la demande du père.

Katherine sourit et haussa imperceptiblement les épaules.

— Tout ira bien, dit-elle.

Et pourtant, la reine avait dit : « Vous ! » Elle avait choisi Valerie, lui avait fait confiance pour s'occuper de ce précieux enfant. Elle serra un peu plus ce petit corps chaud et gigotant contre elle. Peut-être qu'en la voyant s'en occuper, Dieu finirait par décider de lui accorder un enfant, à son tour…

Elle rendit donc son sourire à Katherine mais garda l'enfant.

— J'apprendrai, et je ne serai pas seule pour m'occuper d'elle.

Katherine retira alors son tablier.

— Quelqu'un doit porter la nouvelle à John, dit-elle sans même essayer de dissimuler la vérité à Valerie. Si vous pensez être capable de vous occuper de l'enfant, j'irai à Londres pour lui annoncer la naissance.

Valerie acquiesça, et les deux femmes s'embrassèrent, riant quand le bébé se mit à pleurer.

Arrivée à la porte, Katherine se retourna.

— Est-ce que vous voulez que je transmette un message à Gil ?

— Un message ?

Était-ce donc ainsi que les couples mariés communi-

174

quaient ? Scargill et elle n'avaient jamais fait ce genre de choses…

Elle se prit soudain à rêver que Gil la voie avec ce bébé dans les bras. Si elle parvenait à lui donner un enfant, peut-être qu'il comprendrait que même son château, qu'il haïssait tant, pouvait renaître. Pour un enfant, ne tenterait-il pas de s'occuper de ses terres au lieu de rêver à des terres lointaines ?

— Dites-lui que je ne songe qu'à son plaisir.

Son plaisir. Elle n'avait pas oublié la chaleur de ses lèvres sur les siennes, la force de ses bras autour de sa taille… Il avait su lui apporter du plaisir, l'espace d'un instant — un plaisir qu'elle n'avait encore jamais éprouvé. Hélas, bientôt, il deviendrait son époux et aurait finalement le droit de ne s'occuper que du sien… qu'elle le veuille ou non.

Elle baissa les yeux sur le petit visage du bébé. Même si l'acte d'amour physique restait aussi désagréable que dans son souvenir, une telle récompense lui ferait vite oublier son sacrifice.

Lorsque Katherine quitta la pièce, la sage-femme soupira.

— Si vous avez l'intention de vous occuper de cette enfant, dit-elle à Valerie, je vais devoir vous apprendre certaines choses.

Chapitre 11

Au début du mois de juillet, des nouvelles de l'expédition parvinrent enfin en Angleterre. Gil fut le premier à les apprendre. Elles étaient glaçantes, comme un vent d'hiver qui ravage tout dans la nuit.

« La flotte est détruite. Les hommes ont brûlé vivants sur leurs navires, avant de couler à l'entrée du port de La Rochelle. »

Ce fut donc à lui d'annoncer cette terrible défaite à Lancastre.

— Mon Seigneur, la flotte… Pembroke…

Lancastre leva immédiatement les yeux de son bureau, tout sourires.

— Quelles nouvelles ?

Il paraissait impatient, excité, sans doute pressé de fêter la victoire.

Hélas, Gil ne lui apportait que la honte de l'échec.

— Disparu. Tout a disparu. Les navires, les hommes, l'argent…

Gil avait bien conscience que ses paroles étaient amères, brutales. Si Lancastre avait déjà repris le trône de Castille, si les Espagnols ne s'étaient pas alliés aux Français, si…

Il était trop tard pour les vœux pieux. Trop tard pour les prières.

L'homme qui prétendait être roi s'affala dans son fauteuil, sous le choc, incrédule.

— Nous n'avons jamais été vaincus en mer, protesta-t-il faiblement.

Peu à peu, Gil voyait l'énormité du désastre peser sur les épaules de son Seigneur. Les conséquences d'une telle nouvelle se matérialisaient lentement dans son esprit.

— Et Pembroke ? demanda-t-il.

— Retenu prisonnier par l'usurpateur castillan. Il refuse de le libérer tant qu'une rançon n'aura pas été versée.

C'était la pire des insultes.

— Il demande…

Gil donna la somme, la gorge nouée. Une rançon royale.

— Mais il avait douze mille livres avec lui…

Cela aurait suffi à nourrir les soldats pendant des mois.

— Cet argent devrait suffire à le libérer en attendant que le reste de la rançon soit…

— L'argent a disparu aussi.

— Disparu ?

Nouveau choc. Lancastre pâlit un peu plus.

— Où ? Comment ?

Gil soupira.

— Aux mains de l'ennemi, répondit-il. Ou au fond de la mer.

Quoi qu'il en soit, le trésor était hors de portée. Cet argent avait été prévu pour payer les hommes, pour acheter une victoire en France et leur permettre enfin de partir pour la Castille. À présent, tout était perdu.

Lancastre baissa la tête, désespéré.

Partageant sa douleur, Gil posa une main réconfortante sur son épaule.

— Nous vengerons nos morts, les troupes sont prêtes, dit-il en songeant aux deux mille hommes qui s'étaient rassemblés, attendant le combat. Quand nous reprendrons la Castille…

— Nous n'arrivons même pas à accoster en France, comment pouvons-nous espérer prendre la Castille ?

Le duc avait raison, néanmoins ses paroles firent à Gil l'effet d'un coup en pleine poitrine. En effet, ils ne pourraient pas atteindre la Castille tant qu'ils n'auraient pas repris le contrôle des mers. Une nouvelle fois, son rêve d'Espagne, presque à portée de main, s'évanouit, comme s'il avait été entraîné par le fond en même temps que la flotte anglaise.

— Nous y arriverons, reprit-il fermement.

« Rappelez son devoir à mon époux », avait dit la reine. Soudain, le morceau de céramique de l'Alcázar parut plus lourd au fond de la poche de Gil. Lancastre ne devait pas perdre espoir !

— Nous avons d'autres navires et beaucoup d'hommes sont prêts à embarquer. Nous accosterons au Portugal.

Cette fois, ils n'avaient plus le choix : ils devaient passer par là pour attaquer.

— Ceci n'est qu'un revers, poursuivit-il, comme le blizzard qui nous a surpris dans les montagnes espagnoles et qui a rendu notre victoire du printemps plus douce encore.

Lancastre releva la tête. Il paraissait encore secoué par ce qu'il venait d'apprendre, mais avait retrouvé un peu de son énergie coutumière.

— Il faut que j'aille voir mon père et mon frère. Nous devons réfléchir à…

Encore un temps de réflexion. Le moment était pourtant venu que Lancastre apprenne à prendre seul ses décisions. Son frère, le prince, qui était autrefois le plus craint des commandants, ne pourrait plus diriger les armées bien longtemps. Pas assez longtemps, en tout cas, pour établir et mettre en pratique une stratégie d'invasion. Quant au roi, qu'il soit malade ou trop distrait par sa maîtresse, il brillait par son absence. À croire qu'il était déjà passé en partie dans l'au-delà.

Les devoirs du duc le porteraient-ils donc vers la Castille, une contrée qu'il ne possédait pas encore, vers les régions françaises que la Couronne perdait peu à peu, ou vers l'Angleterre, son propre pays ?

— Mon Seigneur, des nouvelles pour vous, lança soudain le garde en poste à la porte.

Presque immédiatement, Lady Katherine entra dans la pièce.

— Vous avez un enfant, mon Seigneur, dit-elle, le souffle court comme si elle avait couru sans s'arrêter depuis Hertford. Votre femme a accouché et se porte bien.

Le visage sombre de Lancastre s'illumina.

— Un fils ? demanda-t-il, avec un sourire plein d'espoir.

Une réaction bien compréhensible, d'ailleurs. La naissance d'un héritier mâle au trône de Castille rendrait un peu d'énergie à leur campagne — cela pourrait même convaincre plus de Castillans d'embrasser leur cause.

— Une fille, répondit Lady Katherine d'une voix douce, comme pour apaiser l'amertume de la nouvelle. Elle est en très bonne santé.

— Mes félicitations, s'écria Gil avec un peu trop d'enthousiasme.

Lancastre n'eut même pas un signe de tête pour saluer l'arrivée de l'enfant. Cette seconde nouvelle sembla l'abattre encore plus que la première…

Gil ne bougea pas, ne posa pas de main sur l'épaule du duc, cette fois. Comment le réconforter ?

Lady Katherine, elle, s'approcha sans peur et laissa glisser sa main sur le bras de Lancastre, sa tête presque appuyée contre sa tempe. C'était une position intime, bien trop familière pour être acceptable en public…

— La reine a baptisé la fillette María, comme sa mère.

Ces quelques mots parurent tirer le duc de sa torpeur, et Gil put voir dans son regard l'éclat froid comme l'acier qu'il connaissait si bien.

— L'enfant sera baptisée Katherine, dit-il.

Gil entendit le cri de surprise que la jeune femme étouffa. Elle rougit un peu. Peut-être était-ce pour cela que la reine craignait tant de voir son époux oublier son devoir. Pensait-elle qu'il préférerait rester en Angleterre pour être proche de sa maîtresse ?

— Vous annoncerez ma décision à la reine, reprit Lancastre, ses regards voyageant de Lady Katherine à Gil.

Il recula ensuite d'un pas pour maintenir une distance plus convenable entre sa maîtresse et lui.

Lady Katherine s'inclina.

— J'en informerai votre épouse, murmura-t-elle.

Gil, lui, ne dit rien, observant le couple de loin. La flamme qui animait les yeux du duc n'était pas de la luxure — non, c'était plus que cela. Au départ, Gil avait cru qu'il regrettait simplement que le bébé ne soit pas le fils qu'il avait tant attendu, mais il avait peut-être eu tort. Peut-être regrettait-il de ne pas pouvoir vivre sa vie au grand jour avec la femme qu'il aimait…

— Vous avez voyagé loin, reprit Lancastre sans quitter Lady Katherine des yeux. Avant de retourner auprès de la reine, je souhaiterais néanmoins vous demander une chose : portez la nouvelle de cette naissance à mon père.

Gil eut du mal à dissimuler sa surprise. Le roi se montrerait sans doute très généreux envers celui ou celle qui lui annoncerait la naissance d'un autre petit-enfant. La charge de porter une telle nouvelle n'était pas un fardeau… Au contraire, c'était un honneur.

Lady Katherine murmura un rapide remerciement, fit une révérence et se dirigea vers la porte. Au moment de sortir, elle se retourna encore une fois.

— Lady Valerie m'a confié un message pour sir Gil. Elle m'a demandé de vous dire qu'elle ne songeait qu'à votre plaisir.

En un éclair, Gil oublia tout de la guerre, des navires

et des drames. Il ne pensa plus qu'à Valerie, abandonnée dans ses bras. Valerie qui lui avait rendu son baiser avant de s'écarter. Tout cela était allé si vite, et il comprenait qu'elle ait eu un mouvement de recul, une hésitation. Quand ils seraient enfin mariés, habitués à partager le même lit…

— Gil, est-ce que vous m'écoutez ?

Brutalement tiré de ses pensées, il eut l'impression de se réveiller après un doux rêve. Il jeta un coup d'œil autour de lui, vit que Lady Katherine était partie et comprit que Lancastre venait de lui poser une question.

— Pardonnez-moi, mon Seigneur.

— Nous ne pouvons pas espérer transporter nos troupes jusqu'au continent tant que nous n'aurons pas repris le contrôle des mers.

Encore une fois, l'expédition était retardée.

— Dans ce cas, rassemblons une autre flotte, répondit Gil sans la moindre hésitation.

Il savait pourtant bien que les navires ne pouvaient pas apparaître en un claquement de doigts. Depuis quand s'abandonnait-il ainsi à des pensées irréalistes ?

— Nous enverrons leurs bateaux par le fond, reprit Lancastre d'un air déterminé. Après cela, nous pourrons facilement accoster au Portugal, reprendre la Castille, puis nos terres françaises et…

Lancastre s'interrompit, puis demanda :

— Sur combien de fronts peut-on espérer combattre ?

— Autant que nécessaire, mon Seigneur.

Promesse audacieuse. Formulée pour répondre à Lancastre, certes, mais aussi pour s'encourager lui-même.

— Si tous mes hommes étaient comme vous, ce serait sans doute vrai, soupira le duc avant de se diriger vers la porte.

Il était déjà presque sorti quand Gil l'appela :

— La reine. Quelqu'un doit la prévenir au sujet de la…

Il ne put se résoudre à prononcer le mot *défaite*.

— … de la flotte.

Lancastre parut un instant surpris, comme s'il avait complètement oublié son épouse.

Gil reprit :

— Lady Katherine pourra porter le message, quand elle…

— Non. Nous aurons besoin d'elle ici, coupa le duc, retrouvant son regard dur d'homme qui vient d'établir un plan de bataille. Allez-y, vous. Annoncez la nouvelle à la reine et dites-lui que sa sœur doit nous rejoindre à Wallingford la semaine prochaine.

Si Lancastre lui avait ordonné de partir immédiatement au combat, Gil aurait bondi sur son cheval sans la moindre hésitation. Mais ça…

— Isabel ?

Il se souvenait vaguement d'une jeune femme au rire aigu, qui avait le don de jaillir aux moments les plus inattendus.

— Pourquoi ?

— Je veux qu'elle épouse mon frère Edmund, dès que possible.

Deux filles de roi mariées aux deux fils d'un autre roi. Sans doute le duc voulait-il s'assurer que personne ne puisse contester ses droits au trône de Castille.

Gil n'était pas ravi de devoir transmettre un tel ordre à la reine et à sa sœur, mais que pouvait-il faire ? Il acquiesça, dans un murmure d'assentiment.

— Et, Gil… Quand vous reviendrez, emmenez Lady Valerie avec vous.

— Pourquoi donc ?

Le regard du duc se fit noir.

— Il est temps de vous marier aussi. Ainsi, vous pourrez engendrer un héritier avant de partir. Au cas où…

Au cas où cette expédition aussi tourne au désastre.

Durant les jours qui suivirent la naissance, Valerie n'avait quitté la petite princesse que pour la confier à sa nourrice ou à sa mère.

Ainsi, quand Gil entra dans la pièce où elle se trouvait et la vit avec un bébé dans les bras, elle ne comprit pas immédiatement le choc qu'elle lut dans ses yeux.

Un enfant. Elle berçait un enfant, comme elle pourrait un jour bercer le leur.

— Voici l'héritière du trône de Castille, dit-elle dès qu'elle eut repris ses esprits. Elle se prénomme María.

— Monseigneur d'Espagne désire…

Soudain, il s'interrompit et dévisagea Valerie au lieu du bébé.

— Vous avez abandonné vos vêtements de deuil.

Sa remarque la fit rougir un peu.

— Comme vous me l'avez demandé, répondit-elle.

Il avait remarqué le changement, et cela l'avait fait rougir !

— Est-ce que cela vous convient ?

À la vérité, elle adorait sa nouvelle robe. Bleue, de forme simple, elle avait été taillée dans un lainage souple qui épousait sa silhouette et s'accompagnait d'une étole que Valerie pouvait nouer autour de ses épaules, comme le voulait la mode. Dans cette tenue, elle se sentait de nouveau jeune, avec la vie devant elle.

Cependant, si elle s'était attendue à un compliment, elle fut déçue. Gil ne dit rien de plus. Il se contenta d'acquiescer. Ses yeux, par contre, semblaient exprimer bien des choses…

Ils lui parlaient de leur baiser, de ce qui pourrait arriver ensuite.

Valerie avait remisé sa tenue de veuve et ses voiles noirs. Elle avait abandonné son passé et, quand le regard de Gil s'illumina, elle put lui sourire à son tour, en toute sincérité. Quand il l'embrasserait de nouveau, peut-être même qu'elle pourrait…

Le bébé se mit soudain à pleurer, brisant le silence.

En un éclair, le fiancé ému de Valerie disparut pour laisser place au serviteur du roi.

— J'apporte des nouvelles, dit Gil. Je dois voir la reine.

Il n'en dit pas plus, mais Valerie devina que ces « nouvelles » n'étaient pas bonnes.

Portant toujours l'enfant dans ses bras, elle le conduisit donc aux appartements royaux et resta aux côtés de Gil tandis qu'il annonçait la catastrophe à Constance.

La flotte de l'usurpateur, alliée à la France, avait détruit les navires anglais.

Gil avait parlé d'une petite expédition, et pourtant les pertes étaient énormes. Valerie arrivait à peine à imaginer le nombre d'hommes dont il parlait. Des bateaux, des guerriers, des coffres remplis d'or. Tout avait disparu. Et si les navires anglais étaient incapables de se défendre, qu'est-ce qui empêcherait leurs ennemis d'atteindre les côtes ?

Valerie risqua une question :

— La Reina devrait-elle s'installer dans un lieu plus sûr encore que celui-ci ?

Gil répondit par la négative.

— Nous pensons qu'ils ont l'intention d'accoster au Pays de Galles en premier lieu.

Valerie expliqua donc, avec l'aide de l'interprète, que le Pays de Galles était bien assez éloigné d'Hertford pour que Constance soit en sécurité. Assez éloigné d'Hertford et — bien qu'elle ne le dise pas — de Florham.

Pendant tout ce temps, la reine resta muette.

Chaque mot, traduit en décalage, semblait la frapper comme une flèche. Pourtant, elle parvint à rester droite, comme si sa volonté seule l'aidait à supporter le choc. Pourtant, en dépit de cette apparence de dignité, Valerie vit le doute et l'effroi traverser son regard et, l'espace d'un instant, retrouva la jeune femme de dix-huit ans sous le masque de la royauté.

La Reina avait espéré rentrer dans son pays au bout de quelques mois ; tellement qu'elle n'avait parlé que de cela ou presque depuis son arrivée en Angleterre. Hélas, il était à présent évident que la reconquête pourrait prendre de longues et douloureuses années…

Sans quitter Gil des yeux, Constance tendit les bras vers son bébé et Valerie lui rendit sa fille. Le simple fait de la serrer contre elle parut lui redonner des forces.

— *¿Qué son los planes corrientes de mi Señor, el Rey ?*

Puis, dans son anglais hésitant :

— Qu'est-ce que mon Seigneur le roi veut faire, maintenant ?

Comme si cette défaite pouvait n'être que temporaire… Comme si les soldats et l'or pouvaient être jetés à la mer sans compter, tirés d'une sorte de corne d'abondance…

Valerie savait peu de choses de la guerre, mais elle comprenait qu'on ne pouvait pas faire miraculeusement apparaître troupes et navires. La reine, elle, ne pouvait se résigner à admettre l'impossible. Une reine s'attendait à ce que ses ordres soient obéis et à ce que l'impossible devienne possible.

Valerie jeta un rapide coup d'œil à Gil. Son visage sévère trahissait une pointe de tristesse, comme s'il compatissait à la peine de la reine et portait le deuil des hommes perdus en mer. Pendant quelques secondes, Valerie aurait voulu être seule avec lui pour pouvoir le prendre dans ses bras. Pour qu'ils se réconfortent mutuellement.

— Votre époux m'a envoyé vous informer de tout cela, répondit Gil. Il est resté à Londres pour établir de nouveaux plans.

— *Con nuestros fieles aliados, los Ingléses.*

« Avec nos fidèles alliés, les Anglais. » Une condescendance absolue qui frappe en quelques mots… Comme si Constance était déjà assise sur le trône ; comme si elle était seule à décider quand nouer ou briser une alliance.

Comme si c'étaient les Castillans et non les Anglais qui allaient se battre et périr pour lui offrir sa couronne.

Elle resserra les bras sur son bébé qui lâcha un petit gémissement. De toute évidence, à partir de ce moment, elle ne se soucierait plus que de sa fille et des autres enfants qu'elle pourrait porter. Sa loyauté se concentrerait sur son pays et son bébé, qui formeraient un jour un tout…

— L'Angleterre et la Castille sont unies, Votre Grâce, déclara Gil. Et, pour renforcer nos liens, votre époux, le roi, a décidé que votre sœur et son frère devaient aussi se marier.

La reine le dévisagea un instant en silence. Une telle décision transformerait à tout jamais la vie de sa sœur et modifierait l'ordre de succession. Et, pourtant, le roi avait fait ce choix seul, sans la consulter. Une fois de plus, il était évident aux yeux de tous que Constance n'avait aucun pouvoir en Angleterre.

— Isabel doit se rendre à Wallingford dès que possible, poursuivit Gil. La cérémonie aura lieu dans une semaine.

Ce fut au tour de Valerie de protester, tandis que les paroles de Gil étaient traduites à Constance.

— La Reina ne peut pas voyager si tôt ! s'écria-t-elle, outrée. Elle n'a même pas eu deux semaines de repos pour se remettre de l'accouchement !

— Monseigneur d'Espagne le sait bien, répondit simplement Gil, comme si cela n'était qu'un détail sans importance. Il a conscience qu'elle ne pourra pas assister au mariage.

Pendant que l'interprète faisait son travail, Valerie, de plus en plus agacée, murmura à Gil :

— Cette cérémonie est-elle donc si urgente ?

— Oui. Cette cérémonie, et d'autres choses. J'ai été chargé d'un autre message…

Un autre message ? Inquiète, Valerie se tourna vers la reine.

On venait de lui annoncer le mariage imminent de sa sœur, et son visage s'était assombri. Finalement, au bout de quelques secondes, elle retrouva sa prestance.

— Isabel sera prête, dit-elle.

— Je resterai à vos côtés, la rassura Valerie. Nous prierons ensemble pour le bonheur des jeunes mariés et pour la Castille.

— Non, interrompit posément Gil. Vous voyagerez avec Isabel.

— Moi ? mais pourquoi ?

Révoltée par la manière dont la reine était traitée par son propre époux, elle n'avait aucune intention de se soumettre aux ordres de Gil.

Cependant, il ne regardait plus Constance. Ses yeux perçants étaient fixés sur Valerie.

— Nous devons nous aussi nous marier dès la semaine prochaine.

Un frisson parcourut Valerie. Était-ce de la peur ? Ou une étrange forme d'impatience ? Elle-même n'aurait pu le dire. De toute évidence, même la reine n'avait aucun droit, aucune vie en dehors des exigences de son époux. Alors une simple suivante…

— Si vite ? dit-elle pourtant, sentant monter en elle un troublant désir.

Pourquoi était-elle si surprise ? Elle savait depuis des mois que ce moment viendrait.

— Monseigneur d'Espagne l'ordonne.

Elle se tourna alors vers la reine.

— *Con el permiso de La Reina.*

« Si la reine m'y autorise. »

Ce n'était pas grand-chose, mais cette petite marque

de déférence était tout ce que Valerie pouvait offrir à Constance, dont l'époux n'avait pas jugé bon de lui demander si elle pouvait se passer de sa suivante si peu de temps après son accouchement.

Constance, droite et crispée, s'agrippait à son bébé comme un soldat à son armure. Elle ne sourit pas, mais remercia Valerie du regard.

— *Tiene mi permiso.*

Sa dignité était sauve et — en apparence, du moins — Constance conservait l'illusion d'être bel et bien une reine.

Ceci dit, Gil et Valerie quittèrent la pièce. Lorsqu'ils furent assez loin pour qu'on ne les entende pas, Gil prit le bras de sa promise.

— J'ai encore une mauvaise nouvelle pour la reine. Peut-être vaudrait-il mieux qu'elle les entende de votre bouche.

Gil avait entendu Lancastre charger Lady Katherine de cette mission mais, en regardant Valerie et la reine, il avait compris que ce coup serait beaucoup trop dur à supporter pour la jeune mère.

— Quelles nouvelles ? demanda Valerie d'une voix plus ferme que ce à quoi il s'attendait.

Décidément, cette femme était courageuse…

— Monseigneur d'Espagne — il haïssait de plus en plus ce titre pompeux et si artificiel — n'aime pas le nom choisi pour l'enfant.

— Ne peut-il donc pas laisser sa femme rendre hommage à sa mère ?

Il ne dit rien, et Valerie soupira, connaissant sans doute déjà la réponse à sa question.

— Quel prénom a-t-il choisi ? reprit-elle d'une voix résignée.

Gil hésita un instant.

— Katherine.

Valerie le dévisagea, les yeux ronds, et porta une main à son cœur. Leurs regards se croisèrent un long moment. Tous deux savaient exactement ce qui avait motivé cette décision.

— Katherine n'a pas demandé une telle chose, murmura Valerie.

— Non. Mais le roi lui a demandé d'informer son épouse de son choix.

Une décision cruelle, avait songé Gil lorsqu'il l'avait entendue. Peu à peu, il commençait à comprendre pourquoi certaines femmes préféraient rester veuves…

— Oh non !

Valerie enfouit son visage dans ses mains avant de lever de nouveau les yeux sur lui.

— Personne ne devrait…

Soudain, elle se rappela ce qu'il attendait d'elle.

— Et vous voulez que ce soit moi qui le fasse…

Comprenant à quel point cela la faisait souffrir, il changea soudain d'avis.

— Non. Je vais le faire, dit-il sans pour autant savoir comment il parviendrait à adoucir une décision aussi dure.

Elle secoua tristement la tête et le prit dans ses bras.

Gil l'enlaça, la serrant contre son cœur. Très vite, il ne sut plus vraiment lequel d'entre eux réconfortait l'autre.

Elle était si chaude, si douce contre lui. Sa peau et ses cheveux avaient un léger parfum de fleurs — peut-être de ces roses qu'elle aimait tant.

« Vous prendrez soin d'elle », avait ordonné la reine. Il avait répondu sans hésiter, mais n'avait pas su, à ce moment, qu'il ne pourrait pas protéger Valerie de toutes les douleurs que la vie apportait.

Car les pires blessures sont parfois celles que l'on ne voit pas.

Au bout d'un long moment, Valerie releva la tête.

— Ce sera plus supportable pour elle, si elle l'apprend de moi. Il vaut mieux qu'elle ne sache pas combien de personnes connaissent la vérité.

La vérité... Tout comme Gil avait su que l'époux de Valerie l'avait trahie...

Il acquiesça, ne trouvant pas de mots pour faire honneur au courage et à la bonté de cette femme qu'il allait épouser.

— Je dois rentrer à Londres. Venez avec Isabel dès que vous le pourrez.

Valerie acquiesça et, avant de le quitter, murmura encore :

— Katherine n'est pas responsable de tout cela ; pas plus que Constance.

Gil eut un petit sourire amer mais ne dit rien. Lancastre, l'homme qu'il avait admiré plus que tous les autres, était le seul à blâmer dans cette affaire.

— Valerie...

Il la prit par les épaules et soutint son beau regard.

— Je vous promets que notre enfant portera le nom que vous choisirez.

Elle sourit à son tour, se hissa sur la pointe des pieds et déposa un petit baiser sur ses lèvres.

Lorsqu'elle fit volte-face pour rejoindre la reine, Gil la vit essuyer une larme d'un revers de la main.

Quelques jours plus tard, Valerie vint faire ses adieux à Constance et demanda à être reçue en tête à tête. Elle voulait un au revoir intime, sans la présence d'un prêtre pour traduire et déformer leurs paroles.

Sans témoin de la tristesse de la reine lorsqu'elle aurait entendu ce que Valerie avait à lui dire.

Au moins, elle n'humilierait pas Constance en lui annonçant la décision insensée de son époux en public. Entre sa maîtrise du castillan, l'anglais de la reine et la pie bavarde qui avait de nouveau été admise dans la chambre, elles trouveraient bien un moyen pour se comprendre.

Quand Valerie entra, elle vit que La Reina tenait encore son bébé dans les bras. Elle n'avait pas quitté l'enfant depuis que Gil lui avait annoncé la défaite de la flotte anglaise. C'était presque comme si la reine n'avait plus assez confiance en l'Angleterre pour la laisser prendre soin de sa famille. Ou de son pays.

Valerie la salua avec une révérence, étrangement triste de devoir quitter cette femme. Toutes les deux en exil, loin des foyers qu'elles aimaient tant, avaient fini par nouer des liens plus serrés que ce à quoi Valerie aurait pu s'attendre.

— *Vaya con Dios*, Votre Grâce. Je ne sais pas quand je vous reverrai.

Le regard de la reine trahit un court instant de déception rapidement réprimé.

— C'est un honneur. Le roi, ses fils, tout le monde sera là, répondit-elle.

Oui, tout le monde. Mais pas elle.

À sa place, ce serait Lady Katherine qui se tiendrait aux côtés de Monseigneur d'Espagne tandis que la sœur de Constance prononcerait ses vœux.

Cependant, la reine ne parla pas de sa déception, ni de son propre mariage avec un homme qu'elle connaissait à peine ; union qui avait aussi dû être précipitée, en plein voyage, dans un pays étranger.

— Oui, Votre Grâce, répondit-elle. Le roi Edward lui-même, son fils aîné et Monseigneur d'Espagne honoreront tous la Castille de leur présence.

— Aidez Isabel, murmura la reine dans son anglais plus qu'hésitant. *Preparar…*

— Je vous promets de faire de mon mieux pour elle.

Un long silence emplit la chambre.

— Votre Grâce, il y a encore autre chose. J'ai un message de la part de Monseigneur d'Espagne.

Pourvu que Constance ne lui demande pas comment ce message lui était parvenu.

— *¿Más malas noticias ?*

Comme si les nouvelles qu'il lui envoyait ne pouvaient qu'être mauvaises.

— Il a décidé de baptiser votre fille Katherine.

La reine se figea, pâle.

Allait-elle demander une explication ? Allait-elle refuser d'obéir aux ordres de son époux ? Et si c'était le cas, qu'arriverait-il ?

— Je n'ai aucune parente qui porte ce nom, dit-elle.

— Je le sais, Votre Grâce.

— Monseigneur d'Espagne ? A-t-il… ?

Oh ! si seulement le duc avait eu une parente prénommée Katherine. Cela lui aurait au moins permis de se réfugier derrière une excuse valable.

— Pas à ma connaissance, répondit Valerie, le cœur serré.

Constance fronça les sourcils et Valerie eut peur d'avoir finalement empiré les choses en lui annonçant la nouvelle elle-même. Les choses auraient-elles été plus simples si la décision du duc avait été rendue publique, officielle, détachée de la sphère privée ? Constance s'était forcément posé des questions au sujet de la relation entre Katherine et son époux, mais il valait mieux parfois avoir des doutes qu'une certitude.

— María Catalina, murmura-t-elle au bout d'un long moment.

Elle soupira, puis sourit.

— Il peut l'appeler comme bon lui semble.

Valerie acquiesça, dissimulant à grand-peine son propre sourire de soulagement. Dans sa cage, la pie piailla et son chant ressembla un instant à un rire.

La reine caressait les cheveux de son bébé, sans pour autant quitter Valerie des yeux.

— Vous n'êtes plus *enlutada*.

En deuil.

Cela faisait plusieurs semaines que Valerie avait abandonné sa robe noire, mais la reine ne lui avait encore fait aucune remarque à ce sujet. Désapprouvait-elle ? Constance, elle, portait encore très souvent le noir, bien que son père fût mort plus de trois ans auparavant.

Peut-être était-ce le deuil de sa propre vie qu'elle portait ainsi.

— Mon… Sir Gil m'a demandé de quitter mes habits de veuve.

Le souvenir de leur baiser passionné, des mains de Gil sur ses cheveux, la fit rougir. La reine s'en apercevait-elle ?

— J'espère que cela ne vous déplaît pas, ajouta-t-elle rapidement.

Constance ne paraissait pas en colère — peut-être un peu triste, mais pas fâchée.

— Il veut vous regarder, dit-elle.

Désir que Lancastre, manifestement, n'avait pas pour son épouse. Après un instant de silence, la reine redressa la tête, retrouvant son sourire de façade.

— Vous allez vous marier. Faites votre devoir d'épouse.

Puis, les yeux baissés sur son bébé, elle ajouta avec un petit sourire :

— Et votre devoir de mère.

Valerie la remercia d'un salut de la tête.

— Je prie Dieu de m'accorder cette chance.

— Et je prierai aussi.

La reine cala son bébé sur ses genoux et souleva son lourd collier d'or à deux mains pour le tendre à Valerie.

— Cela vous aidera.

C'était une croix d'or ornée de rubis, passée à une chaîne. Quand Valerie la prit, elle sentit son poids dans sa paume. Abasourdie, elle dévisagea un instant la reine.

— Votre Grâce…

Elle était incapable de trouver ses mots. Un tel bijou était bien trop précieux pour une femme de son rang — et les lois somptuaires interdisaient sans doute que la reine lui en fasse don.

— Je ne peux pas accepter un cadeau aussi généreux.

— Si. Pour honorer votre mariage, répondit Constance en caressant la croix du bout des doigts, comme pour lui dire adieu. La *Virgen de Guadalupe. Tierra.*

Tierra. « Terre. »

Valerie regarda la croix. C'était une relique précieuse, venue d'un lieu sacré ; un peu de terre du pays natal de la reine. Par le passé, Constance avait dû s'y agripper pour y trouver du réconfort comme elle s'agrippait à présent à son enfant…

— Je suis très honorée.

Valerie passa la chaîne autour de son cou. Le bijou était lourd, aussi lourd que le fardeau que La Reina lui avait confié.

Elle serra la croix dans sa main jusqu'à ce que les pierres lui fassent mal. Ce serait sans doute un sacrilège de vouloir garder un peu de terre du Kent, si elle aussi se trouvait un jour en exil dans la lointaine Castille.

— Portez-la. Priez. Pour un enfant. Pour Isabel. Pour la Castille, dit la reine avant d'ajouter dans un murmure : Pour moi.

Valerie baissa la tête et pria, comme Constance le lui demandait. Dans un avenir proche, tout le pays aurait sans doute besoin de prières.

Chapitre 12

Quand Valerie arriva pour son mariage au château de Wallingford, sur les berges de la Tamise, elle aperçut Gil dans la grande cour — avant même qu'il la remarque.

Son cœur se mit à battre plus fort. Elle ne s'était pas attendue à une telle réaction.

À cette distance, elle pouvait le voir comme les autres le voyaient : grand, fort, confiant, à la fois calme et pressé. Oui, Gil était le genre d'homme que l'on allait consulter quand on avait besoin de réponses. Le genre d'homme assez patient pour répondre aux questions.

Quelque chose s'éveilla dans la poitrine de Valerie, sous sa peau, aussi furtif qu'une brise ou une ondulation sur l'eau.

Une pensée. L'image de leur lit conjugal.

Serait-elle capable d'y trouver du plaisir, comme cela arrivait à certaines femmes ?

Ce fut alors que Gil croisa son regard — et il ne se détourna pas. Lisait-elle un soupçon de désir dans ses yeux, ou bien ne faisait-elle que s'imaginer des choses ?

Elle baissa rapidement les yeux.

Ne te laisse pas aller à rêver. Tu auras de la chance s'il ne te bat pas.

Et pourtant…

L'intendant s'approcha d'un pas vif, et les serviteurs

encerclèrent les nouveaux venus. En quelques secondes, on aida Isabel de Castille à descendre de cheval pour la conduire à l'intérieur.

Valerie, elle, essaya de chasser son trouble pour se concentrer sur son devoir. Elle indiqua aux domestiques les malles qui appartenaient à la sœur de la reine et à ses suivantes, jusqu'à ce qu'il ne restât plus que son unique bagage, bien modeste en comparaison.

Ce fut alors qu'elle osa de nouveau chercher Gil des yeux. Il la regardait toujours de son air sévère auquel elle commençait à s'habituer. Et pourtant, une nouvelle flamme brillait, timide, au fond de ses yeux.

« Je vous promets que notre enfant portera le nom que vous choisirez. »

Scargill n'aurait jamais dit une chose pareille.

— Est-ce que vous allez bien ? demanda-t-il d'un air gêné, comme s'il était son valet et non son fiancé.

Comme si les quelques instants d'intimité qu'ils avaient partagés quand ils s'étaient retrouvés seuls n'avaient jamais existé.

Elle se redressa et s'éclaircit la voix.

— Oui, très bien, mon Seigneur.

Un petit froncement de sourcils la rappela à l'ordre.

— Je veux dire, Gil.

Son prénom lui semblait toujours aussi étrange. Trop intime.

Un long silence s'éleva entre eux. Il la regardait, jaugeant peut-être la crédibilité de son air assuré. Puis il vit le cadeau de la reine passé à son cou.

— Qu'est-ce que c'est ?

Elle caressa la croix du bout des doigts au moment où il la prenait pour mieux l'examiner, et leurs doigts s'effleurèrent. Léger malaise.

Il la lâcha.

— C'est un présent de La Reina, expliqua Valerie avec

un sourire, pour me remercier de ma diligence. Elle me l'a donnée pour que je puisse…

Prier pour avoir un enfant ? Des paroles trop brutales pour être prononcées à voix haute.

— Elle contient un peu de terre de Castille, de l'autel de la Vierge à Guadalupe.

— Nous nous y rendrons ensemble pour la remercier quand nous arriverons en Castille.

Soudain, le visage de Gil parut s'illuminer.

— Avant la Saint-Crépin, si tout se passe bien.

— Si tôt ?

Une fleur ne change pas de couleur en une matinée… Pourtant, les plans d'invasion semblaient changer du tout au tout entre lever et coucher de soleil ! Quand Gil avait parlé à la reine, il paraissait évident que l'invasion n'aurait pas lieu avant la fin de l'année — au moins.

— Mais les navires ont coulé, tout a été retardé…

Un flot de culpabilité l'envahit. Comment avait-elle osé se réjouir à l'idée que la défaite de La Rochelle puisse repousser l'inévitable invasion de la Castille ?

Gil sourit. C'était un sourire joyeux, excité, plus lumineux que tous ceux qu'il avait pu faire jusque-là.

— Le roi Edward va partir pour la France, c'est vrai, mais nous avons enfin signé un traité avec le Portugal. Nous avons un allié ! Les deux expéditions peuvent donc être organisées.

— Mais… vous avez dit que les Français et les Castillans pouvaient atteindre le Pays de Galles, protesta encore Valerie.

— Nous avons l'intention de les détruire avant cela. Tous les hommes qui ont prêté serment à Lancastre ont été appelés pour assister au mariage, demain. Après-demain, il annoncera que nous partons pour la Castille.

Être témoins du mariage et s'embarquer immédiatement pour combattre en Espagne. Pauvre Isabel… Elle n'avait pas été conduite jusqu'à ce château en tant qu'épouse, mais en tant que bannière de ralliement.

Cependant, Valerie aussi devait se marier ici. Toutes ses inquiétudes — au sujet de Constance, d'Isabel, de Katherine ou de la Castille — laissèrent place à une nouvelle terreur, qui la concernait directement.

— Allons-nous aussi nous marier avant le départ de la flotte ? demanda-t-elle, la gorge nouée.

— Oui.

Le sourire triomphant et plein d'espoir de Gil s'effaça et, quand il la regarda de nouveau, son regard s'était empli d'avidité, comme si Valerie n'était qu'un autre pays à conquérir.

— Demain, ajouta-t-il.

Demain.

Cette fois, il n'était plus question de gagner du temps, de repousser ce destin qui l'attendait. Jusque-là, elle avait évité de regarder la vérité en face, de penser à tous les changements liés à ce mariage.

Elle étouffa ses craintes.

— À quelle heure la cérémonie aura-t-elle lieu ?

Chaque minute de liberté devenait précieuse et devait être savourée.

— Juste après celle qui unira Lady Isabel et Cambridge.

Valerie s'efforça d'afficher son plus beau sourire, celui qui dissimulait le mieux ses sentiments, et acquiesça. Si Constance pouvait supporter que son époux l'abandonne, si Katherine pouvait supporter de partager son amant avec une autre femme, alors elle-même pourrait supporter de se retrouver mariée à cet homme.

— Je serai prête, dit-elle dans l'espoir que sa voix ne trahisse pas sa peur.

Étonnamment, les paroles de Gil avaient aussi éveillé un faible espoir en elle. Il partirait bientôt, avant qu'elle puisse apprendre à le connaître. Elle devrait lui offrir son corps, mais n'aurait sans doute pas le temps de s'attacher à lui. Comme son premier époux, il ferait voile vers le continent pour se battre, et les choses redeviendraient comme avant.

— À l'annonce de notre mariage, La Reina m'a permis de quitter son service pour que nous puissions installer notre foyer au château des Vents Hurlants.

Il y avait tant à faire, là-bas… Aurait-elle le temps de créer un nouveau jardin ?

— En attendant notre départ pour la Castille, bien sûr, ajouta-t-elle vivement.

L'excitation qui avait illuminé le visage de Gil fit instantanément place à une haine farouche.

— Je vous l'ai dit, répondit-il, glacial. Nous n'irons plus jamais là-bas.

— Mais…

Bien sûr, il le lui avait dit ; cependant, il n'avait plus rien à lui cacher à présent, et il devait bien se rendre compte qu'une fois marié, il aurait besoin d'un foyer. Un foyer en Angleterre.

Apparemment, Valerie s'était trompée…

Mais, s'il ne l'installait pas chez lui, dans le Leicestershire, et si elle n'était plus nécessaire à la reine, peut-être pourrait-elle rentrer chez elle ! S'occuper de ses propres terres, entretenir son jardin.

La dernière fois qu'elle lui avait demandé la permission de visiter son domaine, il lui avait dit que ce n'était pas sûr. Mais cela s'était passé plusieurs semaines plus tôt, quand tout le pays craignait l'invasion. Le Pays de Galles était si éloigné du Kent… Elle y serait sans doute bien plus en sécurité qu'à Hertford.

— Dans ce cas, commença-t-elle en faisant de son mieux pour ne pas paraître trop excitée par ce nouveau projet, je retournerai dans le Kent.

Elle commençait déjà à réfléchir à tout ce qu'elle allait

devoir faire. S'occuper des champs avant la moisson, des brebis qui allaient bientôt mettre bas.

— Jusqu'à ce que nous partions pour la Castille, je pourrais…

— Impossible.

— Pourquoi pas ?

Jamais elle n'aurait cru cet homme si obstiné et autoritaire.

— Vous ne voulez pas que je m'installe dans le Leicestershire, et la reine n'a plus besoin de moi, s'écria-t-elle, désemparée. Où puis-je donc aller ?

— Votre terre ne vous appartient plus.

— Que voulez-vous dire ?

— Lancastre l'a donnée à l'un de ses bannerets du Suffolk et le nouveau propriétaire s'y est déjà installé.

— Il n'avait pas le droit ! balbutia Valerie, le souffle court.

C'était comme si l'on venait de lui couper une main — non, pire encore, un bras entier.

— Cette terre n'appartenait pas à Scargill, c'était la mienne ! Elle a appartenu à ma mère et à sa mère avant elle !

— Et c'est pour cela que le prix de la vente a constitué votre dot, dit Gil avec plus de douceur, comme s'il souhaitait sincèrement l'apaiser. Lancastre m'a déjà donné l'argent.

La terre avait été offerte à la famille de sa mère par un roi, ce qui voulait dire qu'elle aurait dû appartenir à sa famille pour toujours sans que personne ne puisse la leur ôter.

Mais les choses avaient bien changé depuis le règne d'Aliénor et du premier Edward. À présent, une femme devait apporter une dot pour se marier et profiter avec son époux de ce patrimoine. Seulement, certains hommes préféraient l'or, utilisable plus facilement : ils pouvaient ainsi dépenser la valeur d'un domaine entier alors que le domaine, lui, serait à jamais resté tel qu'il est. Si la mère de Valerie avait réellement oublié de protéger ses terres, alors le duc avait en effet le droit de les vendre pour que Gil puisse toucher la dot en or...

À ses yeux, aux yeux de ces deux hommes, Florham n'était qu'une pièce du jeu d'échecs que l'on peut déplacer, sacrifier ou échanger contre un autre domaine qui convenait mieux aux projets de Lancastre.

— Mais l'argent sera protégé, reprit Gil comme si ceci pouvait la rassurer. Tout vous reviendra si...

Il s'interrompit un instant, puis, retrouvant son courage :

— ... s'il m'arrive quoi que ce soit.

En cet instant, Valerie sut, sans l'ombre d'un doute, qu'il ne comprenait pas. Un homme qui haïssait à ce point sa propre terre ne pouvait pas comprendre son attachement à Florham.

— Mais, l'homme qui a repris ma maison... Il y a des choses qu'il doit savoir...

Qui était ce banneret ? Était-il digne du joyau qu'on venait de lui offrir ?

— Je dois lui parler des moissons, des fleurs...

De son cher cognassier dont les fruits commençaient à grossir, et des roses blanc poudré qu'il allait falloir couper dans les jours à venir...

Gil déposa doucement une main sur son épaule.

— Vous avez un intendant. Il saura dire à cet homme tout ce qu'il a besoin de savoir.

Valerie ferma les yeux pour ravaler ses larmes. Ce n'était pas son intendant qui avait mesuré l'angle du soleil pour s'assurer que l'arbre recevrait la meilleure lumière. Ce n'était pas lui qui taillait les rosiers et qui avait choisi où placer les roses et où placer les blancs.

Elle serra désespérément les doigts autour de sa croix d'or. Ce fragment de sol castillan était la seule poignée de terre qui lui appartenait, à présent.

— Qu'adviendra-t-il de mes affaires ?

Un miroir. Un peigne. Les capes dont elle aurait besoin quand l'hiver arriverait.

Le regard de Gil s'adoucit, comme s'il comprenait enfin un peu ce qui venait d'être arraché à Valerie.

— Elles seront emballées et envoyées.

— Où cela ?

À présent, elle n'avait plus de maison.

Gil parut un instant confus, comme s'il ne s'était pas posé la question. Car ses seules affaires étaient ce qu'il emportait avec lui au combat.

— Vous avez beaucoup de choses ?

Elle songea à tout ce qui lui appartenait, qui ne faisait pas partie du domaine de Florham, et secoua la tête.

— Mais il y avait quelques outils de jardin. Une bêche. Une pelle…

Des outils qu'elle avait tant utilisés qu'ils avaient été façonnés par sa paume et ses doigts.

— Quand nous serons en Castille, vous n'aurez plus besoin de faire ce genre de travail. Nous aurons des jardiniers, dit-il d'un air particulièrement fier.

Comme si cet avenir magique, ce château imaginaire en Castille était un cadeau qu'il lui faisait.

Valerie, elle, avait au contraire l'impression d'être arrachée à la terre, sans savoir si elle pourrait ou non s'adapter au sol de sa prochaine demeure.

Elle baissa les yeux sur la croix renfermant la terre d'un pays qu'elle n'avait jamais vu. À quoi ressemblaient les sols, là-bas ? Étaient-ils asséchés ou humides ? Riches ou sablonneux ?

— Est-ce que vous avez tout ce dont vous avez besoin dans votre malle ? demanda encore Gil.

Elle acquiesça en silence.

— Une fois le mariage célébré, vous retournerez auprès de la reine en attendant que nous reprenions la Castille, poursuivit-il. Vos affaires vous seront envoyées à Hertford.

Valerie ne put réprimer un soupir. La reine comprendrait, sans doute…

Gil appela alors l'un des valets pour qu'il prenne sa malle et lui donna ses instructions.

— Il vous montrera votre chambre, expliqua-t-il à sa promise. Le château est plein. Vous allez devoir partager une pièce avec les autres suivantes, ce soir. Et demain…

Il n'acheva pas sa phrase. Il n'en avait pas besoin. Déjà, Valerie sentait ses joues s'enflammer.

Le lendemain, après le mariage, ce serait son lit à lui qu'elle devrait partager.

Valerie regarda en silence le roi et ses fils se rassembler pour célébrer le mariage d'un autre prince avec une fille de Castille. Soudain, elle sentit le douloureux poids de l'absence de la reine.

Mais peut-être se concentrait-elle inconsciemment sur cette cérémonie pour éviter de penser à celle qui allait suivre et qui l'unirait à Gil.

Le futur époux, Edmund de Langley, comte de Cambridge, broyait du noir dans un coin en buvant son vin de mauvaise grâce. Ce mariage ne lui apporterait ni argent, ni pouvoir, ni même l'illusion d'avoir une position privilégiée — du moins, pas tant que Constance, Lancastre et leurs enfants seraient en vie.

La sœur de La Reina, par contre, était tout sourires et riait très fort. Elle jouait à charmer d'autres hommes que son époux, battant des paupières et minaudant comme si elle voulait embrasser tous ceux qu'elle croisait. Sous prétexte de pratiquer son anglais, elle virevoltait dans la grande salle, gloussant dès qu'on lui adressait la parole. À la voir, on avait presque l'impression que Constance, qui n'avait qu'un an de plus, avait à la fois pris les responsabilités d'une mère et celles d'une reine pour laisser sa sœur agir comme une enfant.

Isabel avait deux ans de moins que Valerie, mais cela suffisait à lui donner l'impression d'être plus vieille et plus sage que cette jeune mariée. Elle, au moins, savait ce qui les attendait une fois qu'elles seraient passées devant l'autel.

Elle, au moins, avait eu l'expérience de son premier mariage et ne se faisait pas d'illusions. Encore une fois, on la donnait à un homme sans la consulter. On la liait à lui pour l'éternité.

Aurait-elle donc deux époux, quand elle arriverait au Ciel ? Seuls les prêtres auraient pu répondre à une telle question.

Toute la cour regarda Isabel et Cambridge prononcer leurs vœux, mais Valerie ne put s'empêcher de jeter de petits coups d'œil à la dérobée à Gil, qui se tenait près d'elle. Il était si fort. Ses bras avaient été façonnés par le maniement de l'épée et du bouclier. Et il souriait si peu, hanté par un passé qu'il combattait et par un avenir qu'il ne cessait d'espérer…

Cet homme avait fait preuve de gentillesse, à tel point qu'elle s'était laissée aller aux mêmes pensées absurdes qu'au début de son premier mariage. À l'époque, elle croyait encore qu'un époux serait un soutien, et pas un fléau.

Il était vrai que Gil n'avait pas beaucoup de points communs avec Scargill. C'était un guerrier implacable, certes, mais il était capable de faire preuve de noblesse, voire d'une certaine bonté. Même si ses attentions envers Valerie étaient sans doute les mêmes que celles qu'il aurait eues pour un chien ou un cheval. En revanche, il était incapable de comprendre son désir de rester en Angleterre, son attachement à sa terre natale.

La cérémonie s'acheva, et les invités se dirigèrent vers la grande salle préparée pour le banquet. Dans la chapelle presque vide, Valerie resta immobile, à côté de son fiancé.

Sous le regard des rares personnes à être restées, tous deux remontèrent jusqu'à l'autel où les attendaient le prêtre, Lady Katherine et Lancastre. Katherine restait suffisamment loin de son amant pour ne pas exciter les mauvaises langues, mais son regard, la douceur de son sourire, la lumière qui scintillait dans leurs yeux lorsqu'ils se contemplaient… Valerie y voyait toutes les preuves des sentiments qu'ils avaient l'un pour l'autre.

Pire encore, elle voyait que Gil les regardait avec la même envie. Cet amour, si profond et sincère, tout le monde en rêvait ; mais on ne pouvait pas s'attendre à le trouver dans le mariage. Comme la plupart des hommes, Gil irait le chercher ailleurs, en temps voulu.

Valerie devait s'y préparer, voire encourager ces trahisons dès le début si elle voulait qu'il se sente libre d'aimer une autre femme.

De son côté, s'il lui apportait ne serait-ce qu'un peu de gentillesse et un enfant, cela lui suffirait.

Voilà, ils étaient à présent debout devant le prêtre, dans une chapelle presque vide, pour ce mariage arrangé à la hâte par le duc pour satisfaire ses propres projets. C'était un honneur de l'avoir pour témoin, et Gil devait être très fier…

Lady Katherine vint se placer au côté de Valerie et lui serra le bout des doigts pour l'encourager. De toute manière, la cérémonie ne pouvait pas s'éterniser : la fête donnée en l'honneur du nouveau couple royal avait déjà commencé dans la grande salle et tout le monde attendait que le futur roi de Castille accueille son frère au sein de la famille régnante.

L'été réchauffait l'atmosphère et, pourtant, les doigts de Valerie étaient engourdis par un froid inexplicable, dans la grande main de Gil. Elle eut également du mal à prononcer ces paroles qui, une fois dites, ne pourraient jamais être oubliées. « Je vous prends pour époux. »

Le prêtre entama enfin sa litanie.

Gil prit la main de sa femme, si petite, si froide, dans la sienne. Ce simple contact la fit frissonner. Le craignait-elle tant que cela ?

Ou bien était-elle simplement déçue ?

À chaque fois qu'il lui parlait, elle baissait la tête et acquiesçait, acceptant tout ce qu'il désirait ; mais, aujourd'hui, il l'avait vue souffrir quand elle avait compris qu'il n'avait pas de foyer dans lequel l'accueillir. Rien de plus que la promesse d'une nouvelle vie en Castille.

Le prêtre murmura une dernière prière.

Gil lâcha la main de son épouse.

Lancastre s'approcha et lui donna une tape amicale sur l'épaule, tandis que Lady Katherine embrassait Valerie. Durant tout ce temps, elle ne risqua pas le moindre regard dans sa direction.

Le petit groupe rejoignit rapidement la grande salle où se déroulait le festin en l'honneur du mariage royal. Quelques hommes, qui connaissaient Gil, lui adressèrent leurs félicitations et eurent un mot gentil pour Valerie. Le couple royal, installé à la table d'honneur, fut néanmoins l'unique centre d'attention de la soirée.

Isabel s'amusait à faire tourner sa coupe d'argent dans sa main et à imiter les visages grotesques qui y étaient gravés.

Valerie et Gil restèrent un moment debout, côte à côte, gênés, face à la foule en liesse. La seule chose à laquelle Gil parvenait à penser était qu'il pourrait enfin partager le lit de sa nouvelle épouse, cette nuit-là.

Soudain, une petite voix le tira de ses pensées.

— La femme en rouge, là-bas… N'est-elle pas ravissante ?

Surpris, Gil suivit le regard de Valerie et acquiesça, l'esprit ailleurs.

— Oui, sans doute, répondit-il.

— Elle a les cheveux clairs, continua Valerie. Un rire musical. Ce doit être agréable de la côtoyer, vous n'êtes pas d'accord ?

— Je ne vois pas l'intérêt de penser à elle.

— Ou Lady Johanna, là-bas. On m'a dit qu'elle sait chanter et qu'elle joue très bien de la musique. Elle pourrait vous plaire.

— Quoi ?

Gil avait souvent entendu dire que les femmes étaient des créatures troublantes, difficiles à comprendre, mais il n'avait pas passé beaucoup de temps en leur compagnie — à l'exception de Lady Cecily qui avait toujours cultivé sa logique et son sens du devoir.

— Pourquoi est-ce que vous attirez mon attention sur toutes ces femmes ? demanda-t-il. Nous venons de nous marier.

— Mais cela ne veut pas dire…

Elle bafouilla, les yeux baissés.

— Je sais que vous voyez les autres femmes et que vous pourriez, parfois…

De quoi est-ce qu'elle parlait ?

— Si une femme passe devant moi, il est évident que je vais la remarquer, oui.

« La remarquer. » Comme il apprécierait une épée bien forgée ou un bon vin de Bordeaux.

Valerie rougit, mais osa enfin le regarder.

— Je sais que vous ferez plus que les remarquer, avec le temps, dit-elle fermement.

Gil lui attrapa le bras et l'entraîna dans un recoin plus calme de la salle, loin des oreilles indiscrètes, avant de la regarder quelques secondes. Étrangement, elle ne paraissait pas jalouse.

— Est-ce que vous sous-entendez que je vais prendre une maîtresse ?

— La plupart des hommes le font.

Elle était si calme. Elle s'était montrée beaucoup plus passionnée quand elle avait parlé de son jardin de Florham.

Bien sûr, il était évident qu'elle craignait de se voir trahie. Son premier époux l'avait fait, et même Lancastre s'affichait au bras de sa maîtresse devant la cour…

Mais Gil n'était ni l'un, ni l'autre.

— Vous serez ma femme, Valerie, dit-il. Je n'aurai pas besoin d'une autre.

— Mais si… ?

Elle se mordit la lèvre et rougit de plus belle.

— Si quoi ?

Il allait déjà devoir rassembler tout son courage et toute son énergie s'il voulait vivre avec son épouse. Que ferait-il d'une seconde femme ?

— Si je ne suis pas… Si vous…

— Si je suis tenté ?

La question qu'elle n'osait pas formuler ne paraissait pas aussi simple, mais il ne comprenait pas ce qu'elle essayait de dire.

— Si jamais j'ai un jour le temps et l'énergie de me laisser tenter par une femme autre que mon épouse — ce que je n'imagine même pas — croyez bien que j'irai à confesse et que je demanderai pardon à Dieu. Voilà. Êtes-vous satisfaite ?

Contrairement à ce qu'il espérait, elle ne parut pas se réjouir, bien au contraire. Il lâcha un soupir désemparé. Comment allait-il jongler entre ses devoirs envers Dieu, l'Angleterre, Lancastre et sa nouvelle épouse ? Il n'avait vraiment pas besoin qu'elle vienne compliquer une situation déjà délicate…

Soudain, une idée le traversa : elle n'avait connu qu'un seul homme dans sa vie. Peut-être qu'elle avait peur d'être tentée, elle.

— Et vous ? Est-ce que vous… ?

La simple idée de la voir entre les bras d'un autre lui brisait le cœur. Déjà, il se sentait possessif. Déjà, il tenait trop à elle.

— Est-ce que vous êtes tentée par un autre homme ?

Heureusement, son regard ébahi chassa toutes ses inquiétudes. Elle semblait parfaitement incrédule…

Retrouvant sa fierté, elle se redressa et soutint son regard.

— Absolument pas !

— Bien, répondit-il d'une voix sèche qu'il regretta aussitôt.

C'était à lui de s'assurer qu'elle n'ait jamais envie de bafouer ses vœux. Et il commençait à avoir hâte de s'y mettre.

Valerie ne comprenait pas comment une telle chose avait été possible mais, dans ce château rempli d'invités, on avait réussi à libérer une chambre pour que Gil et elle soient seuls durant leur nuit de noces.

Alors que la fête battait encore son plein, elle parvint à quitter la grande salle seule et demanda à une servante de la conduire à sa nouvelle chambre. Son époux — c'était étrange d'utiliser à nouveau ce mot — était parti rejoindre ses hommes, loin de leur table, pour boire à leurs victoires à venir. Elle l'avait énervé, à force d'essayer maladroitement d'éveiller son intérêt pour d'autres femmes, et préféra se retirer sans le gêner davantage. Il viendrait la rejoindre quand il le souhaiterait — s'il venait.

Elle grimpa donc les escaliers déserts, dans lesquels résonnaient, lointains, les rires avinés des convives. Après avoir renvoyé la servante, elle s'allongea nue sous les draps et examina en silence le plafond de bois, au-dessus du lit. Gil la rejoindrait-il avant le matin ?

Une faible lueur baignait encore la chambre, et elle la regarda s'évanouir en songeant à ce qu'elle aurait pu faire pour se préparer.

J'aurais pu me parfumer, me poudrer les joues, adoucir mes lèvres à l'aide de sel et de sauge…

Oh ! Seigneur, ne me fais pas échouer une nouvelle fois.

Elle savait ce qui allait se passer. C'était sa nuit de noces, et son époux viendrait exercer son droit. Avec son premier mari, cela n'avait jamais été une expérience agréable.

Et pourtant, le baiser de Gil avait été si différent…

L'étincelle étrange du désir parcourut sa chair. Là. Entre ses cuisses. À l'endroit où elle allait devoir accepter le corps d'un homme. Était-ce cela que certaines femmes ressentaient pour leurs amants ? Était-il possible de l'éprouver pour son époux ?

Il lui avait demandé si elle était tentée par d'autres hommes. Non, c'était évident. Mais par lui ? Oh oui…

Pourtant, lorsqu'elle entendit la porte s'ouvrir, tous ses muscles se crispèrent instinctivement. Jusqu'à cet instant, elle ne s'était pas rendu compte à quel point son corps craignait encore la simple présence d'un homme — une crainte tellement plus forte et plus tenace que ses maigres espoirs.

— Valerie ? Vous ne vous sentez pas bien ?

La lumière avait beaucoup baissé, et elle ne voyait pas distinctement son visage. Cependant, il ne paraissait pas agacé, contrairement à Scargill quand on le détournait de ses amusements.

Comment être sûre qu'il soit détendu ? Elle n'arrivait jamais à prédire les humeurs de cet homme.

Elle se redressa dans le lit, maintenant le drap contre sa poitrine nue.

— Pardonnez-moi, Gil. *(Surtout, ne pas oublier de*

l'appeler par son prénom) Je ne pensais pas manquer à quiconque, en bas.

— Et à moi ? Bien sûr que vous m'avez manqué, répondit-il sans pour autant trahir la moindre colère. Vous êtes mon épouse.

— Si j'avais su que vous auriez besoin de ma présence, je serais restée. La prochaine fois, je vous promets de vous demander la permission de me retirer.

Elle avait prononcé ses vœux. Cela voulait dire qu'elle allait devoir s'habituer à obéir à son époux et à comprendre ses désirs sans qu'il ait besoin de les formuler.

Et ce soir ? Ce soir, elle allait devoir l'apaiser, l'attirer auprès d'elle, le cajoler et lui faire plaisir ; faire tout son possible pour éveiller ses désirs dès les premières heures de leur union sous peine de voir leur relation devenir de plus en plus pénible.

Elle ne voulait surtout pas réitérer l'expérience de son premier mariage.

Toujours dissimulée sous le drap, elle repoussa les couvertures du côté de Gil et lui fit de la place pour qu'il puisse la rejoindre. Même recouvert, son corps semblait sentir la proximité de cet homme comme s'il désirait ardemment qu'il se rapproche…

Elle fit rouler ses épaules pour se détendre, mal à l'aise, tandis qu'il regardait ses bras nus. Elle maintenait d'une main le drap sur elle et crispait son autre poing, caché, sur ses genoux, pour se donner le courage d'affronter ce qui allait suivre.

Tout son corps menait une guerre sans merci contre lui-même, envahi tour à tour par la flamme du désir, celle de la peur et la fatigue de l'attente.

Mais Gil se détourna et se dirigea vers la fenêtre, à l'opposé du lit.

— Je ne partagerai pas votre lit, ce soir, dit-il.

Surprise, Valerie protesta :

— Mais nous sommes mariés.

Était-ce l'une des journées pendant lesquelles l'Église prônait l'abstinence ? Elle ne se souvenait plus. Et puis, les couples mariés devaient-ils se soumettre à ce calendrier saint ?

Soudain, une crainte l'envahit.

— Est-ce parce que je suis veuve ?

Peut-être ne voulait-il pas de ce qu'un autre homme avait laissé — pourtant, il avait su ce qu'elle était depuis le début…

Gil lui lança un regard perplexe, puis sourit.

— Vous n'êtes pas la première femme que je fréquente et qui ait connu un autre homme, dit-il.

Valerie sentit le soulagement monter en elle. L'espace d'un instant, elle avait craint qu'il soit encore vierge.

Néanmoins, il ne s'approchait toujours pas du lit.

Elle avait dû le mettre plus en colère qu'elle le croyait…

À moins qu'il soit simplement fatigué. Si c'était le cas, ce n'était pas à elle de l'obliger à accomplir son devoir conjugal. Après tout, la journée avait été longue, et le vin avait coulé à flots. Désirait-il se reposer ?

— Si vous voulez dormir…

Elle se tassa de son côté du lit, afin qu'il puisse s'allonger confortablement.

— Vous n'aurez qu'à me réveiller quand vous serez prêt.

— Pourquoi êtes-vous comme cela ? demanda-t-il d'une voix qui redevint dure, sans la moindre trace d'affection.

— Que voulez-vous dire ?

— Pourquoi faites-vous semblant de n'avoir aucune opinion, aucun désir qui vous soit propre ?

Décidément, Valerie venait d'épouser un homme bien étrange.

— Je suis votre épouse, répondit-elle. Vos désirs sont désormais les miens.

Elle avait cru lui faire plaisir en disant cela, mais il ne sourit pas.

— Pourtant, vous avez bien des souhaits, des besoins, des espoirs, des pensées à vous. Lady Cecily, la reine Constance et même Lady Katherine n'hésitent pas à faire connaître les leurs.

Peut-être, mais ces femmes avaient plus de pouvoir que Valerie. Elles en auraient toujours plus…

Quelle réponse Gil attendait-il donc ? Était-ce une sorte de test, d'épreuve à passer ?

— Mon souhait le plus cher est d'être une bonne épouse. De vous donner le fils que vous désirez tant, dit-elle donc.

— En êtes-vous sûre ?

Elle avait pensé que Gil était un homme sévère pourtant capable de douceur et portant des douleurs secrètes, pas qu'il était idiot !

— Bien sûr que oui.

Il s'approcha enfin du lit, prit un tabouret et s'assit à côté du matelas.

— Ce que je veux savoir, c'est si vous êtes certaine de comprendre et d'accepter la vérité. Mon fils — *notre* fils — aura du sang Brewen dans les veines, même s'il ne porte pas ce nom.

— Je sais : vous me l'avez déjà dit.

Il lui avait avoué son passé et c'était pour elle déjà de l'histoire ancienne. Pourquoi parler de cela ce soir ?

— Je vous ai aussi demandé si vous vouliez être libérée du fardeau de nos fiançailles et vous avez refusé.

Valerie se souvenait vaguement de leur conversation, en effet, mais comme elle n'avait jamais pu faire valoir la moindre de ses opinions, et encore moins prendre la moindre décision sur son avenir, elle n'avait pas songé un instant qu'il puisse avoir été sérieux.

— Oui, j'ai refusé.

Quelle femme pouvait se permettre de s'opposer à un mariage quand elle reçoit cet ordre du fils d'un roi ?

— Bien que nous soyons mariés, porter un tel enfant n'est pas une décision à prendre à la légère, reprit Gil.

À l'entendre, on pourrait croire que le fait de porter un enfant était un « choix ». Valerie faillit éclater de rire. Comment lui dire à quel point elle désirait un bébé ? Si elle en avait réellement eu la possibilité, elle en aurait eu un depuis bien longtemps. Elle avait besoin d'un enfant. Sa terre, celle qu'elle pensait pouvoir garder à tout jamais, lui avait été arrachée. Sans enfant, que lui resterait-il si elle devenait veuve à nouveau ? Elle voulait tellement un bébé qu'elle aurait été prête à donner naissance à une créature pourvue de cornes et d'une queue !

Mais Gil, lui, paraissait très sérieux, comme si la simple pensée de fonder une famille était un fardeau. Il resta assis là, les mains jointes, les coudes appuyés sur les genoux. Priait-il ? Non, il attendait sa réponse.

Abasourdie, elle se contenta de le dévisager pendant un moment. Dans quel genre de mariage se retrouvait-elle entraînée ?

Cet homme était capable de se montrer froid, de se mettre en colère ; et, pourtant, la disgrâce qui entachait le passé de sa famille lui pesait tant qu'il donnait l'impression de ne pas avoir la moindre confiance en lui. Comme s'il n'était pas « assez bien » tel qu'il était.

Au moins, c'était un sentiment qu'elle pouvait comprendre…

Elle posa doucement ses mains sur celles de Gil et murmura :

— Je ne prends jamais de décision à la légère. Je suis prête à être une bonne épouse, à accomplir mon devoir en portant votre nom et, si Dieu le veut, votre enfant.

Voilà : il accomplirait son devoir et elle, le sien. Elle n'attendait rien de plus de leur union.

Pourtant, une part d'elle souhaitait désespérément le réconforter — et les regards de Gil étaient chargés de quelque chose de plus profond qu'une simple obligation.

Il effleura son épaule des doigts et, au lieu de l'allonger sur le lit, caressa doucement son cou avant de glisser le long de son bras.

— Le mariage peut représenter plus que le devoir, chuchota-t-il en lui prenant la main.

Troublée, elle s'écarta.

— Vraiment ?

Elle n'en attendait pourtant rien de plus. En tant qu'épouse, elle prendrait soin de lui, satisferait tous ses désirs, répondrait à ses besoins, mais pouvait-elle ouvrir son cœur à cet homme ? Supporterait-elle la douleur de la trahison quand il prendrait une amante ?

Non, c'était inconcevable.

— Oui, dit-il avant de l'enlacer, de l'attirer à lui et de déposer un petit baiser sur l'arrondi de son épaule. J'en ai été témoin.

— Êtes-vous sincère ?

Elle savait à peine ce qu'elle disait, mais parler lui semblait plus rassurant que s'abandonner à des caresses. Pourtant, elle sentait monter en elle un désir qu'elle aurait pensé ne jamais ressentir.

— Oui.

Les lèvres de son époux glissèrent jusqu'à sa gorge.

— J'ai vu l'amour naître entre un homme et son épouse.

Seigneur, à quel idiot chevaleresque elle se retrouvait liée ! Pendant quelques secondes, elle réfléchit. Serait-elle capable de lui donner ce qu'il voulait ?

Non. Jamais.

Elle ne voulait pas connaître ce genre de passion avec son mari, ni avec aucun homme.

Ainsi, pendant qu'il allumait une bougie et se débarrassait de sa tunique et de ses chaussures, elle s'allongea de nouveau sur le lit. Elle attendit en silence qu'il écarte le drap et dévoile son corps nu, dans la fraîcheur de la nuit.

Elle ferma les yeux, prête à se soumettre à tout ce qu'il désirerait, assez sage pour ne rien attendre de cette nuit de noces.

Pourtant, au fond d'elle, elle savait très bien qu'elle se mentait.

Chapitre 13

Gil se força à aller doucement.

Il voulait que Valerie ne pense à aucun autre homme, à aucun autre monde sauf à celui qu'il allait bâtir pour eux deux. Il prit donc tout son temps pour caresser sa peau du bout des doigts, du bout des lèvres.

Hélas, il avait attendu pendant si longtemps de voir ce qui se cachait sous son grand voile de veuve qu'il eut du mal à se retenir.

Il avait espéré pouvoir découvrir le corps de Valerie petit à petit : l'arrondi de son épaule, le creux délicat de ses reins, la teinte de sa peau là où le soleil ne l'avait pas brunie... Mais elle s'était déshabillée avant qu'il arrive, même si elle se cachait toujours sous les draps. Ainsi, s'il l'avait voulu, il lui aurait suffi de défaire le lit pour la voir entièrement. C'était une tentation bien trop grande pour n'importe quel homme — surtout pendant sa nuit de noces.

Mais il fit de son mieux pour y résister.

Se concentrer sur le plaisir de sa nouvelle épouse l'aidait à garder le sien sous contrôle. Il explora chaque recoin de sa peau du bout des doigts, comme il aurait exploré un champ de bataille. Seulement, cette fois, ce n'était pas pour déclencher une guerre mais pour donner naissance à l'amour, pour découvrir les endroits où ses caresses la feraient gémir et ceux où elles la chatouilleraient.

Elle lui tournait le dos, sans doute pour ne pas trop le tenter, et le laissa découvrir la douceur de sa peau, de ses épaules à ses bras, ses poignets, ses paumes, ses doigts. Il explora ainsi un côté, puis l'autre. L'oreille tendue, guettant le moindre changement de respiration, le moindre mouvement involontaire, il espérait surprendre un frisson d'anticipation, un soupir de plaisir, n'importe quoi qui lui aurait montré qu'elle appréciait ce qu'il faisait.

Mais elle restait immobile, nue et muette sous ses mains. Était-elle fatiguée ? Il n'en savait rien.

Il recommença donc, écartant le drap pour la dénuder jusqu'à la poitrine, repoussant ses longs cheveux châtains. Il laissa ses doigts courir sur la nuque de Valerie avant de descendre à nouveau, lentement, le long de son dos, jusqu'au moment où il pourrait glisser sa main entre ses cuisses…

Elle se crispa.

Il s'arrêta.

Était-il allé trop vite ? Il ne savait pas encore ce que cette femme aimait. Il pourrait avoir besoin de plusieurs nuits, de plusieurs semaines pour apprendre à la contenter. Peut-être faisait-elle partie de ces femmes qu'un simple baiser excitait.

Il effleura de nouveau son épaule et lui murmura de se retourner. Alors, tandis qu'elle se laissait rouler sur le dos, tout ce qu'il avait rêvé de découvrir, tout ce qu'elle avait tant caché s'étala devant ses yeux.

La lumière des bougies dansa sur la peau pâle de ses petits seins parfaitement ronds. Il suivit des yeux la courbe de sa taille et celle de ses hanches, assez larges pour porter sans peine leurs enfants. Il la regarda en silence, embrassant tout son corps, ne sachant par où commencer. Allait-il pouvoir se contrôler ? Rien n'était moins sûr… Ses propres hanches, encore enfermées dans son pantalon de toile, s'échauffaient mais il ne voulait pas ôter ses mains du corps de Valerie, pas même le temps de retirer son dernier vêtement.

C'était son plaisir à elle qu'il désirait avant tout, et il s'efforça de maîtriser ses propres élans. Il s'allongea auprès d'elle et la caressa encore, du bout de son menton jusqu'aux pointes de ses seins, là où, enfin, il parvint à lui arracher un imperceptible gémissement. Comme si, sans le savoir vraiment, elle s'offrait un peu plus à lui.

Les lèvres de Gil, douces mais pressées, suivirent le chemin de ses doigts. Il déposa un petit baiser sur son épaule et à la base de sa gorge. Non, ce n'étaient pas vraiment des baisers, c'était plus délicat que cela. Une promesse.

Le souffle de Valerie accélérait en même temps que le sien.

Cependant, avant de l'embrasser sur les lèvres, il s'accouda au-dessus d'elle pour mieux voir son visage. Elle avait les yeux fermés, pas dans un abandon sensuel mais dans une tension inattendue.

— Valerie, ouvre les yeux.

Obéissante, elle fit ce qu'il lui demandait mais n'osa pas croiser son regard.

— Valerie, regarde-moi.

Ses yeux sombres étaient encore plus énigmatiques dans cette chambre à peine éclairée qu'en plein jour. Était-elle prête ? Avait-il su éveiller son désir ?

Il était incapable de se retenir plus longtemps. Il l'attira à lui et l'embrassa fiévreusement. Elle se laissa d'abord faire, puis lui rendit son baiser. Oui. C'était le moment. Sans plus hésiter, il s'étendit au-dessus d'elle et tenta d'écarter ses jambes, convaincu qu'elle était prête pour lui…

Elle se crispa de nouveau et posa les mains sur ses épaules, comme si elle voulait le repousser.

Troublé, il s'arrêta. Que se passait-il ?

Il tenta une nouvelle fois, débordé par son excitation et sa frustration. Elle avait pourtant dit qu'elle n'avait pas

peur de lui ! Comment un tel abandon pouvait-il se muer
si vite en résistance ?

Perdant tout contrôle de ses émotions, il leva les mains
au ciel.

— Qu'est-ce qui ne va pas ? s'écria-t-il sans la moindre
douceur.

Puis, quand il baissa de nouveau les yeux sur elle, il la
découvrit recroquevillée, protégeant sa tête de ses mains
comme pour se garantir d'un coup.

« Qu'est-ce qui ne va pas ? » avait-il crié.

Et Valerie s'était préparée à son poing. Elle s'était
attendue à subir insultes, coups, claques, peut-être même
un coup de pied.

Mais il n'y eut que le silence.

— Valerie ?

Elle rouvrit les yeux, se souvenant soudain de l'endroit
où elle était — et de l'homme qu'elle venait d'épouser.
Ce n'était plus Scargill.

Elle s'assit au milieu du lit et remonta une nouvelle
fois le drap pour se couvrir. Il fallait à tout prix qu'elle
fasse amende honorable, qu'elle rassure Gil, qu'elle lui
fasse plaisir. Un homme n'attendait rien d'autre que cela,
surtout pendant sa nuit de noces.

— Ce n'est rien, dit-elle donc précipitamment, s'efforçant
de retrouver le sourire. Je ne voulais pas… Je vous en
prie, pardonnez-moi.

Dans la pénombre grandissante de la chambre, il
devenait de plus en plus difficile de lire l'expression de
Gil. Était-ce un éclair d'agacement qu'elle surprit dans
ses yeux ? Ou de confusion ?

Il se releva, s'écarta du lit sans pour autant la quitter
des yeux, comme si le fait de la regarder assez longtemps
lui permettrait de découvrir ses secrets.

— C'était donc si terrible ? dit-il finalement. Avec lui ?

— Quoi ? Non ! Que voulez-vous dire ?

— Vous n'êtes pas une bonne menteuse, Valerie…

Elle l'avait pourtant été, autrefois : Scargill n'avait jamais remarqué ses sourires forcés. À moins qu'il n'en ait simplement rien eu à faire.

Elle soupira et rassembla assez de courage pour regarder Gil dans les yeux.

— Je ne comprends pas pourquoi vous croyez que je mens.

— À chaque fois que je vous ai touchée, vous vous êtes tendue ; et, tout à l'heure, on aurait dit que vous aviez peur que je vous frappe. J'en déduis donc que votre premier mariage a été particulièrement déplaisant.

— Pas plus que la plupart des autres, répondit-elle simplement.

— Pourquoi dites-vous cela ?

Parce que ma mère me l'a dit, songea-t-elle avant de hausser les épaules.

— Est-ce qu'il vous faisait du mal ?

Elle dut ravaler ses larmes pour ne pas laisser sa douleur transparaître.

— Il était mon époux.

Il n'y avait rien d'autre à ajouter. Scargill avait été son époux et il avait donc eu le droit de faire tout ce qu'il désirait tandis qu'elle n'avait pas à s'opposer à sa volonté.

Gil s'affala sur le tabouret, près du lit, cessant de la dominer de sa haute silhouette.

— C'est moi, votre époux, maintenant, et je ne suis pas comme lui.

Elle avait pensé — espéré — que ce soit vrai quand il s'était approché d'elle, mais son corps se souvenait encore de ce que Scargill lui avait fait endurer.

Gil lui prit les mains et les serra très fort.

— Valerie, dit-il avec douceur, je veux que vous preniez du plaisir quand nous ferons l'amour.

— Dieu ne veut pas que nous fassions l'amour si ce n'est pas pour faire un enfant. Il n'y a donc aucune raison pour que l'acte charnel soit agréable.

Pas pour une femme, en tout cas. Les hommes, eux, avaient presque toujours l'air de prendre du plaisir, d'après ce qu'elle avait remarqué.

Mais ce n'étaient pas les hommes qui portaient les enfants.

— Toutes les femmes ne partagent pas cette conviction, vous savez, répondit-il.

En effet, elle commençait à le comprendre. Quand elle voyait Katherine regarder John, elle les soupçonnait de trouver tous les deux une forme de plaisir ensemble.

— Je ferai de mon mieux pour être une bonne épouse.

Gil lui lâcha alors les mains.

— En supportant mes caresses les dents serrées ? demanda-t-il avec une pointe de colère.

C'était à Valerie de l'apaiser, de réparer le tort qu'elle avait causé. Son premier mari avait aussi été comme cela, de temps en temps. Il rentrait à la maison les sourcils froncés, piétinait rageusement dans la pièce, mais une fois ses désirs assouvis aux dépens de Valerie, il devenait plus calme. Parfois, il la gratifiait même d'un sourire…

Avait-il agi de pareille manière avec la femme qui lui avait confié son foulard en soie ?

Elle tendit une main timide.

— Pardonnez-moi…

Prendre la faute sur elle. Toujours. C'était le meilleur moyen.

— Le fait que quelque chose soit un devoir ne le rend pas forcément déplaisant, ajouta-t-elle timidement.

— Valerie, ne me mentez pas. Ne me mentez plus.

— Je ne vous mens pas.

— Vous venez de le faire. À l'instant.

— En quoi est-ce si mal de vouloir vous faire plaisir ? De vous dire ce que vous voulez entendre ? lança-t-elle d'une voix plus désespérée qu'elle l'aurait voulu. C'est comme cela que le monde fonctionne !

— Et c'est justement ce qui ne va pas, dans le monde ! explosa-t-il en faisant les cent pas. Le roi prétend toujours être le plus grand guerrier d'Europe. Le duc se dit roi de Castille. Et moi, je répète que nous aurons atteint Séville avant Noël.

Il s'interrompit un instant et la regarda avec un petit sourire triste, presque résigné.

— Quand je m'allonge dans mon lit, je veux m'abandonner à la vérité…

— Mais ne désirez-vous pas avoir une épouse consentante, et rien d'autre ?

Ou du moins, une femme qui a l'air docile.

Gil réfléchit un instant, les sourcils froncés.

— Quand ce sera le cas, je vous le dirai, répondit-il.

Elle songea un instant à lui dire que c'était lui qui mentait à présent, mais se retint.

Elle se retrouvait décidément entraînée dans un étrange mariage. Elle avait cru pouvoir faire la même chose qu'avec Scargill, lui donner son corps comme on donne un os à ronger à un chien pour l'occuper et garder ses pensées pour elle ; mais Gil voulait tout. Son corps. Ses pensées. Et plus encore.

— Et si vous n'êtes pas consentante un jour, reprit-il après un long silence, me le direz-vous ?

Oui, songea-t-elle d'abord. Mais c'était un mensonge, et elle n'osa pas risquer sa colère une nouvelle fois.

— Je ne sais pas, dit-elle donc. On ne m'a jamais laissé l'opportunité de le faire, avant. Avez-vous toujours été aussi honnête avec vos maîtresses ?

— Je n'en ai pas eu beaucoup ; et je n'ai jamais été marié.

— Eh bien, je peux vous dire qu'une épouse est différente des autres femmes.

Pour Valerie, une épouse était la gardienne des mensonges — ceux de son mari comme les siens.

Gil resta debout, assez loin du lit pour ne pas pouvoir atteindre Valerie. S'il s'approchait, il pourrait céder et faire exactement ce à quoi elle semblait s'attendre : l'attraper et lui faire l'amour sans se soucier du reste.

Certes, il désirait une épouse consentante, mais qu'était-il arrivé à la femme fière et féroce qui avait refusé l'écharpe en soie qu'il avait rapportée ? Cette femme-là aurait transformé leur mariage en une véritable relation. Cette femme-là n'était pas un masque de servilité qui considérait que le mariage n'était qu'un échange de corps calculateur comme celui de Lancastre et de Constance. Gil voulait offrir à Valerie, et à lui-même, quelque chose de plus précieux que cela.

Hélas, elle continuait à le couver d'un regard adorateur et profondément hypocrite.

— Il est de mon devoir d'être ce que vous voulez que je sois.

« Devoir. » Encore. Comme si ce mot était un bouclier qui la protégeait de tout ce qu'il pourrait dire. Il s'était plié si souvent aux exigences du devoir qu'il en connaissait le poids mieux que tout autre…

— Je veux que vous vous offriez à moi par désir et non uniquement par devoir.

Il osa alors s'approcher de nouveau et posa ses mains sur les épaules nues de Valerie. Elles étaient brûlantes.

Elle eut un petit sursaut et lâcha le drap qui retomba à sa taille.

Sa poitrine, blanche et délicate, fut de nouveau exposée, se soulevant et retombant au rythme de sa respiration — comme si Valerie avait du mal à reprendre son souffle. Elle ne baissa cependant pas les yeux et soutint le regard de Gil, audacieuse et plus détendue.

À moins qu'elle n'essayât simplement d'être la femme qu'il voulait qu'elle soit.

Cette fois, il fut incapable de contrôler les réactions de son corps. Son sexe était tendu, des flots de chaleur parcouraient sa chair et il ne parvenait plus à penser à rien — hormis à cette femme qui était maintenant sienne. Il caressa sa poitrine avec douceur et sentit ses tétons durcir sous ses doigts.

Oui. C'est ça.

Elle était sa femme. Elle était consentante. S'il parvenait à être tendre avec elle, elle se laisserait aller…

Il se pencha pour déposer un baiser dans le creux de son cou, et sentit le pouls de Valerie accélérer. Il avait enfin réussi à éveiller en elle la flamme du désir. Si seulement elle parvenait à oublier Scargill et à lui faire confiance…

Il caressa alors son bras et son dos, lentement, affectueusement ; puis s'assit précautionneusement à côté d'elle pour qu'elle ne prenne pas peur. Une fois sur le lit, il put plus facilement l'attirer à lui, la prendre dans ses bras. Elle avait fermé les yeux et appuyé la tête contre l'épaule de Gil. Le drap la recouvrait encore jusqu'à la taille et elle avait posé un bras dessus, comme pour le maintenir en place ; mais ses seins, pâles dans la chambre obscure, restaient offerts aux doigts et aux lèvres de Gil.

Elle lâcha alors un petit gémissement, à peine audible.

Pourquoi donc n'avait-il jamais appris de ces poèmes d'amour que l'on peut murmurer à l'oreille d'une femme ?

Les draps froissés les séparaient toujours, mais Gil ne tenta pas de les écarter. S'il voulait l'initier au désir, au-delà du devoir, il allait d'abord devoir lui apprendre à se sentir à l'aise avec lui. Surtout, ne pas la brusquer.

À cet instant, elle parut s'éveiller, passa ses bras autour de son cou et glissa les doigts dans les cheveux de Gil. C'était sans doute le moment de l'embrasser.

Il déposa donc un baiser passionné et fiévreux sur ses lèvres — comme s'ils pouvaient faire l'amour par ce seul baiser. Il sentit le corps de Valerie lui répondre, chaud et sensuel, puis…

Elle se changea en poupée de chiffon dans ses bras, les yeux obstinément fermés, les traits crispés, les bras pendants. Une vierge offerte en sacrifice pour apaiser la colère d'un dieu païen.

S'il couchait maintenant avec elle, même si elle paraissait partager son désir, même s'il se montrait tendre et attentionné, ils ne pourraient plus jamais revenir en arrière. Valerie n'attendait que cela de lui — et d'elle-même.

En un instant, il sentit tout feu quitter son corps.

Il s'arracha à elle et fit tout son possible pour reprendre son souffle, maîtriser l'émotion qui l'étouffait et parler avec douceur… pour qu'elle n'ait pas peur de l'avoir contrarié.

Il était en colère, bien sûr. Mais pas contre elle.

De toute évidence, l'adultère avait été le moins terrible des péchés de Scargill.

Une fois sa respiration sous contrôle, Gil se leva et s'éloigna du lit.

— Je ne vous toucherai pas ce soir, ma femme, dit-il fermement. Dormons.

Peut-être comprendrait-il un peu mieux ce qui venait de se passer après une nuit de sommeil.

Elle s'allongea donc de l'autre côté du lit, et Gil hésita. Serait-il capable de s'étendre à côté d'elle sans la caresser ? Il décida finalement de rester au-dessus des draps, dos à elle en maintenant autant de distance entre eux qu'il le put.

Il était épuisé et, pourtant, le sommeil ne vint pas.

Il lui avait promis que rien ne changerait… Une promesse concernant quelque chose qu'il ignorait. Une promesse qu'il ne pourrait pas réellement tenir. Ils étaient mariés, à présent. Tout avait changé ; et il commençait à peine à le comprendre.

Hélas, il avait aussi découvert que la seule chose qu'il aurait vraiment voulu changer entre eux, qui l'avait tant fait rêver, restait bien la même.

La peur de Valerie.

Valerie restait réveillée, tendue, les poings serrés, s'obligeant à respirer calmement pour que Gil la croie endormie. La toucherait-il, même si elle dormait ? L'attraperait-il, au milieu de la nuit, à moitié réveillée, pour la prendre brutalement dans un gémissement bestial, jusqu'à ce qu'il soit satisfait ?

C'était comme cela que les choses se passaient, avant.

À moins qu'il la touche de nouveau avec douceur, qu'il incite peu à peu son corps à éprouver des sensations nouvelles, qu'elle n'avait encore jamais connues.

S'ils ne consommaient pas leur mariage ce soir, ils le feraient le lendemain, ou le jour suivant. Et elle se soumettrait aux désirs de son époux. Car elle devait — et souhaitait — porter un enfant, fruit de ce mariage.

En s'unissant à cet homme, elle ne s'était pas attendue à autre chose. Et, pourtant, quand il l'avait prise dans ses bras, quand il l'avait embrassée, il avait presque réussi à lui faire entrevoir ce que pouvait être l'amour chevaleresque des poètes.

Quelle idiote elle avait été ! Les héros amoureux des grandes sagas de chevalerie n'étaient jamais mariés, ou du moins, pas ensemble.

Et, même si c'était possible, même si certains couples mariés parvenaient à trouver l'amour au-delà du devoir,

Valerie, elle, ne voulait pas d'une telle passion dans sa vie. Parce qu'un jour ou l'autre, elle perdrait Gil. À la guerre. Un jour, il serait capturé ou tué. Et même s'il survivait à toutes les batailles, même s'il savait faire naître entre eux une véritable passion, celle-ci ne durerait pas. Il finirait forcément par se lasser d'elle, et Valerie aurait le cœur brisé en le voyant aimer une autre femme.

Que veux-tu, alors ?

Il était plus facile de savoir ce qu'elle ne voulait pas.

Elle ne voulait pas pleurer quand elle le perdrait.

La lumière du soleil sur son visage réveilla Gil.

Il s'assit dans le lit, la tête lourde et le corps encore troublé par ce qui s'était passé la veille. Sa femme — qu'il était étrange de prononcer ce mot — s'étira à côté de lui mais n'ouvrit pas les yeux.

Dormait-elle ? Ou voulait-elle simplement qu'il la croie endormie ?

Il se glissa hors du lit et enfila sa tunique en prenant soin de ne pas regarder Valerie.

La nuit s'était achevée, le matin était là, et pourtant il avait toujours envie de partager plus avec elle qu'une simple relation charnelle. Il voulait tant de choses, plus qu'il ne pouvait en nommer. Mais, en dépit de son désir, il avait pris une décision.

Il ne la toucherait plus. Pas tant qu'elle ne le désirerait pas en retour.

Un froissement de draps dans son dos. Il se retourna et la découvrit bien éveillée, assise, en train de le regarder.

Il avait souvent fait face à des ennemis armés, prêts à le tuer, mais le regard sombre de Valerie le figea un instant sur place.

Le drap qui la couvrait glissa un peu, dévoilant le haut de sa poitrine.

— Allez-vous venir à moi ce matin, mon époux ?

La détermination farouche de Gil fut ébranlée par cette question et tout son corps se mit à crier « oui ». Il dut rassembler tout son courage pour résister à son désir.

— Non. Pas encore. Pas comme cela.

Était-elle déçue ou bien soulagée ? Il ne le savait pas et cette perpétuelle ignorance de ce que pensait cette femme le désarçonnait.

Elle lui sourit — de ce faux sourire qu'il haïssait tant.

— Ce soir, alors, dit-elle. Ou quand vous le voudrez.

Il prit alors un énorme risque et s'approcha d'elle.

— Non. Pas aujourd'hui, ni ce soir, ni aucun autre jour. Pas tant que vous ne me direz pas, sans mentir, que vous voulez partager votre lit avec moi.

Elle le dévisagea d'un air perplexe.

— Quand, alors ? demanda-t-elle. Et comment ? Suis-je donc si désagréable à regarder ?

— Non !

Encore une fois, il s'y prenait mal.

— Vous ne souhaitez donc pas savourer les plaisirs que l'on nous autorise ? Même l'Église dit que l'acte d'amour n'est pas un péché, s'il s'agit d'engendrer des enfants. Ne pouvons-nous pas… ?

Il l'attira à lui.

— Bien sûr que nous le pouvons.

Quel empoté… Il n'était bon à rien, avec les femmes. Il n'avait encore rien à offrir à son épouse, à part sa semence. Pensait-elle qu'il allait aussi lui refuser cela ?

— Mais pas comme cela, poursuivit-il.

— Si nous ne le consommons pas, notre mariage ne sera pas reconnu.

— Dans ce cas, vous pourrez l'annuler et vous serez libre de devenir la femme que vous voulez être.

Il avait tenté de la rassurer, mais il lut immédiatement la douleur dans ses yeux. Quel homme pourrait l'épouser, si elle annulait leur mariage ? Mais, en fin de compte, n'était-ce pas ce qu'elle avait voulu ? Rester seule ?

Elle s'écarta de lui, sans violence, mais avec détermination.

— Vous m'avez dit que vous vouliez que je vous dise la vérité, non ? Eh bien vous savez comme moi que sans… consommation, nous n'avons aucun espoir d'engendrer l'enfant que nous désirons tous les deux.

Des mots durs. Il compta les jours qu'il leur restait. Quatre semaines, peut-être. Pas plus de six. Après cela, il ferait voile vers la Castille.

C'était suffisant pour que Valerie tombe enceinte, mais pas assez pour que Gil puisse être sûr d'avoir réussi.

— Pas maintenant, répéta-t-il. Pas tant que…

Tant que quoi ? Quel état de perfection attendait-il donc ?

— Mais nous n'avons pas le temps ! s'écria-t-elle en serrant si fort ses mains qu'elle lui fit mal. Il nous reste ce soir, et quelques nuits encore avant que vous ne partiez. Si nous ne partageons pas le même lit jusqu'à votre départ, nous n'aurons pas de fils !

Il lui avait pourtant dit qu'un fils était ce qu'il désirait par-dessus tout. Mais, depuis, il avait commencé à désirer autre chose. Une femme qui l'aime. Pas parce qu'il pouvait la protéger ou lui donner un enfant. Une femme qui l'aime pour ce qu'il était — même s'il était un Brewen…

— Alors, il n'y aura pas d'enfant, dit-il avant de se relever. Le roi va annoncer le départ de l'expédition en Castille ce matin. Nous devons descendre dans la grande salle. Habillez-vous et rejoignez-moi vite.

Sur ces paroles, il quitta la chambre sans attendre sa réponse.

Chapitre 14

« Alors, il n'y aura pas d'enfant. »

Valerie regarda la porte se refermer sur lui, avec la sensation d'avoir reçu une gifle. Elle n'avait plus rien. Elle ne pouvait rien faire.

Pas d'enfant. Pas de fils.

Pas de protection. Rien.

Elle avait fait tout ce qu'elle avait pu. Elle avait essayé de se plier aux désirs de son époux, et elle avait échoué. Encore. Elle courait de nouveau le risque de rester seule, vulnérable, sans même un enfant pour l'empêcher d'être encore une fois vendue à un homme choisi par le roi.

Que pouvait-elle faire, à présent ? Il fallait qu'elle parvienne à satisfaire son époux, elle devait le supplier de l'accepter.

En descendant l'escalier, Gil croisa Lancastre qui le salua en lui donnant une grande tape dans le dos.

— Vous êtes resté au lit avec votre épouse, ce matin, à ce que je vois !

Il souriait d'un air entendu.

Il n'a pas besoin de savoir ce qui se passe dans mon lit, songea Gil.

— Oui, mon Seigneur.

Petit rire forcé. Avait-il l'air sincère ?

— Votre épouse a-t-elle aimé le cadeau que vous avez choisi pour elle ?

Le cadeau.

Soudain, Gil se souvint de la magnifique coupe que la reine avait refusée et avec laquelle Isabel avait joué pendant le festin. Une femme attendait ce genre de geste de la part de son époux…

— Le cadeau ?

Il s'éclaircit la voix.

— Je… je l'ai complètement oublié.

C'était donc pour cela qu'elle ne l'avait pas accueilli avec tendresse. Il n'avait rien fait pour la courtiser et ne lui avait même pas offert un présent pour marquer leur union.

— Vous devez lui donner quelque chose, répondit Lancastre d'un air réprobateur. Peut-être que, parmi mes possessions…

— Non ! C'est ma responsabilité.

Le duc voulait peut-être aider Gil, mais il insultait son honneur en faisant cette proposition.

Lancastre acquiesça simplement.

— Nous nous retrouverons dans la grande salle dans une heure. Mon père prendra la parole.

— Nous y serons, répondit Gil.

Il se demanda un instant pourquoi l'annonce de l'expédition était faite par Edward et non par Lancastre lui-même, mais il avait pour l'heure d'autres soucis en tête. Il aurait dû prendre le temps de prévoir un petit discours pour ses hommes lorsque la nouvelle serait enfin publique.

En Castille ! Et Sir Gilbert nous mènera à la victoire !

Au lieu de cela, il pensait à ce qu'il pourrait faire pour rattraper ses erreurs de jeune époux.

Une coupe gravée, une broche ornée de pierres, un collier aussi beau que celui de la reine — toutes ces choses prenaient du temps à trouver. Et, du temps, il n'en avait pas ! Qu'allait-il bien pouvoir offrir à Valerie aujourd'hui ? Comment s'en occuper avant le départ de la flotte ?

— Mon époux ?

Valerie était dans l'escalier, quelques marches au-dessus de lui.

Elle avait revêtu une tenue de femme mariée, et ses cheveux étaient de nouveau cachés sous un voile — dissimulés aux yeux de tous les autres hommes. Soudain, Gil sentit tout le poids de ses nouvelles responsabilités. Elle était sienne, à présent. L'avenir et le bonheur de cette femme étaient entre ses mains.

Et il avait les mains vides.

Le morceau de céramique de l'Alcázar parut plus lourd dans sa poche. La Castille. La Castille allait être son cadeau.

— Venez, dit-il quand elle arriva à sa hauteur. Nous avons encore quelques minutes avant de devoir rejoindre les autres dans la grande salle.

Il la conduisit hors du palais, jusque dans un coin ombragé de la cour. Il n'avait pas le temps de trouver meilleur endroit. Arrivée là, Valerie lui fit face, en silence, attendant qu'il parle.

Gil fouilla dans sa poche et attrapa la céramique, sans grimacer quand les arêtes brutes lui firent mal.

— En tant qu'époux, je voudrais vous faire un cadeau de mariage.

— Un cadeau ?

Elle parut surprise. Pensait-elle donc qu'il ignorait les convenances à ce point ? Il fallait dire que, jusque-là, il ne s'était pas montré très doué en termes de séduction.

Il tira le carreau de sa poche et, dans le mouvement, celui-ci se cassa en deux. Le rattrapant à deux mains, il finit par tenir un morceau dans chaque paume et en tendit un à Valerie.

— Je vous promets notre avenir.

Elle prit le morceau de céramique et examina le vernis blanc, bleu, orange et vert.

— C'est votre pierre, murmura-t-elle. Votre souvenir des jardins de l'Alcázar.

— Où nous pourrons commencer une nouvelle vie. Ensemble.

Il avait bien compris qu'elle avait autant besoin de ce nouveau départ que lui, pour oublier les fantômes du passé.

Valerie continua à regarder le pauvre fragment de carreau dans sa main, sans lever les yeux. Un rebut ébréché. Sans doute était-elle déçue.

Gil referma néanmoins la petite main de sa femme sur la céramique.

— Gardez cette moitié. L'autre m'accompagnera en Castille. Quand j'aurai atteint le palais, je vous ferai venir, et nous pourrons réunir les deux morceaux. Je vous promets de tout faire pour vous offrir cet avenir, même si je dois pour cela me battre jusqu'aux portes du paradis.

Il l'embrassa tendrement, pour sceller sa promesse. Et, quand il s'écarta pour la regarder de nouveau, ses grands yeux noirs semblaient vouloir lui promettre à leur tour un avenir éternel.

Elle jeta un nouveau coup d'œil à la céramique, puis à lui.

— Je n'ai rien à vous offrir.

— Un fils, répondit-il.

Une fois qu'il lui aurait donné la Castille, elle pourrait...

— Quand vous serez prête, vous me donnerez un fils.

Elle glissa la moitié du carreau dans la pochette suspendue à sa ceinture avant d'entrer dans la grande salle.

Il était l'heure de la proclamation royale qui placerait Gil à la tête de l'armée d'invasion et lui permettrait de tenir sa promesse.

Le roi se tenait au bout de la pièce, face à la foule, entouré de ses deux fils Edward et John. Même de loin, Gil pouvait voir à quel point le souverain avait vieilli, avait perdu son ancienne énergie. Il devait conserver précieusement le peu de force qu'il lui restait pour faire la guerre. Et pour s'occuper de sa maîtresse.

Au bout de quelques instants, un héraut réclama le silence.

Le roi Edward se leva et prit la parole. Ses fils et lui s'apprêtaient à partir sous un mois pour prendre la tête de la plus grande flotte anglaise jamais rassemblée. Personne, ni les Français, ni les Castillans, seuls ou ensemble, n'oseraient plus menacer à nouveau les navires anglais et l'île elle-même. Une fois de plus, l'Angleterre régnerait sur les mers !

Un tonnerre d'applaudissements emplit la grande salle : cela faisait des années qu'Edward n'avait plus conduit lui-même ses troupes au combat, et sa seule présence était une promesse de victoire.

Pourtant, en dépit de la liesse générale, Gil se sentit mal à l'aise. Il savait mieux que personne à quel point il était difficile de rassembler tant de navires — et le roi n'avait pas mentionné l'expédition en Castille…

Heureusement, Lancastre se leva à son tour, et Gil dut réprimer un sourire. Bien sûr, l'honneur de parler de l'invasion revenait à Monseigneur d'Espagne.

Gil aurait dû attendre d'être officiellement nommé commandant de l'armée avant de se réjouir, bien sûr, mais il ne put empêcher la fierté de l'envahir, ravivant son courage.

— Aujourd'hui, commença Monseigneur d'Espagne, je demande à tous ceux qui ont juré de me servir de suivre mon père. Présentez-vous dans un mois à Sandwich pour défendre votre pays en mer.

En mer.

La flotte que Gil avait rassemblée à grand-peine et qui devait les conduire en Espagne serait soumise aux ordres du roi.

Il n'y aurait donc pas d'invasion.

Pas de Castille.

Gil resta figé, incapable de respirer.

Tous les hommes présents firent en chœur le serment de servir le roi et Valerie se pencha pour lui glisser à l'oreille :

— Comment Monseigneur d'Espagne compte-t-il reprendre son trône, s'il reste en mer ?

— Il ne le reprendra pas, répondit Gil, surpris par son propre calme.

Son cœur et son esprit lui semblaient engourdis.

On lui avait promis qu'il se tiendrait à la droite du nouveau roi… Il avait donc pensé que l'on écouterait ses avis. Mais tout cela n'avait été qu'illusion. Ses projets, ceux de Lancastre… Au bout du compte, seul le roi Edward avait le pouvoir de réaliser leurs rêves — ou de les briser.

— Est-ce que vous irez en Castille, après cela ?

Il secoua la tête.

— Non.

La flotte prendrait le large dans un mois, en août. C'était déjà plus tard que ce que Gil avait initialement prévu. Ensuite, les vents d'automne se lèveraient, puis l'hiver s'abattrait. Ce ne serait plus la saison de la guerre.

— Non, répéta-t-il, ce ne sera pas pour cette année.

Valerie referma les doigts sur la croix d'or de la reine, comme pour s'agripper au peu de terre qu'elle contenait.

— Quand partirez-vous dans ce cas ?

Sa question avait tout d'une accusation. Il avait à peine formulé sa promesse que, déjà, il ne pouvait la tenir.

— Au printemps, peut-être.

Des paroles sans fondement. Savait-il encore ce que Lancastre avait réellement en tête ?

— J'étais fâchée que la reine ne soit pas invitée au mariage de sa sœur, murmura Valerie au milieu des rugissements guerriers des hommes, mais…

Ses yeux s'emplirent d'une profonde tristesse.

— … mais maintenant, je remercie Dieu de lui avoir épargné cette trahison pour quelques jours de plus.

« Rappelez son devoir à mon époux », avait dit la reine à Gil. Elle avait pressenti ce qui allait se passer.

Plus tard dans la matinée, après les serments, les promesses et les vœux de victoire qui rendirent la décision irrévocable, Lancastre se prépara à partir à la chasse — préférant laisser à ses vassaux la tâche harassante de revoir les plans, déplacer les navires d'un port à l'autre et préparer les nouvelles recrues.

Avant de quitter le palais, le duc demanda néanmoins à voir Gil.

— Attendez-moi là, dit-il à Valerie avant de rejoindre son maître dans la cour.

Devant la grande porte, on avait déjà rassemblé hommes et chevaux pour la chasse. Gil descendit les marches, songeur. Il combattrait, bien sûr, puisqu'on lui en donnait l'ordre. Mais comment dissimuler sa profonde déception ?

— Mon Seigneur, je vous rejoindrai sur la côte. Je dois…

Que devait-il faire, en fin de compte ? Pleurer. Pleurer seul, en paix.

Lancastre lui adressa un regard compatissant.

— Mon père… avait besoin de moi, expliqua-t-il. La Castille va devoir attendre.

Sa main restait posée sur sa selle, comme s'il avait hâte de partir, de quitter la ville.

— Mais notre heure viendra, je vous le promets.

Gil en avait assez de toutes ces promesses. Il acquiesça néanmoins comme s'il y croyait encore.

— Quelqu'un doit informer la reine de ce changement.

Il pouvait au moins faire cela, tant pour Valerie que pour lui-même.

— En effet. Irez-vous le lui dire ? Raccompagnez aussi Lady Katherine à Hertford, je vous en serai reconnaissant.

Toujours sous le choc de la nouvelle qu'il venait d'apprendre, Gil hocha la tête. Le voyage ne prendrait que quelques jours. Que ferait-il ensuite, en attendant de partir avec la flotte ?

— Je vous verrai sur la côte.

Lancastre se mit en selle, mais se retourna une dernière fois avant de partir :

— Quand vous viendrez me rejoindre, amenez Lady Katherine avec vous. J'aimerais voir... mes enfants, avant de prendre le large.

Il baissa les yeux, du haut de sa monture, et garda le silence quelques instants avant de demander :

— Où irez-vous, maintenant ? Chez vous ?

Gil n'avait pas de maison. Il n'avait personne à rejoindre à part une épouse qu'il avait déjà déçue.

Et il n'avait rien d'autre à offrir à cette femme qu'un morceau de céramique cassé.

« Attendez-moi là », lui avait ordonné son époux.

Valerie avait donc attendu, tandis que la grande salle se vidait, ne résonnant plus que de l'écho des dernières acclamations. On avait levé des coupes au succès de l'expédition à venir. La plupart des hommes semblaient se moquer de l'endroit où ils iraient et des ennemis qu'ils combattraient.

Gil aussi avait levé sa coupe, le visage sombre. Puis il n'avait plus regardé Valerie.

Elle entendit soudain un tonnerre de sabots dans la cour. Les chasseurs étaient partis. Quelques instants plus tard, Gil revint dans la salle, morose et silencieux comme un homme qui a perdu sa route.

Elle s'approcha doucement.

— Vous ne participez pas à la chasse ?

Il fit non de la tête.

— Nous devons informer la reine de ce qui vient de se passer.

« Nous. » Ils étaient mariés, à présent. Ils ne formaient plus qu'un.

— La Reina sera…

Valerie chercha le mot juste. *Déçue* n'était pas assez fort, loin de là. *Accablée* ? Gil la comprit à demi-mot.

— Elle aura besoin de réconfort.

À cet instant, Valerie vit la tristesse emplir les yeux de son époux. Il était plein d'empathie à l'égard de la reine.

Sa gentillesse émut profondément Valerie. Le mari de Constance, lui, ne cherchait pas un instant à apporter la moindre consolation à sa femme, ni à adoucir sa douleur. Valerie était très fière de constater que Gil se montrait plus attentionné envers la reine que Lancastre lui-même.

Soudain, il lui prit la main, et dit :

— Valerie, ce que je vous ai promis n'a pas changé, vous savez. Je vous en ai fait le serment. La Castille sera notre avenir.

Valerie baissa les yeux et murmura un faible « merci », craignant qu'il puisse lire la vérité dans son regard. Gil, Constance et Lancastre souffraient à l'idée de retarder encore la conquête de ce territoire. Mais Valerie, elle, ne partagerait pas leur douleur. Cette nouvelle l'avait au contraire profondément soulagée.

Son époux lui avait promis sur sa vie de la conduire là-bas, pensant que cela lui ferait plaisir. Persuadé qu'elle aussi rêvait d'un palais au soleil. La main glissée dans sa pochette, elle serra le morceau de céramique qu'il lui avait donné. Il lui avait promis un avenir dont elle ne voulait pas, comme un Graal scintillant, toujours hors de portée…

Gil avait compris, la veille, que le corps de Valerie ne

voulait pas de lui au lit. Ce qu'il ne savait pas, c'était qu'elle ne voulait pas non plus de la vie qu'il comptait lui offrir.

Elle frissonna. Pourrait-elle jamais lui en parler ? Sans doute pas. Jamais elle ne pourrait lui faire comprendre qu'elle voulait rester sur le sol anglais, même si cela l'obligeait à vivre dans la demeure en ruine qui avait appartenu à la famille de Gil…

Il voulait qu'elle soit sincère avec lui, mais il n'était pas prêt à entendre cette vérité-là.

Non. Il ne comprendrait pas qu'elle puisse prier pour ne jamais mettre les pieds sur le sol castillan.

Ils prirent leur temps pour se rendre à Hertford.

Valerie, Katherine, Gil et les quelques hommes qui les accompagnaient avaient gardé le silence pendant presque tout leur voyage dans la campagne verdoyante. Valerie en profita pour contempler le paysage, heureuse de pouvoir profiter d'un répit inattendu. Elle avait gagné un hiver de plus — peut-être même un été — avant qu'on l'oblige à partir.

Lorsqu'ils retrouvèrent la reine, le soleil couchant teintait le ciel de rose. Dans les appartements de Constance, la pie chantait dans sa cage. La reine les reçut, son bébé dans les bras, assise sur son fauteuil. Dans cette position, elle avait tout d'une Madone à l'Enfant.

Valerie et Gil la saluèrent et lui dirent que Lady Katherine s'était immédiatement rendue auprès des enfants.

Il était plus facile pour toutes les deux de ne pas se voir.

Un silence emplit ensuite le salon. L'interprète dévisagea tour à tour les nouveaux venus puis la reine, attendant que l'un d'entre eux prenne la parole.

Valerie jeta un coup d'œil furtif à Gil. Ils ne s'étaient pas mis d'accord sur ce qu'ils allaient lui dire, ni de quelle manière annoncer la douloureuse nouvelle. Peut-être fallait-il commencer par les choses heureuses.

— Votre sœur est mariée, Votre Grâce. La cérémonie a fait honneur à son rang, lança donc Valerie.

La reine la regarda, l'œil scintillant.

— Son époux, quel genre d'homme est-il ?

Valerie hésita. Si des sœurs pouvaient être aussi différentes que l'étaient Constance et Isabel, alors deux frères pouvaient l'être aussi. Et l'époux de la jeune princesse n'avait pas grand-chose en commun avec Lancastre, au premier regard.

— Je ne l'ai vu que de loin, Votre Grâce.

— C'est un bon commandant, ajouta Gil un peu trop vite.

Au son de sa voix, Valerie devina qu'il détournait la vérité pour rassurer la reine. Décidément, lui qui prisait l'honnêteté par-dessus tout savait aussi très bien la contourner quand il s'agissait de réconforter quelqu'un.

— Et ma sœur. Est-elle heureuse ?

Quelle étrange question ! Comme si une femme pouvait réellement espérer trouver le bonheur dans un mariage.

— Elle en a l'air, Votre Grâce, répondit Valerie en repensant au rire d'Isabel.

La jeune femme ne semblait pas attristée de devoir ainsi se sacrifier pour son pays et pour Dieu.

— Vous aussi, reprit la reine en les regardant tour à tour. Vous êtes mariés.

Gil se tourna un instant vers Valerie avant de lui prendre la main.

— Oui, Votre Grâce.

Constance eut un petit sourire qui semblait sincère.

— Mais nous apportons d'autres nouvelles, Votre Grâce, poursuivit Gil en lâchant les doigts de Valerie. Des nouvelles que j'aurais préféré ne pas devoir vous transmettre…

— *No Castilla.*

Constance n'avait pas attendu qu'il le dise. Comme si elle avait compris qu'on lui mentait depuis le début.

— Pas cette année, Votre Grâce. La menace maritime qui pèse sur notre pays doit être anéantie. Nous ne pouvons pas risquer de voir une armée envahir l'Angleterre. Les navires qui ont détruit les nôtres le mois dernier…

Constance écouta en silence, songeuse, les excuses que Gil trouvait au roi, au duc, à ses « loyaux alliés anglais » qui avaient failli à la promesse faite à une pauvre femme esseulée. Il tenta de la consoler, de lui jurer — comme il l'avait juré à Valerie — qu'elle reverrait l'Alcázar.

Il s'agissait seulement d'adoucir la peine de la reine, bien sûr. Car il n'avait pas les moyens d'honorer une telle promesse, et Valerie le savait. Elle l'avait compris le jour de l'annonce royale. Si une femme était soumise aux décisions de son mari, un homme, lui, était toujours à la merci de son Seigneur.

— Y a-t-il autre chose ? Vous a-t-on laissé un message pour moi ? demanda finalement la reine.

Valerie regarda Gil, la gorge nouée. Personne n'avait pris la peine d'envoyer quelques mots affectueux à la reine. Ni sa sœur, ni son prêtre, encore moins son époux.

Devant leurs regards désemparés, Constance acquiesça et examina longuement les murs de la pièce. Ce château, loin d'être un foyer pour elle, devenait chaque jour un peu plus une prison.

Valerie comprenait sa douleur mieux que personne. Elle souhaita même un instant pouvoir ramener cette pauvre femme chez elle, même si cela l'obligeait à vivre en exil à son tour.

Aurait-elle la force de fonder un foyer dans ce pays lointain ?

La reine, elle, n'avait ni son pays, ni son époux auprès d'elle. Il ne lui restait que son enfant, sa petite fille qu'elle n'était même pas libre d'appeler par son vrai prénom.

Gil tenta de s'expliquer. La décision avait été prise rapidement. Monseigneur d'Espagne et le roi Edward n'avaient pas eu le temps de… Mais Constance secoua sombrement la tête, comme si elle était fatiguée de ces mensonges.

— Partez, dit-elle. Je voudrais parler à votre femme.

Gil quitta la pièce, tout comme l'interprète. La reine, incapable de rester impassible plus longtemps, tendit le bébé à Valerie pour ne pas le baigner de larmes.

Pendant un long moment, les deux femmes restèrent assises en silence, écoutant les chants de la pie. Puis, peu à peu, les pleurs de la reine se tarirent.

— Votre *madre*, dit-elle tandis que le bébé dormait dans les bras de Valerie. Est-ce qu'elle avait de l'*amor* pour votre père ?

De l'amour ? Non, Valerie doutait que les trois mariages de sa mère aient été placés sous le signe de l'amour.

— Ma mère ne parlait jamais de sentiments. Elle ne m'a appris que les devoirs d'une épouse, répondit-elle.

Le regard de la reine se perdit dans le paysage que l'on voyait par la fenêtre sud.

— Mon père aimait ma mère… Beaucoup.

Valerie ne s'était pas attendue à ce genre de confession. Ayant vu ses parents heureux, Constance devait être encore plus attristée par son propre mariage.

— Je pense que c'est une chose très rare, pour un couple marié.

La reine se retourna vers elle et la considéra un instant de ses grands yeux tristes.

— Ils n'étaient pas mariés.

Valerie fut sous le choc. La reine avait-elle conscience de la similarité entre cette situation et celle qu'elle vivait avec Lancastre ? Avait-elle appris la vérité au sujet du duc et de sa maîtresse ? Son isolement avait pourtant dû la tenir éloignée des rumeurs de la cour.

— Est-ce qu'il avait... d'autres enfants ?

Elle avait failli dire : « des enfants légitimes ».

— Non. On l'a obligé à épouser d'autres femmes, une fois, deux fois. Mais il ne leur a pas donné de *niños*. Juste à ma mère.

Sa voix s'était teintée d'une grande fierté. Comme si les enfants ne pouvaient naître que de l'amour !

Toutes deux savaient pertinemment que ce n'était pas vrai...

— Votre père vous a donc nommée héritière, murmura Valerie.

Une fille illégitime qui succédait à un roi. Jamais une telle chose ne serait possible en Angleterre.

— Oui. Et, après la mort de ma mère, l'Archevêque a déclaré qu'ils étaient mariés.

Valerie fut abasourdie. Était-ce seulement possible ?

— Mariés devant Dieu ? demanda-t-elle.

Constance, qui paraissait pourtant particulièrement pieuse, haussa les épaules.

— Parfois, l'amour est plus fort.

— Vous avez été témoin d'un tel amour, Votre Grâce, dit Valerie. Pas moi. C'est pour cela que j'ai du mal à comprendre.

— Votre mari. Il vous aime ?

— Je pense qu'il en a envie, répondit prudemment Valerie. Il voudrait que nous partagions cela.

— Et vous, vous l'aimez ?

Question simple ; et la réponse qui vint à l'esprit de Valerie était étonnamment très différente de celle qu'elle aurait donnée quelques jours plus tôt.

— Je crois que je pourrais. Un jour.

Une chose pareille lui aurait pourtant paru absurde avant sa rencontre avec Gil.

— Allez le rejoindre maintenant, ordonna gentiment la reine. Allez dans votre nouvelle maison.

Hélas, il n'y avait pas de maison… Gil refusait de rentrer chez lui et on avait arraché la sienne à Valerie. Où pouvaient-ils aller ?

— Je crois qu'il s'attend à ce que je continue à servir Votre Majesté ; et je serais très heureuse de le faire.

Elles échangèrent un sourire amical, mais la reine fit non de la tête.

— Votre place est avec lui.

— Bien, Votre Grâce.

La reine avait renoncé à l'amour au profit de son devoir. Peut-être voulait-elle que les autres connaissent le bonheur qui lui avait été refusé.

Constance tendit les bras pour récupérer son bébé, et Valerie lui rendit ce petit être emmailloté qui dormait paisiblement. Sans la fillette, elle se sentit soudain étrangement vide.

— Aussi, dit la reine d'une voix plus sèche qui indiquait qu'elle changeait de sujet, j'ai l'héritière de Castille avec moi, maintenant. Les autres enfants du roi, pas héritiers, doivent vivre ailleurs. Avec Lady Katherine.

Elle sait…

Quelle ironie du sort, songea Valerie. Constance était l'épouse d'un roi et devait supporter de voir son mari en aimer une autre, tout comme son père avait aimé sa mère.

Si elle avait conscience de cette ressemblance entre ses parents et elle, elle n'en dit rien. Elle, au moins, avait eu un enfant de son mari… Mais si Katherine avait un jour des enfants de Lancastre ?

Nés Anglais, ils ne pourraient certainement pas faire partie de l'ordre de succession en Castille.

Valerie fut peinée pour ces deux femmes. Celle qui aimait le mari d'une autre. Et l'épouse qui était témoin de ce spectacle.

— Comme vous le souhaitez, Votre Grâce, répondit-elle. Je suis certaine que cela peut être arrangé.

Lancastre aussi préférerait sans doute que Katherine cesse de faire semblant de s'occuper de la reine. Ils pourraient se voir plus facilement si elle ne vivait plus à Hertford.

— Dites-lui. Dites à Lady Katherine ce que je veux.

— Je m'en occupe, Votre Grâce. Vous n'aurez pas besoin de la revoir.

Cette promesse parut apaiser la jeune reine quelques secondes. Elle eut même un petit sourire pour Valerie avant de lui faire un signe de la main.

— Vous pouvez partir.

Surprise, Valerie la salua et effleura le collier du doigt.

— Merci, dit-elle. Pour votre bonté. Et pour ce cadeau. Et pour tant d'autres choses encore. *Vaya con Dios.*

Elle eut peur de devoir affronter un regard triste, résigné, mais la reine parut la comprendre — et compatir un peu.

— Ensuite, rejoignez votre mari. *Lo permito.*

« Je le permets. » Alors qu'elle aurait pu faire jouer son autorité.

— Merci, Votre Grâce.

La reine fronça les sourcils avant de préciser :

— Dites-lui de faire un enfant, précisa Constance. Vous devez faire un enfant.

Valerie sentit son visage s'enflammer.

— Oui, Votre Grâce.

Son époux et elle n'étaient pas d'accord au sujet de la Castille, mais fonder une famille… C'était un rêve qu'ils pouvaient partager.

Chapitre 15

Valerie répéta, gênée, à Gil la requête de la reine concernant Katherine. Elle eut peur qu'il ne comprenne pas, mais fut bien vite rassurée face à son regard compatissant.

— Lancastre m'a demandé de lui amener Lady Katherine avant son départ, dit-il.

— Je le lui dirai. Et en attendant que vous alliez sur la côte ?

— Nous la conduirons là où elle veut aller.

Certes, mais après ? Qu'allait-il arriver à sa compagne ?

Elle alla retrouver Katherine dans ses petits appartements. La jeune femme avait les yeux fermés, la tête appuyée contre le dossier de son fauteuil comme si elle s'était endormie. Cependant, elle ouvrit immédiatement les yeux quand elle entendit Valerie approcher.

— Je suis venue pour… La reine a demandé…

Katherine se redressa, l'air inquiète.

— Qu'y a-t-il ? Qu'est-ce qui ne va pas ?

Valerie s'assit auprès d'elle et lui prit gentiment la main.

— La reine pense qu'il serait mieux que vous… que les enfants que le duc a eus de son premier mariage vivent ailleurs à partir de maintenant.

Un soupir. Un sourire. Un profond soulagement.

— Je vois.

Katherine parut presque excitée par la nouvelle.

— J'en parlerai à John… à Monseigneur d'Espagne. Il décidera de l'endroit où doivent vivre ses enfants.

John. Le duc. Le roi.

Valerie serra une nouvelle fois la main de son amie.

— Katherine… Elle sait.

Le sourire s'effaça du visage de la jeune femme, qui pâlit soudain.

— Je ne lui ai rien dit, je le jure ! s'écria Valerie, craignant qu'on la prît pour une commère.

Katherine secoua la tête, résignée.

— Elle le savait déjà…

« Vous », avait dit la reine à la naissance du bébé. Elle avait insisté pour que ce soit Valerie, et non Katherine, qui s'occupe de sa fille. Soudain, toutes les fois où Constance avait préféré les services de Valerie à ceux de Katherine prirent un sens nouveau.

— Une femme sait toujours.

Oui, tout comme Valerie elle-même avait su… à l'époque.

— Gil vous emmènera où vous voulez ; et, en temps voulu, il vous conduira sur la côte pour que vous puissiez voir…

Inutile d'en dire plus.

Le visage de Katherine s'illumina.

— Je vais rentrer à Londres. Quelques hommes m'escorteront, mais Gil n'a pas besoin de venir avec moi.

— Que ferez-vous là-bas ?

— J'installerai les enfants dans leur nouvelle maison et m'assurerai qu'on s'occupe bien d'eux en mon absence.

Valerie la dévisagea, surprise.

— Je pensais que vous resteriez avec eux.

Katherine secoua la tête.

— Après le départ de John, je rentrerai chez moi. À Kettlethorpe. Je dois quitter la cour avant que…

Sa main vint caresser son ventre.

— … avant que cela ne devienne trop visible.

Un enfant. Engendré par Monseigneur d'Espagne. Katherine avait l'air radieuse.

Valerie l'embrassa, le cœur lourd. Dieu accordait-il donc ses faveurs à toutes les femmes du monde sauf à elle ?

— Mais allez-vous… ?

Elle ne savait pas comment demander. Katherine supporterait-elle de porter l'enfant de cet homme sans être son épouse ?

— Est-ce que la reine… ?

La reine savait-elle cela aussi ?

— Je ne sais pas. Elle a pu reconnaître les premiers signes.

Cette fois, ce fut au tour de Katherine de tenter de réconforter Valerie.

— Ne vous en faites pas, dit-elle. Tout se passera bien. Et vous…

Sa voix se fit plus grave. Elle prit Valerie par les épaules et la regarda quelques secondes.

— Votre heure viendra aussi, j'en suis sûre. Vous serez heureuse en mariage.

Elle paraissait un peu amère. Enviait-elle son mariage à Valerie tout comme Valerie l'avait enviée, elle, la veuve indépendante qu'aucun homme ne possédait ?

Elle jeta un rapide coup d'œil en direction de la porte, pour s'assurer qu'elles étaient seules, puis saisit les mains de son amie avec désespoir.

— Katherine…

Pouvait-elle lui avouer la vérité ? Elle n'en savait rien mais ne supportait plus de ne pouvoir se confier à personne.

— Gil refuse de coucher avec moi.

Katherine parut aussi choquée par la nouvelle que Valerie elle-même.

— Mais vous êtes sa femme. Il sait bien que vous n'êtes plus en deuil, n'est-ce pas ?

Valerie hocha la tête.

— Je lui ai dit que je désirais accomplir mon devoir, mais je crois qu'il veut plus que cela. Il veut quelque chose comme…

Un peu gênée, elle s'interrompit.

— Comme ce que je partage avec John ?

Valerie acquiesça.

— Mais je n'ai jamais vu une telle chose au sein d'un mariage.

— Et vous, demanda Katherine, que voulez-vous ?

Est-ce qu'elle voulait connaître l'amour ? Était-ce seulement possible ?

— Un fils, répondit-elle.

Katherine la dévisagea un instant, comme si elle attendait que Valerie en dise plus.

— Je veux… Je dois tomber enceinte avant son départ, au cas où…

Au cas où il ne revienne pas.

Devant le regard triste de Katherine, elle n'osa pas finir sa phrase. Sans doute pensait-elle au duc, se demandant ce qu'elle ferait s'il ne revenait pas non plus de cette expédition.

— Je lui ai clairement dit que j'étais consentante.

Mais, quand il l'avait touchée, son corps ne s'était souvenu que de ses vieilles terreurs.

— Malheureusement, mon consentement ne lui suffit pas. Il veut que je le… désire.

— Vous pouvez le lui faire croire. Vous pouvez user de vos charmes pour le convaincre de partager votre lit.

— Avez-vous… ?

Elle se mordit la langue, préférant ne pas accuser Katherine d'avoir séduit Lancastre.

Mais son amie parut comprendre le sens de sa question.

— J'aurais aimé que ce soit si simple, répondit-elle. Parfois, on ne peut simplement pas se retenir.

— C'est ce que veut Gil.

Un élan que l'on ne pouvait réprimer. Était-elle assez courageuse pour prendre un tel risque ? Pour se laisser aller à ses émotions ? Et, si elle y parvenait, serait-elle capable de l'aimer suffisamment pour accepter l'avenir qu'il voulait construire dans un autre pays ?

— Nous avons si peu de temps. Et je ne sais même pas où nous irons pendant les prochaines semaines.

Gil n'en avait rien dit.

Valerie était fatiguée de ces déplacements incessants. C'était ainsi que fonctionnait la cour, sans cesse sur les routes. De Londres à Hertford. Du Leicestershire à Wallingford. Elle voulait avoir une terre familière sous ses pieds.

Son jardin lui manquait. Elle voulait sentir de nouveau ses mains pleines de terre et voir les plantes pousser, changer, jour après jour, comme autant d'enfants qui grandissent. Il fallait être attentif pour voir ces changements, mais ils étaient bel et bien là.

Hélas, tout cela ne lui appartenait plus. Même la Castille si chère au cœur de Gil n'était pas à eux. Ils n'avaient plus qu'un endroit où aller — le seul endroit au monde où il ne voulait pas mettre les pieds.

— Chez nous, dit-elle, surprise elle-même de s'entendre appeler ce château en ruine par ce nom-là. Nous irons chez nous.

Il *fallait* qu'elle le convainque.

Gil grimpa les escaliers du chemin de ronde, laissant les deux femmes en tête à tête. De quoi pouvaient-elles bien parler quand aucun homme n'était là pour les entendre ? Elles avaient l'air de deviner les choses qu'on leur cachait, comme si elles étaient pourvues d'un sixième sens. La reine avait compris que Lady Katherine et son époux étaient amants. Personne ne lui en avait parlé et, pourtant, elle l'avait su alors que lui, il n'avait rien décelé pendant tout ce temps.

Peut-être n'avait-il simplement pas voulu reconnaître les signes — parce qu'à sa manière Lancastre l'avait trahi aussi.

Il tira son morceau de céramique de sa poche. Quelques fragments de l'émail bleu s'étaient détachés. La peinture blanche était abîmée. Ce souvenir du palais était aussi usé et brisé que l'étaient ses rêves. Il soupesa le carreau et regarda la rivière, en contrebas. S'il le jetait assez fort, atteindrait-il la surface de l'eau ?

Soudain, un léger bruit de pas résonna dans l'escalier. Il se retourna pour découvrir Valerie. Ils restèrent un long moment debout sur le rempart, le regard perdu dans les méandres de la rivière. Étrangement, Gil ressentait une profonde paix lorsqu'il était à ses côtés.

— Katherine va rentrer à Londres, dit-elle finalement, jusqu'à ce qu'il soit temps de partir sur la côte. Nous n'avons pas besoin de l'accompagner.

Gil acquiesça en silence.

— Elle porte l'enfant de Lancastre, ajouta Valerie.

Il lâcha un juron qui ne parut pas surprendre son épouse.

— Elle en est ravie, vous savez.

— Mais il…

Comment expliquer ? Le duc de Lancastre avait été un chevalier exemplaire ; il avait aimé sa première femme et était prêt à tout pour elle. Gil avait toujours rêvé d'un tel mariage, et Lancastre lui avait fait croire que c'était possible. Mais à présent… ?

— C'est honteux, reprit-il froidement.

— Vous êtes bien exigeant.

Oui, en effet. Était-ce une si mauvaise chose ?

— Les poètes eux-mêmes ont été inspirés par l'amour qu'il portait à sa première femme.

— Tous les hommes ne sont pas aussi loyaux, répondit-elle d'un air désabusé — sans pour autant parvenir à cacher une pointe d'espoir dans sa voix.

Gil comprenait bien pourquoi elle n'y croyait pas. Il n'était pas sûr de pouvoir panser la blessure que lui avait infligée Scargill.

— Moi, je vous serai fidèle.

Encore une promesse, mais celle-ci, au moins, il pourrait la tenir : elle ne dépendait que de lui.

— Je ne vous en demande pas tant.

— C'est moi-même qui l'exige, Valerie.

Toute sa vie, il avait fait son possible pour atteindre ses idéaux.

— Aucun homme n'est parfait.

Oui. Pas même Lancastre, qu'il avait tant admiré.

— Vous avez dit, reprit-elle avec douceur, que vous ne partageriez pas mon lit tant que je ne le désirais pas vraiment…

Gil sentit son cœur battre plus fort.

— En effet.

Qu'il avait été arrogant, de lui demander cela !

— Essayez-vous de me dire que vous le voulez, à présent ?

— Oui, dit-elle d'un air timide. Repartons du bon pied.

Elle le regarda longuement, comme si elle le jaugeait, puis ajouta :

— Lorsque nous serons chez nous. Au château des Vents Hurlants.

Valerie vit Gil se raidir à cette proposition, mais elle ne baissa pas les yeux pour autant.

— Vous ne pouvez pas quitter la reine, protesta-t-il immédiatement.

— Elle m'a donné la permission de partir. Constance comprend mieux que personne l'importance d'un héritier.

Ces mots le firent rougir, et elle vit bien que l'idée d'engendrer un fils avait éveillé son désir. Cependant, Gil résistait toujours à l'idée de rentrer sur ses terres.

— Nous sommes à cinq jours de voyage de chez moi.

Si nous y allons, nous aurons moins de deux semaines sur place avant de devoir rentrer à Londres.

— Dans ce cas, nous n'avons pas de temps à perdre.

Il sourit, comme s'il avait compris qu'il venait d'être pris à son propre jeu.

Valerie eut l'impression de commencer enfin à mieux le connaître et s'en émut. Cet homme méritait plus de la part de sa femme qu'une simple obéissance au devoir conjugal. Elle espérait seulement être capable de lui donner ce qu'il désirait.

Elle posa une main sur son bras, tendrement, dans une caresse furtive.

— Vous m'avez demandé d'être sincère. La vérité, c'est que je ne sais pas si je pourrai vous donner tout ce que vous attendez. Mais je suis prête à essayer.

« Vous pouvez user de vos charmes pour le convaincre de partager votre lit », lui avait assuré Katherine.

Elle se rapprocha donc et tendit les lèvres, sans savoir s'il allait accepter de l'embrasser. Cette fois, c'était elle qui prenait le risque de lui offrir quelque chose…

Elle se dressa sur la pointe des pieds, ferma les yeux. Attendit.

Le soleil de juillet réchauffait son visage et elle sentit des bras chauds et doux se refermer sur elle.

Finalement, un baiser.

Tendre. Le baiser d'un homme qui laisse le passé derrière lui et repart de zéro. Elle aussi désirait ardemment oublier ses vieux démons, les empêcher de venir gâcher leur avenir. Le parfum de cet homme, la douceur de sa peau, le goût de ses baisers, tout cela était encore neuf pour Valerie… Elle fit le vide dans son esprit, tentant d'apaiser les émotions qu'elle sentait naître en elle, laissant son corps s'abandonner à ces sensations nouvelles.

C'était si… bon.

Elle se laissa aller dans les bras de Gil. Son étreinte

était puissante, mais pas brutale. Elle parvint finalement à lui rendre son baiser, y mettant suffisamment de passion pour lui faire croire qu'il s'agissait bel et bien d'amour.

À moins qu'elle ne se mente à elle-même et n'y prenne plus de plaisir qu'elle l'aurait voulu ?

Leur baiser s'acheva dans une étreinte affectueuse, et Valerie ne put réprimer un soupir quand les lèvres de Gil quittèrent les siennes.

— Nous partirons, dit-il d'une voix mal assurée. Demain.

Ils voyagèrent bien plus vite que ce à quoi Gil s'était attendu. Seuls quelques cavaliers les escortaient ; les autres étaient partis pour Londres avec Katherine. Même réduite, cette escorte l'empêcha de parler librement avec Valerie.

Ils ne se touchèrent pas non plus.

Gil avait envoyé un messager au château, sachant que l'intendant aurait très peu de temps pour préparer leur arrivée. Quand il présenta Valerie comme son épouse, il vit un espoir traverser le visage de son serviteur : une présence féminine allait forcément changer la situation.

Et c'était également ce que souhaitait Gil.

Hélas, lorsqu'il retrouva les murs de son enfance, son passé revint le hanter, plus à vif que jamais. Comme si rien n'avait changé. Comme si rien ne pourrait jamais changer.

La nuit tomba lentement, et il resta aux côtés de sa femme, mal à l'aise, ne sachant que faire. Ils ne s'étaient presque pas touchés durant leur nuit de noces. Les nuits qu'ils avaient passées sur la route ne leur avaient offert aucune intimité. Mais, ce soir, Valerie lui avait fait comprendre qu'elle voulait partager son lit.

— Laissez-moi un peu de temps pour me préparer, murmura-t-elle avant de monter dans la chambre des maîtres. Venez me rejoindre au lever de la lune.

Agité, incapable de penser à quoi que ce soit d'autre qu'à sa femme, Gil erra dans les couloirs en attendant l'heure dite. Ce château tombait en ruine. Pourquoi avait-elle tenu à venir ici ? Et pourquoi avait-il accepté ?

Cependant, quand il entra dans la chambre, ce fut comme découvrir une pièce entièrement nouvelle, bien loin de celle qu'il avait toujours connue.

On avait allumé des bougies et disposé du vin sur la table. La pièce entière était emplie de doux parfums. Sur le seuil, il prit le temps de regarder autour de lui. Il avait l'impression d'être entré par accident dans les appartements de quelqu'un d'autre.

Soudain, de petites mains se posèrent tendrement sur ses épaules. On pressa un verre de vin dans sa paume. Valerie était là, tendre et si proche… Elle avait ôté son voile et sa robe, ne gardant que sa longue et fine chemise en lin qui soulignait l'arrondi de ses seins, laissant apercevoir leur pointe.

— Bienvenue, mon époux.

Durant la première nuit, elle s'était crispée dans ses bras et l'avait repoussé. Puis elle était restée allongée, immobile sous lui. Il ne comprenait pas comment elle avait pu changer à ce point. Il ne la reconnaissait même plus… En cet instant, elle agissait comme la plus audacieuse des courtisanes ; et le corps de Gil réagissait instinctivement à son charme sensuel.

Il but une gorgée de vin et examina le visage de son épouse. Arriverait-il un jour à la cerner ? Certes, sa sollicitude était la bienvenue mais n'était-elle pas un peu exagérée ? Allons, pourquoi ne se laisserait-il pas séduire par la beauté de sa femme ? Après tout, ils s'étaient mis d'accord.

Malgré tout, il sentait bien que quelque chose ne sonnait pas juste.

Il reposa sa coupe, et Valerie le prit dans ses bras. Il sentit sa poitrine chaude se presser contre son torse. Son désir s'enflamma de plus belle, vif, incontrôlable, tandis que son esprit vacillait. Était-ce son épouse qu'il désirait, ou juste une femme ? Son corps, moins exigeant que son cœur, ne faisait pas la différence.

Valerie rejeta la tête en arrière, les lèvres entrouvertes, cherchant sa bouche.

Même quand elle se hissait sur la pointe des pieds, elle restait plus petite que lui. Il se pencha donc pour l'embrasser et se perdit en elle.

Était-ce la même femme qui avait dormi à ses côtés, sans qu'il la touche pendant leur nuit de noces ? Non…

Il l'embrassa encore, laissant son souffle caresser la joue de Valerie, puis déposa un petit baiser près de son oreille en répétant son nom, à voix basse, comme une prière.

Elle paraissait un peu maladroite, sans doute peu habituée à cela, mais continuait à l'embrasser, lui rendant chacun de ses baisers. Son petit corps restait serré contre le sien, de la poitrine aux hanches, et il sentit son sexe se dresser. Elle ne prononça pas le moindre mot, mais sa respiration se fit plus rapide, plus rauque. Elle était excitée, elle aussi.

Il avait exigé d'elle qu'elle l'aime — comme si l'amour pouvait se décréter — et, même si ce n'était pas le cas, au moins ressentait-elle du désir. Pour ce soir, cela suffirait à Gil.

De toute manière, en cet instant, il n'avait aucune envie de penser à l'avenir.

Elle l'attira jusqu'au lit, et il trébucha sur le pied en s'allongeant, ouvrant finalement les yeux pour la regarder. Elle avait le souffle court, mais son visage était de nouveau sombre, tendu. Déterminé. Il avait cru un instant qu'elle avait changé, mais… Il s'arrêta alors de l'embrasser et lâcha sa main.

— Qu'est-ce que vous faites, Valerie ?

Elle lui jeta un coup d'œil surpris.

— Pourquoi vous arrêtez-vous ? Je vous ai promis d'essayer. N'est-ce pas ce que vous vouliez ?

Oui, cria son corps brûlant. Enivré par son désir, il avait du mal à réfléchir, mais il ne voulait pas que les choses se passent de cette manière.

Ne trouvant pas ses mots, il se contenta de secouer la tête et tapota le matelas à côté de lui.

— Asseyez-vous.

Toujours aussi obéissante, elle s'installa. Gil fit de son mieux pour retrouver une respiration plus tranquille avant de se laisser tomber sur un banc, assez loin du lit pour ne pas céder à la tentation.

— Quand je vous ai annoncé notre mariage, commença-t-il, je vous ai dit que rien ne changerait. J'avais tort…

Elle le gratifia d'un sourire attendri.

— Vous ne pouviez pas le savoir : vous n'avez jamais été marié.

— C'est gentil de votre part de le prendre ainsi.

Il avait été aussi bête qu'une oie, et elle aurait eu le droit de le lui faire remarquer…

— Je comprends maintenant que le mariage change tout ; et l'une des choses que cela a changé, c'est *vous*.

— Moi ?

Son sourire s'évanouit.

— Lorsque je vous ai demandé de m'épouser, vous avez laissé entendre que cela représenterait un grand changement pour vous. Que vouliez-vous dire *exactement* ?

Il aurait dû lui poser cette question bien plus tôt. Lors de leur nuit de noces, par exemple. En fait, avant de se marier, il ne s'était jamais vraiment soucié de ce qu'une femme pouvait penser — et c'était encore un changement auquel il ne s'attendait pas.

Depuis qu'il la connaissait, il essayait d'apprendre à lire ses expressions pour savoir quand elle disait la vérité, quand elle mentait, et quand elle omettait simplement de lui dire quelque chose. Lorsqu'elle entendit sa question, elle le dévisagea de ses grands yeux sombres et il crut revoir un instant la jeune femme qui lui avait fait face sans crainte, le jour de leur rencontre.

Apparemment, elle avait une réponse à lui donner et cherchait juste à savoir si elle pouvait le faire.

— La vérité, murmura-t-il. Je veux la vérité.

— Très bien.

Sa voix grave et posée semblait indiquer qu'elle ne mentait pas.

— Quand j'étais veuve, je pouvais agir seule. À présent que nous nous sommes mariés, nous ne sommes plus qu'un.

Gil était un homme de guerre. Il ne savait pas vraiment quelle différence la loi faisait entre une veuve et une femme mariée.

— Bien sûr, répondit-il donc, hésitant. Mari et femme ne font qu'un.

— Et ce « un », c'est *vous*. En me mariant, j'ai cessé d'exister.

Gil prit un instant pour réfléchir. Aurait-il mieux compris ce qu'elle cherchait à dire s'il n'avait pas bu cette gorgée de vin ?

— Vous êtes bien énigmatique.

— Ce que je veux dire, c'est que je dois attendre votre permission pour tout.

Lui avait-il donc refusé quoi que ce soit ? S'il l'avait fait, ce n'était pas par méchanceté, en tout cas.

— Aucun de nous n'est entièrement libre de faire ce qu'il désire.

Soudain, un souvenir lui revint en mémoire.

Le petit Denys, le fils de Marc et Cecily ! Il n'avait même pas envisagé d'en parler à Valerie tant il était certain qu'elle partagerait ses convictions.

— Que voudriez-vous faire qui vous est interdit ? demanda-t-il donc.

Elle l'examina encore quelques instants puis elle eut *ce* regard, celui qu'il craignait tant, celui qui le prenait en pitié parce qu'il ne comprenait pas.

— Je ne le saurai jamais, maintenant.

Soudain, Gil eut une pensée plus terrible encore : et si, en plus d'être celui qui l'empêchait de vivre sa vie, il était aussi celui qui la forçait à faire ce qu'elle ne voulait pas ?

— Vous avez dit que vous vouliez essayer, Valerie, dit-il en rapprochant le banc pour lui prendre les mains. Vous savez, je suis fatigué de devoir payer pour les péchés de Scargill. Est-ce que vous comprenez — vraiment — que je ne suis pas comme lui ?

Il vit des larmes monter aux yeux de Valerie et couler sur ses joues sans même qu'elle essaie de les essuyer.

— Oui…

— Le savez-vous parce que je vous l'ai dit ou parce que vous y croyez sincèrement ?

— Je veux y croire. Mais seul mon esprit le sait. Mon corps, lui…

Son corps avait été entraîné à répondre aux avances d'un homme en se soumettant, froid et inerte.

Il s'installa alors sur le bord du lit et la serra contre lui, caressant ses cheveux pour l'apaiser sans l'empêcher de pleurer tout son soûl. Finalement, quand ses sanglots se turent, il souleva son menton pour la regarder.

— Je vous promets de ne pas vous faire de mal.

Elle sourit, pensive.

Ce fut alors que Gil comprit. Il ne lui ferait pas de mal, en effet, non pas parce qu'il était meilleur que Scargill, mais parce qu'elle s'était façonné une armure pour empêcher n'importe quel homme de la faire souffrir à nouveau…

Est-ce qu'elle l'aimait ? Ou bien est-ce qu'elle se contentait de se soumettre à ses désirs, comme elle l'aurait fait avec tout homme qu'on lui aurait fait épouser ? Est-ce que Gil lui-même voulait encore le savoir ?

— Accordez-moi une chance d'apprendre quelque chose de nouveau à votre corps…

Il ne dit rien de plus et se contenta de l'embrasser.

Un baiser. Deux. Plus encore. Ses lèvres explorèrent le visage de Valerie, ses oreilles, sa gorge, sa peau. Il donnait ses baisers sans compter. Sans s'arrêter.

Scargill, lui, n'avait jamais pris la peine de l'embrasser. *Non, je ne veux pas penser à lui. Je ne veux pas penser du tout.*

Quand elle pensait trop, elle réveillait ses peurs et devait se contraindre à subir les assauts des hommes. Cette fois, c'était hors de question. Gil voulait… *méritait* mieux.

Il la souleva dans ses bras, l'embrassant toujours avec douceur, comme s'il avait conscience que le feu de son désir avait déjà éveillé sa terreur auparavant. Comme s'il était décidé, cette fois, à placer les sentiments de sa femme avant les siens.

Retrouvant un peu de courage, elle s'abandonna à lui. Cela avait déjà fonctionné une fois, pendant un temps. Les yeux fermés, elle sentit les lèvres de son époux sur sa peau, puis ses doigts, doux, attentionnés, aussi légers qu'une plume. Il prenait son temps. Au lieu de se précipiter pour la posséder, il s'attardait, essayant de découvrir ce qu'elle dissimulait et ce qu'elle appréciait.

Cette fois, ses baisers ne trahissaient pas son impatience ni sa puissance. Pour la première fois, dans ses bras, elle comprit qu'elle n'avait rien à craindre. Elle se laissa aller, aussi sereine que possible.

Et pourtant, son corps était… excité. Plus excité que ce qu'elle aurait pu imaginer.

Gil fit courir ses doigts sur son bras nu, puis sur le lin froissé de sa chemise jusqu'à ce que ses tétons durcissent sous le tissu, tendus vers lui en quête de caresses. Il ne cherha pas à la dévêtir, mais fit glisser une main jusqu'à sa jambe découverte. Ses doigts étaient si légers, si furtifs, qu'elle eut presque l'impression d'être caressée par le vent.

La lune était-elle levée ? Le vent soufflait-il, dehors ? Elle était incapable d'y prêter attention. Elle se contentait, émerveillée, de goûter au plaisir d'être dans les bras de son époux.

Les doigts de Gil remontèrent sur son genou et sa cuisse, retroussant sa chemise sur ses hanches, juste assez pour la dévoiler à ses regards.

Mais ce fut tout. Il ne vint pas s'allonger au-dessus d'elle. Ses doigts et ses lèvres restèrent à distance et, au bout de quelques secondes, il cessa de bouger. Il attendit. Si proche. Si délicieusement proche.

Elle rouvrit les yeux.

Juste pour voir son sourire, si rare et si lumineux. Ce sourire qui était un monde de promesses.

— Tu es si belle, murmura-t-il.

Aucun homme ne lui avait dit cela, auparavant. C'était si inattendu — et pourtant elle sut qu'il était sincère.

Elle trouva la force de lever une main pour toucher son épaule, caresser son bras jusqu'au coude, savourant la douceur de son duvet sombre. Sous ses doigts, Gil parut perdre le contrôle de sa respiration, et cela la fit sourire.

Saisie par un élan soudain, elle glissa une main dans son dos et l'attira à elle pour l'embrasser.

Elle sentait le poids de cet homme sur elle, la fermeté de son sexe contre sa cuisse. De ses lèvres et de ses doigts, Gil l'explorait encore, comme s'il voulait découvrir chaque détail de sa peau. Mais il ne prit pas plus que ce qu'elle offrait : ses bras, ses baisers…

Elle sentit son corps s'animer d'une volonté nouvelle. Instinctivement, elle écarta les jambes pour s'ouvrir à lui. Pour l'inviter.

Gil arrêta de l'embrasser et se redressa, attendant qu'elle le regarde.

— Est-ce que tu me fais confiance ? demanda-t-il.

Incapable de prononcer le moindre mot, elle se contenta d'acquiescer.

Alors, au lieu de la prendre comme l'aurait fait Scargill, il descendit jusqu'à ses hanches, écarta ses cuisses, et elle sentit contre son sexe ces lèvres si douces qui avaient déjà parcouru tout son corps.

Seigneur, était-il possible de connaître un tel plaisir ? Par le passé, elle avait toujours dû faire barrage à la douleur, ce qui l'avait empêchée d'éprouver la moindre jouissance. Ceci… Ceci devait être la raison qui poussait certaines femmes à tout risquer. En un instant, elle ne pensa plus qu'au corps de Gil relié au sien par ce désir qui les embrasait. Elle eut l'impression d'avoir des ailes, de n'être plus enchaînée à la terre.

Jamais elle ne s'était comportée de la sorte. Jamais elle n'avait osé faire passer son plaisir avant son devoir. Mais ce qu'elle ressentait était…

Soudain, elle se sentit emportée par une vague de plaisir tellement intense qu'elle eut l'impression de se fondre en Gil.

Quand elle parvint à reprendre ses esprits, Valerie rouvrit les yeux pour découvrir son époux penché au-dessus d'elle, un sourire aux lèvres.

À présent, elle avait goûté le bonheur qui se cachait derrière ce sourire.

— Maintenant, murmura-t-il d'une voix encore un peu essoufflée, tu peux y croire.

Elle lui rendit son sourire.

— Maintenant, mon époux, faisons un fils.

La joie qui illumina le visage de Gil lorsqu'il l'attira de nouveau à lui se passait de mots, mais pas de sensations.

Ainsi, offerte comme elle ne s'était jamais offerte à aucun homme, elle oublia peu à peu qu'elle ne lui avait toujours pas dit toute la vérité.

Que voulait-elle faire qui lui était interdit ?

Je veux rester en Angleterre. Je ne partage pas tes rêves de Castille...

C'était une chose qu'elle gardait encore pour elle.

Ce ne fut que plus tard, quand les premières lueurs de l'aube vinrent baigner leur lit d'un halo rose, qu'elle commença à avoir peur de ne plus pouvoir garder longtemps ce secret. Elle avait toujours été capable de mentir aux autres, à ceux qui ne voulaient pas savoir.

Mais cet homme était différent. Et il commençait à bien la connaître.

Chapitre 16

En le ramenant dans son château, Valerie pensait pouvoir montrer à Gil qu'il pouvait y être heureux. Elle avait espéré qu'il s'y sente suffisamment chez lui pour oublier ses rêves de Castille. L'après-midi suivant, elle le convainquit donc de se promener, priant pour qu'il apprécie autant qu'elle la chaleur rassurante du sol sous ses pieds.

L'été s'était installé depuis leur dernière visite. Le château était entouré de feuillages verdoyants et d'herbes neuves, assez claires pour faire mal aux yeux en plein soleil. Cependant, Valerie vit très peu de pâture. Il y avait des taureaux, oui, mais aucun troupeau.

Et rien ici n'était cultivé par simple souci de beauté.

De toute évidence, cela faisait très longtemps que personne n'avait aimé cette terre. Le peu qui y poussait — assez mal d'ailleurs — n'avait été planté que pour faire face aux premières nécessités. Près de la cuisine, elle aperçut néanmoins quelques plantes aromatiques qui résistaient envers et contre tout au milieu d'un jardin négligé. Partout où elle posait les yeux, Valerie voyait l'ampleur du travail qui restait à faire.

— Nous devrions parler à l'intendant, mon époux, avant ton départ, pour discuter de l'entretien de ces terres pendant ton absence.

Elle avait bien une idée précise de ce qu'il y aurait à

faire, mais bien qu'elle fût l'épouse du maître de maison, elle était encore nouvelle dans la région. Elle aurait besoin du soutien de Gil et de sa permission si elle voulait que l'intendant prenne ses consignes en compte.

— Je n'ai jamais parlé de cela avec lui jusqu'à présent, répondit Gil.

Elle haussa les épaules.

— C'est pour cela que le domaine est dans cet état.

À peine eut-elle prononcé ces mots qu'elle les regretta. Le critiquer n'était certainement pas la meilleure solution pour le pousser à entretenir sa terre correctement.

— Pendant ton absence, je pourrai m'assurer que certaines réparations soient effectuées.

— Tu ne vivras pas ici. Jamais.

En dépit de ses efforts, elle n'arrivait décidément pas à le convaincre…

— La reine attend ton retour, ajouta-t-il fermement.

— Non, elle…

Valerie ne lui avait pas encore révélé tout le contenu de son entretien avec Constance.

— Elle a dit qu'il valait mieux que je m'installe ici. Que j'élève notre enfant sur la terre dont il héritera.

Ce n'était pas un très bon argument, puisque Gil n'aurait pas le temps de savoir si elle était enceinte avant de prendre la mer.

Il hésita un instant, puis son regard retrouva son éclat déterminé.

— D'accord, mais juste le temps que nous atteignions la Castille. Je ne faillirai pas à ma promesse.

« Castille, Castille ! » Elle n'en pouvait plus d'entendre ce nom tant détesté !

— Je le sais, répondit-elle pourtant.

Et elle commençait à craindre d'être incapable de le faire changer d'avis.

— En attendant, je pourrais peut-être recréer un coin de Castille ici…

— Impossible.

— Ce serait peu, mais assez pour qu'on ne l'oublie pas — une promesse à ma manière.

Elle ne voulait pas le laisser lui refuser cela encore une fois.

— Je pensais à un jardin, reprit-elle, pleine d'espoir.

Un jardin qu'elle désirait au moins autant que Gil désirait vivre en Castille.

— Un jardin comme celui de l'Alcázar.

— L'Alcázar possède des cours carrelées, des étangs avec des poissons dorés et des arbres aux fruits ensoleillés.

En effet, elle ne pourrait rien créer de tel ici. Et il le savait.

— J'avais des rosiers, dans le Kent, insista-t-elle, et un cognassier qu'Aliénor avait apporté de Castille…

Mais rien de tout cela n'était encore à elle.

— Peut-être que je pourrais obtenir une bouture venue du jardin de quelqu'un d'autre.

— Non. Il n'y aura pas de jardin ici.

Son maigre espoir se brisa sous ses yeux. Au final, aucun d'entre eux ne pourrait réaliser son vœu le plus cher…

Ils marchèrent un moment en silence, et Valerie laissa la verdure autour d'elle la réconforter. Même sans jardinier pour s'occuper de ces terres, il y avait encore quelques taches de couleur par endroits, quelques fleurs trop obstinées pour mourir. À l'orée d'une rangée d'arbres, elle vit les hautes hampes violettes des digitales danser dans la brise… on aurait presque pu entendre tinter leurs fragiles petites clochettes.

— Regarde là-bas, dit-elle. Nous n'avons pas besoin de poissons dorés. Les fleurs de ton domaine sont aussi jolies que celles de Castille…

Gil suivit son regard mais, au lieu de le faire sourire, le mur mouvant de digitales lui fit froncer le nez.

— Elles ne sont pas jolies, répondit-il. Elles sont empoisonnées.

À leur retour au château, il ordonna à son intendant de toutes les couper.

Ce ne fut que lorsqu'ils furent en manque de sel et que les volets fendillés de la chambre laissèrent passer la pluie que Gil dut admettre que sa femme avait peut-être raison.

Durant les premières nuits qu'ils avaient passées ensemble, Valerie et lui avaient été enivrés par le plaisir de la découverte. Pendant ce temps, il avait à peine pris conscience de ce qui l'entourait, bien qu'elle l'entraînât dans une exploration minutieuse de ses terres, lui faisant redécouvrir des endroits qu'il n'avait pas vus depuis des années.

Lancastre avait eu raison de lui reprocher sa négligence…

Il commença donc, à contrecœur, à examiner l'état de ses biens et accepta que Valerie continue son travail de réparation pendant qu'il serait absent. Il ne voulait pas que son enfant naisse ici, mais si un bébé devait en effet arriver, il aurait le temps de revenir avant pour prendre cette décision.

Ainsi, pendant la semaine qui suivit, il travailla d'arrache-pied avec l'intendant pour effectuer les réparations les plus pressantes afin d'offrir un peu de confort à Valerie.

Dans le même temps, sa femme, elle, se concentra sur la terre. Lancastre avait peut-être ri de son intérêt pour la récolte de seigle, mais quand elle commença à poser des questions pointues à l'intendant, Gil, loin d'être amusé, fut très impressionné.

Il savait déjà qu'elle aimait les fleurs, mais il découvrit aussi sa connaissance poussée d'autres types de culture. Au départ, l'intendant et certains des métayers parurent se méfier d'elle, mais Gil leur fit comprendre qu'ils devaient l'écouter et respecter ses opinions. Elle parlait de haricots, de pois, cherchait à savoir pourquoi les champs donnaient si peu et demandait si l'orge destiné à la brasserie ne s'épanouirait pas mieux dans le champ situé plus au sud.

Ses connaissances étaient aussi surprenantes pour Gil que si elle s'était mise à lui parler armes et stratégie de bataille.

Lui ne s'était jamais vraiment intéressé à ces choses-là. Les Brewen avaient toujours été des guerriers, pas des fermiers ; et, pour Gil, la terre même sur laquelle le château était construit paraissait empoisonnée. Mais, en regardant Valerie établir des plans et des projets, il commença à se demander si une meilleure culture de ce domaine aurait pu empêcher ses oncles de devenir des voleurs.

Pire que des voleurs.

Qu'il était étrange de se retrouver de nouveau entre ces vieux murs. Il s'en était tenu éloigné si longtemps que ses souvenirs avaient peu à peu modifié le château dans sa tête. À présent, les jours et les nuits qu'il y passait avec son épouse façonnaient de nouveaux souvenirs. Des souvenirs qu'il chérirait sans doute durant les mois de bataille qui l'attendaient.

Il essaya donc d'oublier le passé, pour un temps, comme il avait demandé à Valerie de le faire, et remplaça ses vieux souvenirs par de nouvelles joies.

La terre et le temps avaient recouvert ses sombres secrets depuis bien des années. Si Dieu le voulait, ils resteraient ensevelis à tout jamais…

Le mois d'août arriva. Il restait à Valerie une nuit ou deux avant que Lancastre, la guerre et les rêves de gloire ne viennent lui arracher son époux. Bientôt, Gil repartirait pour Londres où le rejoindrait Katherine, et tous deux prendraient le chemin de la côte tandis que Valerie resterait au château et prierait pour avoir un enfant.

Jamais encore elle n'avait ressenti de désir maternel

si fort, si profondément ancré en elle. Il ne s'agissait plus seulement d'elle, mais de Gil également. Elle voulait lui montrer que son sang qu'il haïssait tant pouvait aussi créer quelque chose de merveilleux. Peut-être alors parviendrait-il enfin à se libérer du poids du passé.

Peut-être accepterait-il même de léguer ses terres à son fils, comme les lois de succession l'y autorisaient.

En ce dernier jour d'été, tandis que Gil supervisait les réparations du mur de la cour, elle se promena au-delà des remparts, réfléchissant au meilleur endroit pour installer un jardin.

Son époux était certes persuadé qu'ils ne resteraient pas ici assez longtemps pour en créer un, mais il l'avait au moins autorisée à rester. Et elle allait en profiter pour faire ce qu'elle voulait.

Il était pour l'instant inutile d'informer Gil de ses projets. Elle n'était pas encore prête à commencer les plantations ; il lui fallait d'abord mesurer la richesse de la terre, et savoir ainsi sur quelles bases elle pourrait travailler.

À l'extérieur du mur sud, elle atteignit une petite zone isolée. Le soleil baignait l'endroit d'une lumière dorée. Un cognassier pourrait s'épanouir ici et, après quelques années, donner des fruits. Son enfant pourrait jouer à l'ombre des branches pendant l'été, quand il ferait aussi chaud que ce jour-là.

Elle avait découvert dans une grange un râteau auquel manquaient quelques dents et une pelle un peu trop petite. À l'aide de ces outils de fortune, elle commença à creuser, pour le simple plaisir de sentir la terre sous ses doigts — car ce n'était pas du tout la saison des plantations. Quelques champignons avaient poussé, mais elle ne reconnut pas leur forme et ne sut pas déterminer s'ils étaient comestibles. La terre avait l'air retournée, comme si l'on avait déjà cultivé ce petit terrain. Valerie commença à enlever l'herbe au râteau puis s'agenouilla pour creuser.

Sa pelle heurta quelque chose de dur.

Un caillou, sans doute… Elle allait devoir en extraire beaucoup avant de pouvoir préparer la terre pour ses plantations. Mais son outil glissa et rencontra une autre aspérité.

Elle se releva et reprit son râteau, raclant et creusant sans relâche pour essayer de voir ce qui se cachait sous la surface.

Elle avait à peine dégagé quelques pouces de terre qu'elle comprit qu'il ne s'agissait pas de pierres.

C'étaient des ossements. Des ossements humains.

Le soleil était encore assez haut dans le ciel quand les hommes finirent de réparer les volets, mais Gil se demandait déjà s'il pourrait se retirer dans sa chambre avec Valerie sans se faire remarquer.

Pour une dernière nuit.

S'il avait pu rejoindre Sandwich seul, sans passer par Londres, il aurait pu se permettre de s'attarder quelques jours de plus chez lui. Hélas, il avait promis à Lady Katherine de l'escorter, ce qui rallongerait le trajet et lui ferait passer plus de temps sur la route que s'il n'avait eu que ses hommes avec lui…

Il ne lui restait donc plus qu'une nuit avec sa femme.

Il la chercha en vain dans le château. Finalement, quelqu'un lui dit qu'il l'avait vue se promener hors des murs. Gil suivit le chemin qui longeait les remparts, envahi par une étrange inquiétude. Quand il arriva au sud de l'enceinte, il comprit ce qui lui faisait tant peur.

Elle avait découvert ce qu'il aurait voulu laisser loin des regards à tout jamais.

Elle était là, debout, les yeux baissés sur les restes enfouis du père Richard Brewen, l'ancien prêtre de Gadby Parish, mort depuis longtemps.

Sa femme leva de grands yeux sombres sur lui.

— Il n'y avait pas de pierre, murmura-t-elle. Je ne savais pas que c'était une tombe.

Elle se signa rapidement.

— Cette sépulture n'a jamais été marquée, répondit Gil.

On avait au contraire essayé de la cacher pour que personne ne sache qui était enterré là. Comment avait-il pu croire que le passé resterait caché à tout jamais ? Quel idiot !

Au fond de lui, il avait toujours su que la vérité serait découverte, tôt ou tard. Il avait simplement espéré…

Valerie ravala son émotion et recula d'un pas, comme si elle avait peur de marcher sur la dépouille.

— Qui est-ce ?

— Mon oncle.

— L'un des Brewen ?

La voix de Valerie s'emplit de terreur, comme si elle commençait enfin à comprendre ce que cela pouvait signifier.

Gil acquiesça, la gorge nouée.

— Oui. Il était Brewen. Et prêtre.

Valerie rassembla son courage pour jeter un nouveau coup d'œil aux ossements. Un prêtre, enterré dans une sépulture cachée. Elle serra les poings, tentant de chasser ses inquiétudes. Jamais encore son époux ne lui avait parlé de cela.

Elle le dévisagea un instant, la gorge nouée.

— Il n'est pas mort de vieillesse, dit-elle.

Gil était pâle, les dents serrées.

— Il a été empoisonné à la table de sa sœur. Et, jusqu'à présent, j'ai été la seule personne encore en vie à savoir cela.

Valerie se sentit soudain plus proche de son mari. Arrogante, elle avait ignoré ses sentiments au sujet de cette terre, mais elle venait de découvrir une preuve accablante et, à son tour, ressentait le poids de la peur, ce besoin de fuir loin des péchés de la famille. À chaque fois que Gil revenait chez lui, à chaque fois qu'il pensait à son héritage, il se trouvait en proie à ce terrible secret.

Une sœur, qui tue son frère. Une femme qui tue un prêtre. Et cette femme était la mère de Gil. Quel homme n'aurait pas envie de laisser une telle chose enterrée à tout jamais loin des regards ?

Gil prit la pelle et commença à recouvrir les ossements.

— Je ne savais pas exactement où on l'avait mis. On raconte qu'il a rendu visite à ma mère et qu'il est reparti tard dans la soirée. Personne ne l'a jamais revu.

— Sauf toi.

Sans réfléchir, elle ramassa le râteau et l'aida à ensevelir les restes humains. Depuis combien de temps cette dépouille était-elle ici ?

— Quand est-ce arrivé ?

— À l'époque de la Pestilence. Un mort de plus, même un prêtre, cela n'a pas…

Il haussa les épaules.

— Personne n'a posé de questions, reprit-il.

— Mais tu n'étais qu'un enfant.

Le drame avait dû se passer au moins vingt ans plus tôt. Gil ne devait pas avoir plus de six ans — et les enfants ne comprennent pas toujours ce qu'ils voient.

— Tu t'es peut-être trompé, murmura-t-elle dans l'espoir de le réconforter.

Gil s'immobilisa, sa pelle toujours à la main.

— Je les ai vus, cette nuit-là. Ils portaient le corps hors du château.

Les yeux dans le vide, c'était comme s'il revivait cette terrible soirée. Finalement, il se remit au travail.

— On m'a envoyé loin, après cela, pour entrer au service de Losford. Avant que je ne parte, ma mère m'a dit de laisser tout ce que je savais des Brewen derrière moi. Je ne l'ai plus revue vivante.

— Mais pourquoi ?

Tous les autres frères de cette femme avaient été des hors-la-loi, et pourtant elle avait tué le prêtre…

— Pourquoi cet homme-là ?

— Parce que c'était lui qui contrôlait tous les autres. C'était lui, le Brewen qui régnait sur la bande.

Gil aplatit la terre et se releva. Il attrapa quelques branches mortes et les jeta sur la tombe pour la dissimuler.

— J'ai eu tort de revenir et de penser que tu pourrais rester ici, dit-il d'une voix qui n'autorisait pas la moindre contestation. Nous partirons au lever du jour.

Il hésita un instant, comme s'il n'était pas certain de ce qu'il allait dire.

— Et, Valerie, je t'en prie…

— Je n'en parlerai plus jamais, répondit-elle, un peu triste de voir qu'il s'était senti obligé de le lui demander. Je le promets.

Chapitre 17

À la mi-août, Gil arriva sur la côte, accompagné de Valerie, Lady Katherine, ainsi que d'un petit groupe de chevaliers. Ce jour-là, tout le monde s'était rassemblé pour prier et demander le succès de l'expédition.

Des prières dont l'armée aurait bien besoin.

Pendant les quelques semaines d'absence de Gil, les plans avaient de nouveau changé : une autre menace française pesait sur eux. La ville de La Rochelle était assiégée. Les Français et les Castillans étaient de retour. Ils bloquaient le port et tentaient d'affamer la population jusqu'à ce qu'elle se rende.

Le roi avait donc déclaré que la flotte retournerait à l'endroit de sa défaite du mois de juin. Cette fois, avait-il juré, les choses seraient différentes. Cette fois, son armée serait prête. Il avait rassemblé assez d'hommes et de navires pour s'assurer la victoire.

Cependant, pour briser le siège, la flotte devait accoster en Bretagne. Le départ fut donc de nouveau retardé : pour mener une campagne terrestre, chaque chevalier devait avoir au moins trois chevaux à sa disposition, qu'il fallait rassembler.

Le roi Edward n'était pas encore arrivé sur la côte, mais trois mille hommes et autant d'archers s'étaient déjà réunis, accompagnés de pages, de valets et de serviteurs trop nombreux pour être comptés. La flotte comprenait près de deux cents navires, manœuvrés par cinq mille marins et dirigés par les plus grands lords du royaume.

Des camps militaires étaient installés partout, dans le port et au-delà, s'étendant presque jusqu'à Douvres, à douze lieues de là. Lancastre était arrivé et s'était installé dans sa tente de commandement où Lady Katherine le rejoignit. Pendant ce temps, Gil et Valerie partirent pour le château de Losford. Valerie était censée y rester pendant que son époux serait à la guerre.

Ils n'avaient plus parlé de l'effroyable découverte qu'elle avait faite pendant son séjour dans le Leicestershire. Valerie n'avait pas pour autant retrouvé sa timidité coutumière. Était-il possible que la vue de ces ossements n'ait pas attisé sa peur de lui ? En effet, elle paraissait délibérément calme, comme si elle réfléchissait toujours à l'horrible vérité qu'elle avait apprise et se demandait ce qu'elle allait en faire.

Les portes de Losford s'ouvrirent, et Gil fut accueilli bien plus chaleureusement que dans sa propre demeure. On sourit. On se présenta à son épouse. Et, avant même qu'ils aient passé le seuil du château, le petit Denys traversa la cour pour rejoindre Gil, essoufflé.

— Est-ce que vous êtes venu pour m'emmener ? demanda-t-il, tout excité.

— Ne fatigue pas Sir Gilbert : il vient à peine d'arriver, dit Marc sévèrement. Nous parlerons de ton apprentissage quand il aura bu et mangé.

« Nous parlerons de ton apprentissage. » Comme si la chose avait déjà été décidée. Comme s'ils voulaient réellement lui confier leur fils.

Soudain, Gil se souvint qu'il était censé demander à Valerie si elle acceptait qu'il s'occupe de Denys. À l'époque, il n'avait pas pris la réponse de ses amis au sérieux. Il avait songé qu'ils voulaient simplement se montrer gentils et épargner ses émotions face au garçon. Il avait même pensé ne pas revoir Denys. Qu'il serait déjà parti chez quelqu'un d'autre.

Quelqu'un de plus honorable.

Mais Denys était bien là, tout déconfit, devant lui. Sa mère lui prit la main et l'attira dans ses jupes.

— Je sais qu'il doit partir, dit Cecily à Valerie, mais il est encore si jeune. Et participer si vite à une guerre…

Sa main se crispa sur l'épaule de son fils.

— Si vous ne le croyez pas prêt à prendre la mer, je peux l'emmener dans le Leicestershire avec moi pour qu'il commence son apprentissage, proposa Valerie.

Tout le monde la dévisagea un instant en silence.

— Permettez-moi de parler à ma femme un instant, dit doucement Gil.

Cecily et Marc reculèrent de quelques pas et leur tournèrent le dos, comme s'ils n'écoutaient pas. Denys, lui, ne fit pas mine de s'éloigner et garda les yeux rivés sur Gil et Valerie.

Sentant la colère monter, Gil dut se contrôler pour rester calme.

— T'occuper de l'enfant d'une autre femme ne t'en donnera pas un à toi, dit-il dans un souffle.

Blessée par la dureté de ses paroles, Valerie pâlit ; puis elle retrouva son visage calme, animé par une détermination que Gil n'avait jamais vue chez elle.

— Non, tu es le seul à pouvoir m'en donner, en effet, répliqua-t-elle.

Il grimaça sous le coup qu'elle venait de lui porter.

— Tu ne peux pas l'emmener au château des Vents Hurlants. Nous n'y retournerons jamais. Et encore moins maintenant.

— Y retourner ? Mais tu emportes cet endroit partout avec toi, comme un boulet que tu serais le seul à voir !

Décidément, la femme timide qui prenait peur à chacune de ses paroles s'était bel et bien envolée…

— Tu ne sais pas encore tout, Valerie. Quand je suis venu en mars, Denys n'était pas aussi excité. Même Cecily hésitait à me le confier. Ce n'est pas à toi de lui forcer la main.

— Lui forcer la main ? Ce garçon n'attend qu'une chose : partir à la guerre, répondit Valerie. Et ma proposition lui permettrait de quitter sa maison sans pour autant se retrouver en danger. Cecily serait peut-être satisfaite par ce compromis, même si Denys en serait déçu. Je suis certaine qu'il préférerait faire voile aux côtés de Sir Gilbert Wolford plutôt que languir dans le Leicestershire.

Elle s'interrompit un instant et sourit.

— Je suis sûre que tu lui ressemblais beaucoup quand tu es arrivé à Losford.

Quand il était arrivé à Losford… Il était plus jeune que Denys et portait déjà en lui le secret de la mort de son oncle. Il devait tout au père de Cecily. Elle-même avait été comme une sœur pour lui. Alors comment pouvait-il refuser de s'occuper de son fils, si elle le lui demandait ? Et même Marc…

Il leur jeta un rapide coup d'œil. Leurs visages restaient impénétrables.

Denys était si jeune pour être envoyé loin de chez lui — à la guerre, en plus. Envahi par un soudain sentiment d'impuissance, il se retourna vers Valerie. Il lui avait demandé depuis le début d'être honnête avec lui. Il était trop tard pour se plaindre de sa franchise.

— Tu ne retourneras pas dans le Leicestershire. Tu resteras ici avec Cecily en m'attendant, dit-il. Si les parents de Denys le désirent, je prendrai le garçon avec moi.

Sur ces paroles, il rejoignit Marc et Cecily.

— Alors, qu'avez-vous décidé ? demanda Marc.

— Si vous êtes tous les deux sûrs que c'est ce que vous voulez, j'accepte d'emmener le petit.

Marc serra brièvement Gil dans ses bras, et Cecily acquiesça, les larmes aux yeux. Elle était née pour devenir comtesse ; elle savait ce qu'elle avait à faire.

Marc se pencha vers son fils.

— Est-ce que tu veux aller sur le bateau avec Sir Gilbert ? lui demanda-t-il. Est-ce que tu es prêt ?

— Un bateau ?

En un instant, le petit visage de Denys pâlit et se crispa.

C'était donc cela qu'il craignait tant. À présent qu'il avait un choix à faire, il n'était plus aussi excité.

Gil s'accroupit pour se mettre à sa hauteur.

— C'est cela, Denys.

Ses anciens doutes étaient toujours aussi forts.

— Nous devons traverser la mer pour aller faire la guerre. Est-ce que tu es sûr de vouloir venir ?

Obliger cet enfant à le suivre, lui, un Brewen, ne lui rendrait pas service. Denys ne serait-il pas plus heureux avec un autre chevalier ?

Le garçon le dévisagea en silence, et Gil finit par se relever.

— Sa réponse est plutôt claire, il me semble. Vous devriez trouver quelqu'un d'autre. Quelqu'un qui…

— Oui ! claironna soudain l'enfant avec une détermination farouche. Je vais préparer mes affaires !

Sur ce, il quitta la cour d'un pas de guerrier.

— Quand ? demanda Cecily d'une petite voix en suivant son fils des yeux.

— Deux semaines, répondit Gil. Peut-être un peu plus.

Dans deux semaines, il serait en guerre ; et qui pouvait dire combien de temps cette guerre durerait ? En reviendrait-il vivant ? Toutes ces pensées le hantèrent tandis qu'il conduisait Valerie dans la chambre que Cecily avait fait préparer pour eux.

Il longea les couloirs sans la moindre hésitation : il connaissait ce château comme sa poche.

— Tu as l'air de te sentir chez toi, ici, remarqua Valerie.

Plus chez lui que dans sa propre maison, voulait-elle sans doute dire.

D'ailleurs, Valerie aussi serait plus à l'aise dans cet endroit accueillant, réchauffé par l'amour de Cecily et Marc que dans le château en ruine de Gil.

— C'est ici que j'ai pensé pour la première fois que je pouvais être plus qu'un Brewen…

Et c'était ici qu'il avait compris pourquoi il avait besoin d'être plus que cela. Mais ça, il ne le dit pas.

— Tu es bien plus que ton nom, Gil, répliqua Valerie. Tu as vécu une vie riche et honorable, tout seul.

Gil ne put réprimer un sourire.

— Et toi, tu es bien plus que la femme timide et passive que tu prétendais être. Mais, ce soir, je ne veux plus parler de tout cela. Ce soir, je veux dormir dans un lit confortable avec mon épouse.

Les joues de Valerie rosirent. Il leur restait à peine quelques nuits avant le départ de la flotte, et Gil avait bien l'intention d'en profiter autant que possible.

Un matin, la comtesse — Valerie n'arrivait pas encore à l'appeler Cecily — l'invita à visiter le château et les jardins. Valerie la suivit, écoutant ses récits, impressionnée par la taille, la puissance et la beauté de Losford. Elle attendit aussi patiemment que la comtesse lui explique pourquoi elle avait arrangé ces quelques instants de tête à tête.

— Gil m'a parlé de la mort de votre premier époux. Toutes mes condoléances.

Valerie murmura un remerciement de circonstance. Gil avait ses secrets, et elle avait les siens.

— Et je vous remercie, poursuivit Cecily, d'avoir accepté de vous occuper de Denys. Nous l'avons demandé à Gil il y a des mois puis, comme nous n'avons pas reçu de réponse, nous avons pensé que vous n'aviez peut-être pas envie d'accueillir notre fils chez vous.

Pas envie ? Puisqu'elle n'avait pas d'enfant à elle, elle aurait été enchantée d'en élever un autre, au contraire !

— Bien sûr que je suis d'accord. Si seulement j'avais su…

Elle se mordit la lèvre. Ses problèmes de couple devaient rester privés : la comtesse n'avait pas besoin de savoir cela.

Cependant, Cecily acquiesça, comme si elle s'était déjà doutée de la vérité.

— Nous lui avons dit de vous en parler, répondit-elle. Prendre un enfant avec soi, s'engager à lui apprendre le rôle de page, d'écuyer puis de chevalier… Gil n'aurait pu le faire seul. Alors, quand il a refusé, nous avons cru que…

Valerie rechignait à la contrarier. Gil n'aurait pas voulu qu'elle expose ses doutes et ses incertitudes.

— Et moi qui pensais que vous étiez persuadée que je n'étais pas à la hauteur pour m'occuper du fils d'une comtesse ! plaisanta-t-elle.

Toutes deux éclatèrent de rire et, l'espace d'un instant, Valerie se sentit plus proche de cette femme.

— Gil m'a dit que votre époux et vous étiez très heureux.

Avait-elle le droit d'aborder un tel sujet ? Elle n'en savait rien, mais elle était convaincue qu'elle avait des choses à apprendre d'eux.

Étonnamment, le sourire de Cecily se fit soudain timide.

— Oui, nous sommes heureux, mais notre chemin vers le bonheur n'a pas été facile. Vous voyez, mes projets et ceux que le roi avait pour moi étaient très différents.

Valerie était très jeune quand Cecily et Marc s'étaient mariés. Elle ne savait pas grand-chose de leur histoire.

— Vous avez défié le roi ?

Cela lui paraissait aussi impossible que de monter sur un cheval pour participer à une charge. Elle, en tout cas, n'avait jamais envisagé de contester l'ordre de Lancastre

ou de ne pas épouser Gil, même si elle avait tout fait pour
retarder cet instant…

— Est-ce que votre époux et vous étiez d'accord sur
ce que vous vouliez faire ?

La comtesse rit de nouveau.

— Non, pas du tout.

— Nous non plus : nous ne sommes pas d'accord sur
tout…

Cecily ne lui posa pas de question.

— Pourtant, reprit-elle, annoncer ma décision au roi
n'a pas été le plus difficile. La véritable épreuve a eu lieu
bien avant, quand j'ai compris que je devais changer.

Valerie aussi avait bien changé depuis son mariage.
Mais Gil ? Le ferait-il ? En serait-il capable ?

— Comment avez-vous réussi ? Qu'est-ce qui vous a
finalement fait changer ?

— J'ai dû faire un choix, répondit Cecily. À un moment,
j'ai réalisé que je n'étais pas assez courageuse pour me
séparer de Marc mais que j'avais encore la force de faire
ce qu'il fallait pour le garder.

À l'entendre, cela paraissait si facile. Mais cette femme
était riche et puissante. Elle avait une terre à elle. Valerie,
elle, ne pourrait jamais dire à Gil qu'il la perdrait s'il
partait en Castille.

À moins que… ?

La comtesse dut lire ses doutes dans son regard.

— Qu'est-ce que vous craignez tant, Valerie ?

Elle pensa énumérer les choses qui lui faisaient peur
depuis longtemps, mais, au moment de répondre, elle
comprit qu'elle n'avait plus peur de la colère de son mari
car il lui avait montré sa gentillesse. Elle ne craignait plus
de tomber amoureuse de lui non plus, parce qu'il était
trop tard pour cela de toute manière…

Ce dont elle avait peur, à présent, c'était qu'il pense qu'elle
ne voulait pas vivre avec lui si elle lui disait qu'elle n'avait

pas envie de s'installer en Castille. Pourquoi refusait-elle tant l'idée de partir là-bas ? Peut-être était-ce aussi beau que Gil l'avait dit. Peut-être apprendrait-elle à aimer ce soleil perpétuel et ces cours pavées de couleurs.

Mais, tant que Gil ne serait pas en paix avec son passé, cette ombre les suivrait jusqu'en Espagne. Contrairement à ce qu'elle avait d'abord pensé en l'épousant, c'était bien son passé à lui, et non le sien, qui menaçait de les séparer.

— J'ai peur de la vérité, répondit-elle finalement.

Au bout de quelques jours, Gil s'absenta pour rencontrer Lancastre et travailler aux derniers détails de l'expédition. Il en profita pour habituer Denys à la vie du camp ainsi qu'aux ordres auxquels il fallait obéir sans discuter.

Enfin, le roi Edward arriva et monta à bord de son navire. Le lendemain, il se séparerait du sceau royal et nommerait son petit-fils protecteur du royaume en son absence. La flotte pourrait ensuite partir pour la France et briser le siège de La Rochelle.

En ce dernier jour qu'il passait avec sa femme, Gil emmena Valerie se promener le long des falaises qui bordaient Losford. Il lui montra les navires, au loin, qui s'étaient massés le long de la côte.

— Pourquoi dois-tu partir ? demanda-t-elle.

Avait-il bien entendu ?

— Tu as dit que tu devais partir, renchérit-elle. Pourquoi ?

À présent que le moment des adieux arrivait, peut-être se rappelait-elle ce qui s'était passé lorsque son premier époux était parti se battre… Était-ce cela qui lui faisait peur ?

— Parce que je suis au service de Monseigneur d'Espagne, répondit Gil.

— Mais tu ne pars pas pour l'Espagne, alors que c'était ton seul projet. Ta vie lui appartient-elle donc ? Est-ce à lui de te jeter face au danger à chaque fois que cela sert ses intérêts ?

— Ce n'est pas aussi simple que cela, répliqua-t-il vivement.

Il entendit sa voix trahir son agacement — et ce n'était pas bon signe…

Tous deux reprirent leur marche en silence, mais comme il n'ajoutait rien, Valerie revint à la charge :

— Et, quand tout sera fini, que va-t-il se passer ?

— Tu le sais déjà. Quand nous aurons repris la Castille, j'aurai un poste à la cour du roi.

— Un poste ?

Elle semblait ne pas savoir ce que cela signifiait.

— Oui. Comte-maréchal, par exemple, ou même commandant de la Garde.

À la cour du roi Edward, ces charges étaient héréditaires et jamais un Brewen n'aurait pu y accéder. Mais, à la cour de Castille, tout serait différent.

— Et que fait un commandant de la Garde ?

Décidément, jamais il n'aurait cru Valerie si ignorante de la vie de cour !

— Il dirige toutes les armées royales, répondit-il aussi patiemment qu'il le put.

— Mais quand Lancastre aura repris le trône, il n'y aura plus de batailles à mener. Que feras-tu, tous les jours ?

Elle n'avait pas tort. Que faisait-on, quand il n'y avait plus de guerre ? Gil avait connu quelques années de paix, près de dix ans auparavant quand l'Angleterre retenait des otages français. Jeune et pressé de faire ses preuves, Gil n'avait pas apprécié ce répit. Peut-être vivrait-il les choses différemment, à présent. Surtout s'il avait un fils à élever.

— Même s'il n'y a plus de batailles, nous devons rester vigilants et nous tenir prêts pour que personne n'ose nous attaquer.

— Et tu aimeras ce travail ? demanda-t-elle encore.

— L'aimer ?

— Est-ce que tu te lèveras chaque matin, excité par la journée qui t'attend ?

Ses questions avaient l'air simples, mais elles déstabilisaient Gil en l'obligeant à formuler des choses qu'il n'avait pas l'habitude d'analyser.

— Que j'aime ce poste ou non n'a pas d'importance. C'est mon devoir.

Valerie s'arrêta net au milieu du chemin, et il l'imita, surpris. Elle lui prit les mains avec douceur et le contempla quelques instants.

— Dis-moi, pourquoi est-ce que le devoir est si important ?

Gil ouvrit la bouche pour répondre, mais se trouva sans voix.

Pourquoi ? Parce qu'un homme était toujours jugé sur sa capacité à accomplir son devoir. Parce qu'une fois qu'il aurait fait ses preuves, qu'il aurait été accepté et aurait pris une place importante aux côtés du roi, plus personne n'oserait le remettre en question. Jamais.

Il soutint le regard grave de Valerie.

— C'est difficile à expliquer.

Elle serra ses doigts entre ses mains, comme pour l'encourager.

— Essaie.

Que pouvait-il dire ? Il avait besoin que les autres hommes le traitent comme l'un des leurs. Besoin d'avoir sa place parmi eux et de se sentir admiré. C'était le but qu'il avait poursuivi toute sa vie. Être admiré par le comte de Losford, puis par Monseigneur d'Espagne. Même par Marc, qui l'avait désarçonné lors d'un tournoi tant d'années plus tôt.

Mais cet objectif avait pris plus d'importance encore ces derniers mois. À présent, il voulait l'atteindre pour pouvoir offrir le monde à la femme qu'il aimait.

— Parce qu'en Castille, je ne serai plus un Brewen, finit-il par dire.

Hélas, le regard de Valerie lui fit comprendre que sa réponse la décevait.

— Tu seras toujours un Brewen, murmura-t-elle. Seulement, avec le temps, cela ne te dérangera peut-être plus.

Envahi par une bouffée de tendresse, il dégagea une main pour lui caresser les cheveux.

— Je veux que tu sois fière de moi, Valerie.

— Oh ! mon époux, ne sais-tu donc pas à quel point je suis déjà fière ?

Elle le rassurait. C'était son devoir d'épouse. Et, pourtant, toutes les questions qu'elle posait trahissaient ses doutes. Il lui avait promis la Castille et n'avait su lui donner qu'un morceau de céramique cassé. Les semaines avaient passé, et elle n'avait toujours pas de foyer, contrainte de demander l'asile à une comtesse parce qu'il avait commis l'erreur de l'emmener au château des Vents Hurlants, dans cette demeure à l'horrible passé. Un passé qui, caché dans le sol même de son domaine, s'était réveillé pour le hanter de nouveau.

— Nous n'avons pas eu une relation facile jusqu'à présent, commença-t-il en lui prenant les mains à son tour, mais je sais que tu partages mes rêves. Et je te jure — *je te jure* — que je ne faillirai pas. Rien sur Terre n'est plus important que cela à mes yeux. Est-ce que tu me crois ?

Quelque chose changea dans le regard de Valerie. Gil ne sut lire son expression, mais sentit monter en elle une détermination farouche, identique à celle qu'il avait vue dans les yeux de ses hommes juste avant l'assaut.

— Oui, je te crois, répondit-elle à mi-voix.

Chapitre 18

Valerie avait vite compris que ces quelques jours passés à Losford étaient un répit, une parenthèse entre tout ce qu'elle avait vécu et tout ce qui l'attendait encore… Elle s'était même imaginé que sa vie avec Gil ressemblerait toujours à cela.

Mais la fin approchait. C'était le dernier soir : son époux partirait le lendemain.

La nuit d'août s'étendit, chaude, à peine troublée par une brise marine, et Valerie attendait dans sa chambre qu'il la rejoigne, uniquement vêtue d'une chemise.

Au bout d'un moment, elle entendit la porte s'ouvrir dans son dos et se retourna.

Gil était là, sur le seuil, sa haute silhouette masquant la lumière. Valerie sentit son corps s'éveiller et accueillit ce frisson avec joie. Elle remonta les couvertures sur elle.

Gil entra et referma la porte de la chambre derrière lui.

— Demain, murmura-t-il. Mon devoir…

Il n'acheva pas sa phrase. N'en eut pas besoin. Son devoir. Envers son seigneur. Envers son rêve. Un devoir auquel rien en pouvait le faire renoncer.

Un homme servait son seigneur par obligation. Par peur, parfois.

Jusqu'à présent, elle avait fait de même pour accomplir son devoir d'épouse. Obligation. Peur. Faire ce que l'on attendait d'elle. Et jamais elle n'avait connu le désir ni la joie. Jusqu'à Gil.

La flamme qui s'était éveillée en elle se fit plus chaude. Elle ne dit rien mais se glissa hors du lit pour lui faire face, sans plus se cacher sous les couvertures. Fière. Sans crainte. Ne pensant plus à aucun homme sauf à lui.

— Ce soir, dit-elle, oublions nos devoirs.

Elle n'avait pas besoin d'en dire plus. Gil la rejoignit en deux enjambées et la prit dans ses bras. Il lui donna un baiser… Oh ! un tel baiser.

À présent, Valerie n'avait plus peur du désir de Gil… ni du sien. Peut-être fallait-il cette flamme entre eux pour qu'ils puissent enfin engendrer un enfant.

Si c'était le cas, alors cette dernière nuit serait une nuit de passion.

Valerie était devenue capable d'offrir à cet homme son corps et son amour. Mais elle ne pouvait pas encore lui confier la vérité.

Car, aux yeux de Gil, son rêve de Castille était devenu la seule chose qui le rende digne de l'amour de Valerie.

Alors qu'il était sur le point de partir à la guerre, elle ne pouvait pas lui ôter la raison pour laquelle il se battait. Sinon, il serait convaincu que c'était lui qu'elle rejetait…

Au matin, Gil se leva à l'aube et s'habilla pour partir. Valerie, elle, passa une simple robe — la dernière robe avec laquelle il la verrait au moment du départ. La robe dont il se souviendrait en attendant de la revoir.

— Préfères-tu retourner au service de la reine ? demanda-t-il après s'être préparé. Je sais que Cecily serait très heureuse de t'accueillir sous son toit, mais tu pourrais préférer servir la Castille, en mon absence.

Valerie secoua fermement la tête.

— Si la reine a besoin de moi, elle m'enverra un message.

Elle le regarda alors un long moment, mémorisant

chaque détail de son visage pour pouvoir s'en souvenir lors des longues journées de solitude qui l'attendaient.

— J'ai un cadeau pour toi…

Il tenta de protester, mais elle le fit taire d'un signe de la main.

— Je ne t'ai pas offert de cadeau de mariage, reprit-elle, et tu pars à la guerre. Nous ne serons plus ensemble avant un… un long moment.

Elle tendit son bras et laissa pendre le volant du bout de sa manche jusqu'à ce qu'il touche presque terre. Elle le détacha et le donna à Gil.

— C'est un foulard, un gage.

Pas un gage qu'il aurait reçu de n'importe quelle femme, mais d'elle.

Gil referma les doigts sur la soie blanche, comme s'il voulait ne plus jamais la lâcher.

— Si je meurs, je te promets que le seul foulard que je porterai sera le tien.

Ces quelques mots bouleversèrent Valerie qui fondit en larmes. Cette promesse, un peu étrange, avait plus de sens pour elle que leurs vœux de mariage… Pendant tout ce temps, elle avait pensé que la seule chose qu'elle voulait était un enfant. Mais Gil désirait lui offrir tellement plus.

Cet homme était décidément l'opposé de ce qu'avait été son premier époux. En fait, d'une certaine manière, il était bien plus dangereux pour elle…

Car elle souffrirait atrocement de le perdre.

Tous deux ne purent profiter d'un autre moment d'intimité avant le départ de Gil. Les préparatifs furent faits en hâte, les adieux aussi. Denys bavardait, excité par cette nouvelle aventure, et ses parents firent de leur mieux pour cacher leur chagrin de le voir partir.

Une heure plus tard, Gil s'en était allé avec l'enfant.

Valerie resta devant la grande porte avec Cecily et Marc pour voir les chevaux disparaître au bout de la route.

— La saison est déjà bien avancée, remarqua Lady Cecily en examinant le ciel d'un air soucieux lorsqu'ils retournèrent au château. Les vents sont puissants.

Elle dit cela avec l'assurance d'une femme qui avait vogué sur les mers et qui connaissait leurs caprices aussi bien que Valerie connaissait le sol sous ses pieds.

— Est-ce qu'ils iront bien ? demanda-t-elle, le cœur serré.

Son époux. Leur fils. Tant de dangers…

— Seul Dieu peut le dire, répondit Cecily.

« Je veux que tu sois fière de moi. »

Valerie ne serait pas plus fière si Gil mourait. Et s'il devait tomber au combat, est-ce que quelqu'un prendrait la peine de remarquer le morceau de carreau cassé dans sa poche ou le foulard de soie souillé glissé près de son cœur ? Ces objets, si importants aux yeux de son époux, seraient sans doute abandonnés sur le bas-côté.

— Cecily, je vous remercie de m'avoir proposé votre hospitalité, dit-elle quelques jours plus tard tandis que la comtesse et elle regardaient la flotte s'éloigner au loin, vers l'horizon. Cependant, j'ai décidé de retourner au château des Vents Hurlants.

Cecily l'examina gravement pendant quelques instants.

— Vous avez décidé de faire preuve de courage, remarqua-t-elle.

Valerie fit non de la tête.

— Je n'ai pas été assez courageuse, au contraire, répondit-elle. Je n'ai pas osé l'envoyer à la guerre en lui avouant que je ne croyais pas en cet idéal pour lequel il se bat. Mais, à son retour, il comprendra. Et j'espère que…

Elle espérait qu'ils soient tous les deux capables d'affronter ensemble le passé de Gil, tout comme ils l'avaient fait avec son propre passé.

Quoi qu'il en soit, en attendant ce jour, elle avait un jardin à préparer…

La flotte avait enfin pris le large, à la fin du mois d'août, mais l'armée ne fut pas capable de dompter la mer.

Jour après jour, semaine après semaine, les hommes luttèrent contre des vents contraires. Gil découvrit bien vite que le pauvre Denys n'avait pas le pied marin. Heureusement, le garçon avait peu de choses à faire à bord, et Gil put le faire dormir en cabine.

En fait, même les navigateurs les plus chevronnés de l'équipage eurent du mal à savourer le temps passé en mer. Ils n'avaient pas d'autre choix que de s'accrocher au bastingage en priant pour des flots et des estomacs plus calmes.

À l'aube du septième jour, les vents retombèrent enfin, et les navires purent progresser vers l'est à travers la Manche. Denys grimpa sur le pont, les joues creusées et l'air soûl comme un soldat en permission.

— Viens là, lui dit Gil. Assieds-toi près de moi.

Denys obéit, manquant tomber avant d'avoir pu s'installer correctement par terre. Ils restèrent ainsi en silence, regardant la côte anglaise dériver devant eux.

— Est-ce que nous avons atteint la pleine mer ? demanda finalement le garçon.

Voilà que Gil devait déjà décevoir ses attentes.

— Non, les vents nous ont maintenus en vue de l'Angleterre.

Et La Rochelle était encore à des lieues de là — à des jours de voyage.

Denys parut perplexe, mais acquiesça néanmoins, la tête dodelinant de fatigue.

— J'aimerais tant pouvoir voler au-dessus de l'eau, murmura-t-il.

— Repose-toi, proposa Gil. Pose ta tête sur mon épaule.

L'enfant hésita un instant.

— Tu sais, il n'y a pas de honte à ne pas être bon

marin, le rassura Gil. J'ai vu le roi lui-même se réfugier à l'intérieur quand la mer se fait mauvaise.

Le sourire de Denys fut furtif — au moins, il avait souri.

— J'ai grandi au bord des côtes et je ne sais pas naviguer, soupira-t-il. Je préférerais faire face à un ennemi qu'à ces vagues.

— Est-ce pour cela ? demanda Gil, se souvenant soudain de la rapidité avec laquelle l'enfant était passé de l'excitation à la réticence quand il avait annoncé leur départ. Est-ce pour cela que tu as hésité quand ton père t'a proposé de m'accompagner ?

Denys acquiesça, la tête basse.

— J'ai eu peur de vous faire honte. En étant malade à bord.

— Vraiment ? J'ai cru que c'était à cause de…

Il s'était bien trompé, pendant tout ce temps !

— J'ai cru que tu voulais entrer en apprentissage auprès d'un autre chevalier.

Denys parut surpris.

— Mais votre famille a chevauché aux côtés du roi, en France, protesta-t-il.

Gil eut le réflexe de protester, mais se tut. C'était vrai, après tout.

— Est-ce tout ce qu'on t'a dit à mon sujet ?

La vague de nausée commençait visiblement à passer et Denys retrouvait son regard brillant.

— On m'a aussi dit que mon grand-père vous avait appris le maniement des armes.

— Et on ne t'a rien raconté au sujet des Brewen ? De leurs… écarts ?

Viol, extorsion, meurtre… Des crimes terribles que Gil ne pouvait certainement pas mentionner devant un enfant.

Denys haussa les épaules, comme si tout ceci n'avait pas d'importance.

— Le roi a pardonné votre famille.

« Pardonné. » Pourtant, Gil, lui, ne s'était jamais pardonné.

— Et moi qui pensais que tu ne voulais pas servir un Brewen…

C'était étrange d'avouer cela à un garçon si jeune, mais Gil avait été encore plus jeune que lui quand il avait compris l'ampleur du fardeau qu'il portait.

— Je voulais vous servir ; et ce n'est pas vous qui avez fait toutes ces choses, répliqua fermement Denys.

Cela dit, il se pelotonna contre Gil, confiant, avant de fermer les yeux et de s'endormir.

Le bateau continuait à tanguer, tandis que le monde de Gil se retournait… Il avait porté ce poids insoutenable toute sa vie, et cela n'avait aucune importance aux yeux de cet enfant.

« Ce n'est pas vous qui avez fait toutes ces choses. »

Pourtant, avant même d'avoir atteint l'âge de ce garçon endormi contre lui, Gil avait porté la culpabilité des crimes de sa famille. Il avait eu l'impression que le simple fait de savoir le rendait tout aussi coupable que ceux qui avaient commis ces atrocités.

Après tout, on ne peut pas attendre d'un enfant de sept ans qu'il soit sage.

Et pourtant, au fil des ans, ç'avait été à cet enfant de transmettre les histoires. Des récits qui, au lieu de devenir plus sombres et plus cruels, auraient pu être plus insignifiants. Un jour, ces récits pourraient devenir des contes que l'on répète le soir au coin du feu et qui ne font même plus cauchemarder les petits.

Gil, lui, s'était débattu, encore et encore, avec son passé, comme si sa simple volonté avait pu le changer. Il avait finalement été le seul à s'accrocher à ces souvenirs qui avaient déjà commencé à pâlir dans la mémoire des autres.

Il avait attendu, avait repoussé son mariage, s'était empêché de vivre. Il avait cherché la rédemption pendant toutes ces années, convaincu que seule la Castille pourrait la lui donner. La Castille était une vision. Un Graal. L'accomplissement d'un rêve qui pourrait enfin le laisser au repos, lui permettre de se dire : *je suis finalement digne de vivre.*

Mais la Castille s'éloignait de plus en plus. Il n'y retournerait pas cette année. L'année d'après, peut-être ? Et s'il n'y retournait jamais ?

Et s'il finissait par renoncer à ce vieux rêve ?

« Tu seras toujours un Brewen ; seulement, avec le temps, cela ne te dérangera peut-être plus. »

Il avait cru vouloir rendre tout son honneur à son nom. En fait, il n'avait fait qu'essayer de l'oublier, de l'effacer. Alors seulement, avait-il pensé, une femme pourrait poser les yeux sur lui et voir en lui un digne chevalier, un homme qui méritait son admiration. Son amour.

Oui, c'était ce qu'il avait attendu toute sa vie.

Il sortit le morceau de soie blanche que Valerie lui avait donné. Il avait pourtant trouvé l'amour. Ici. Maintenant. Hélas, il n'avait pas su le voir à temps.

Les vents contraires de la Manche firent battre le tissu dans sa main. Il regarda de nouveau la côte au loin. Une troupe d'hommes à cheval pouvait voyager plus vite sur la terre ferme qu'un navire faisant voile contre le vent. Jamais la flotte n'atteindrait La Rochelle assez tôt… Gil le savait, même si le roi l'ignorait encore.

Il fourra de nouveau le foulard dans son pourpoint et sourit. Quelle importance, finalement, s'ils n'atteignaient jamais la Castille ?

Eh bien, songea-t-il, un peu surpris lui-même, il aurait sans doute le temps d'offrir une sépulture décente à un prêtre qui n'y avait jamais eu droit.

Valerie n'arriva au château des Vents Hurlants qu'à la mi-septembre. L'intendant, étonné de la voir de retour, l'accueillit néanmoins comme la maîtresse des lieux. Il la salua respectueusement et l'écouta quand elle lui donna des instructions bien spécifiques concernant l'entretien des champs de haricots.

En fait, il paraissait soulagé de pouvoir enfin partager ce fardeau avec quelqu'un.

Seigneur, que de choses pouvaient encore changer ! Valerie se dit qu'elle était la femme de Gil et que, en apparence du moins, cette maison et ces terres étaient siennes.

L'automne était la meilleure saison pour planter des roses, mais elle n'avait hélas aucune bouture. Aucun moyen de repartir du bon pied. Elle se concentra alors sur la gestion du domaine et profita de son temps libre pour explorer le terrain, se faire une idée de la qualité du sol et guetter le chant du vent.

Comme elle savait ce qui était enterré sous le mur sud, elle évita soigneusement cet endroit, baissant les yeux à chaque fois qu'elle s'en approchait et se signant pour éloigner la malédiction.

Un jour, elle découvrit avec surprise un néflier sur le domaine. Ce n'était pas son cher cognassier, mais il était au moins de la même famille. Était-ce un signe ? Des plantes différentes, des fleurs qu'elle ne connaissait pas allaient peut-être germer au printemps… Tout comme elles germeraient dans la terre de Castille. Comme Gil, elle allait devoir apprendre à se mettre en paix avec la terre de son enfance. Elle allait devoir trouver le courage d'abandonner son foyer, si lui ne voulait pas retourner au sien.

Elle compta les jours en attendant que les nèfles soient mûres. Octobre ? Novembre ?

Gil serait-il de retour d'ici là ?

Les semaines passèrent, et elle ne reçut aucune nouvelle de la flotte. Avaient-ils réussi à accoster ? Ou bien les navires avaient-ils été brûlés et coulés, comme les premiers ?

Elle se réfugia dans le réconfort des rythmes de la terre, espérant que la vie reviendrait au printemps comme elle le faisait toujours.

Et priant aussi pour que son époux revienne.

Pendant des semaines, le roi Edward avait gardé espoir, convaincu que les vents tourneraient. Mais, à la mi-octobre, la flotte n'avait pas avancé et était à quatre journées de cheval de son port de départ.

L'hiver arrivait. La saison de la guerre était finie.

Le roi, s'emportant contre les Français, finit par abandonner. Les navires rentrèrent à Sandwich. Des milliers de soldats dépités mirent pied à terre — dont Gil et Denys.

Pourtant, Lancastre continuait à parler de batailles, de nouvelles stratégies, et de tout ce qui pourrait être fait avant que la flotte reparte, au printemps.

— Nous retournerons en France et passerons par la campagne, comme nous l'avons déjà fait. Si mon frère a retrouvé la santé d'ici là, il pourra participer aux combats lui aussi.

Des mots qui tenaient plus de la prière que d'une quelconque réalité. Gil, lui, songeait que ni le roi vieillissant, ni son fils aîné malade ne pourraient diriger d'armée à nouveau. Lancastre aussi devait le sentir, même s'il refusait de le dire à voix haute.

— Et, continuait-il, obstiné, avec l'aide du Portugal qui attaquera par l'ouest, nous aurons atteint Séville à l'été.

Combien de fois Gil avait-il déjà entendu ces plans ? Combien de fois en avait-il élaboré lui-même tout en sachant à quel point ils étaient irréalisables ? Combien de fois s'était-il empêché de critiquer Lancastre et avait-il couru après un rêve qu'il avait fait sien ?

Cette fois, alors qu'il écoutait le duc énoncer ces idées, la vérité prit lentement forme dans son esprit. Jamais ils ne pourraient reprendre le trône de Castille.

Et Gil s'en moquait.

Mais sa femme serait-elle heureuse de vivre en Angleterre ?

Il avait exigé d'elle qu'elle soit toujours honnête avec lui. Alors qu'il n'avait jamais su la vérité sur lui-même. Il n'avait pas agi en homme courageux qui cherche à atteindre un but digne, mais en lâche qui fuit ses terres pour une histoire vieille de plusieurs dizaines d'années.

Valerie avait-elle compris cela, tandis que lui y était si longtemps resté aveugle ? Peut-être, oui…

Sans attendre que Lancastre achève son discours, Gil se leva.

— Vous êtes mon seigneur et je vous dois allégeance, dit-il. Mais aujourd'hui, je rentre chez moi.

Sur ces mots, il tourna les talons et quitta la pièce sans attendre de réponse.

Une fois dans la cour, il vit Denys sourire, heureux d'avoir retrouvé la terre ferme. Il avait repris des forces, avec toute l'énergie dont un enfant de sept ans était capable. Il était occupé à s'entraîner à l'épée avec un autre page en attendant Gil. Quand il aperçut son nouveau mentor, il courut vers lui, excité à l'idée de savoir ce qu'ils allaient faire à présent.

— Où allons-nous, maintenant ? demanda-t-il.

— À la maison.

Le garçon parut un instant déçu, et Gil lui ébouriffa les cheveux.

— Pas *ta* maison, Denys.

Il devait retrouver Valerie, ce qui permettrait aussi à Marc et Cecily de revoir leur fils de temps en temps.

— Nous rentrons chez moi.

Denys retrouva son sourire innocent.

— Au château des Vents Hurlants ?

— Oui.

Il fallait qu'il rentre chez lui, pour voir s'il avait encore un « chez lui »…

Chapitre 19

Valerie passa le début de l'automne à préparer la terre, à pailler les plantes et à prier pour que l'hiver soit doux et le printemps, précoce.

Au fil des jours, l'intendant était devenu amical et enthousiaste. En dépit de la première impression de Valerie, ce n'était pas un homme paresseux ni négligent. Seulement, après avoir vu son maître ignorer sa terre, il avait été découragé. Cette année, en revanche, pour la première fois depuis longtemps, la moisson fut festive, illuminée par la présence de la nouvelle maîtresse des lieux.

Quand le froid finit par s'installer, l'intendant et Valerie établirent de nouveaux projets pour les champs et le château. Il reçut même avec intérêt son idée extravagante de créer un tunnel de vigne vierge.

Mais elle n'avait toujours pas eu de message concernant l'expédition. La flotte avait-elle atteint les côtes françaises ? Gil était-il en vie ou bien Valerie était-elle déjà veuve ?

L'un des espoirs qu'elle nourrissait s'effondra au retour de ses règles. La semence de Gil n'avait pas pris racine. Elle ne portait pas son bébé.

Les journées se firent plus courtes, plus sombres, et elle eut de nouveau peur de ne pas être capable de remplir son premier devoir de femme et d'épouse : donner à son mari l'enfant qu'ils voulaient tant l'un et l'autre.

Enfin, des nouvelles ! Un messager fut envoyé depuis l'un des châteaux du duc, proche des Vents Hurlants. L'expédition avait échoué. Pas avec panache, pas dans un combat honorable, pas même aussi catastrophiquement que les premiers bateaux coulés par l'ennemi. Simplement victimes des forces contraires de la nature, les navires avaient été contraints de baisser les armes en attendant que les vents passent…

Aucun homme, ni aucun navire n'avaient été perdus ; cependant, Valerie ne reçut pas un mot de son époux durant les semaines qui suivirent. Impatiente, elle comptait les jours et les lieues qui le séparaient d'elle. Gil avait d'abord dû aller à Losford et découvrir qu'elle avait bravé ses ordres. Que s'était-il passé ensuite ? Avait-il été retenu là-bas par ses devoirs ? Ou bien haïssait-il cette terre au point d'y abandonner sa femme plutôt que d'y revenir ?

Après tout, elle lui avait désobéi, convaincue qu'ils se comprenaient à présent assez bien pour que Gil puisse accepter son comportement. Avait-elle eu tort ?

Puis, un jour, dans la pâle lumière humide d'un après-midi de novembre, elle vit arriver un cavalier seul.

Il était encore trop loin pour qu'elle puisse reconnaître son visage, mais sa posture lui parut immédiatement familière. Et, enveloppé autour de son cou, flottant derrière lui comme un étendard, elle vit son foulard de soie blanche !

Tremblant d'émotion, elle passa la grande porte en courant, pensant qu'il presserait le pas en l'apercevant ; mais il ne fit pas galoper son cheval — pas même trotter. Était-il si réticent à l'idée de retrouver son château ?

Finalement, tandis qu'il approchait au pas, elle remarqua qu'il ne chevauchait pas seul : il guidait une charrette dont les rênes étaient tenues par le jeune Denys.

Elle aurait voulu courir vers Gil, l'envelopper dans ses bras et ne plus le lâcher. Cependant, elle se retint, ne sachant pas de quelle humeur il serait. Elle envoya donc quelques hommes l'aider et, excités autant qu'elle par le retour de leur maître, ils s'avancèrent d'un pas vif. Gil et Valerie purent enfin se retrouver et s'embrasser, un peu maladroitement, au milieu des domestiques qui s'affairaient.

— Le petit est fatigué, dit Gil en soulevant Denys pour le faire descendre de la charrette.

En effet, Denys s'endormait dans les bras de son mentor et fut rapidement confié à des serviteurs chargés de préparer un lit.

En lâchant le garçon, Gil baissa rapidement les yeux sur le ventre de Valerie, guettant le moindre signe de sa part, mais elle secoua tristement la tête.

— Nous essaierons de nouveau, murmura-t-il avec ce sourire rayonnant qui sous-entendait que ce ne serait pas une corvée bien lourde pour lui.

Cherchant à dissimuler ses joues en feu, Valerie se détourna et jeta un coup d'œil à la charrette. Le véhicule était rempli de coffres et d'armes — ainsi que de quelque chose qui dépassait et ressemblait étrangement à une branche…

— Tu voulais créer un petit coin d'Alcázar, n'est-ce pas ? dit Gil. Et tu m'as dit que tout cela venait de Castille.

Abasourdie, les larmes aux yeux, Valerie regarda deux hommes sortir les paquets de jute et les déposer à ses pieds. Elle reconnut, dans les sacs, sa vieille terre du Kent ainsi que l'un de ses rosiers que l'on avait transporté à travers l'Angleterre juste pour elle.

À côté, on déposa une bouture de son cognassier.

Prise de vertige, elle ne put réprimer un petit rire nerveux.

— Où as-tu trouvé tout cela ?

— J'ai convaincu le nouveau propriétaire de me les donner. J'ai aussi récupéré…

Il tira sa pelle préférée de la charrette.

— … ceci, parce que j'ai pensé que cela te ferait plaisir.

Valerie la prit en main, reconnaissant jusqu'à la terre

qui était restée collée au fer. C'était un objet si simple, si commun. En le voyant, personne n'aurait pu deviner quel trésor c'était pour elle…

Mais Gil, lui, le savait.

Elle ravala ses larmes et tenta de sourire comme Gil lui souriait — avec tendresse. De toute évidence, il comprenait très bien à quel point son cadeau la touchait.

Il l'attira à lui et déposa un petit baiser sur son front.

— Je t'aime.

Un murmure à peine. Juste pour elle.

Cette fois, elle ne put contenir son émotion et se mit à pleurer, malgré le sourire qui illuminait son visage.

Un sourire qui voulait dire : « Ce soir, quand nous serons seuls, je te montrerai combien je t'aime aussi… »

Le lendemain, Valerie guida fièrement son époux dans le château, puis sur le domaine. Ils se promenèrent côte à côte, et Gil s'émerveilla de tout ce qu'elle avait accompli en son absence. Il la félicita d'avoir rempli les garde-manger pour l'hiver et s'intéressa de près — du moins, en apparence — à ses projets de plantations qui visaient à remplacer les fèves par du froment dans le champ du sud.

Mais, alors qu'ils approchaient de l'endroit où reposaient les ossements du prêtre, Gil ralentit le pas.

Valerie lui prit la main fermement. Elle lui avait désobéi, l'avait obligé à revenir dans cet endroit qu'il détestait, l'avait convaincu de se mettre en paix avec le passé…

Quelle arrogance de vouloir en plus déterrer la partie la plus sombre de son histoire. Elle lui jeta un rapide coup d'œil, tentant de deviner ses émotions, mais tint sa langue.

Quelques mois à peine s'étaient écoulés depuis qu'ils avaient remué la terre de la tombe, mais les champignons étaient déjà revenus. Des feuilles mortes, portées par le vent, s'étaient déposées un peu partout sur le sol. Un hiver froid ? Un printemps humide ? Cela suffirait sans doute à tout cacher de nouveau.

La terre était tenace…

— Un hors-la-loi ne devrait pas être enterré en sol consacré, finit-il par dire d'une voix un peu étranglée.

Valerie attendit, espérant qu'il en dise plus. Se sentirait-il jamais chez lui, ici, si près des fantômes de son passé ?

— Peut-être que nous devrions simplement le laisser reposer ici, suggéra-t-elle.

Mais Gil lui lança un regard surpris :

— Je croyais que tu trouvais l'endroit parfait pour un jardin.

Elle croisa les bras, envahie par un nouvel espoir.

— Oui, murmura-t-elle. Oui, ce serait parfait.

De nouvelles plantes qui pousseraient, qui couvriraient les vestiges du passé.

— On pourrait planter un cognassier ici, dit-elle avec un geste de la main, et un bosquet de rosiers le long de ce mur. Nous pourrions construire un treillage pour qu'ils grimpent dessus. Et, plus tard, peut-être un banc…

Elle se laissait déjà emporter par ses idées ! Saisie par une inquiétude soudain, elle jeta un regard en coin à son époux. Approuverait-il ses projets ?

Ce fut alors qu'il tira de sa poche le petit morceau de céramique usé qu'elle connaissait bien et le tint dans sa paume ouverte.

La Castille. Toujours la Castille.

C'était à elle, cette fois, de se mettre en paix avec son avenir — et d'aller découvrir les fleurs qui poussaient sous le soleil d'Espagne.

Elle fouilla sa robe à la recherche de l'autre moitié du carreau et le tint près de celui de Gil. Usés, cassés, les deux morceaux ne se correspondaient plus tout à fait, mais le motif de l'émail était encore visible.

— Lancastre compte réessayer de prendre le trône, murmura Gil. Une autre expédition partira en Castille.

C'était bien la dure réalité de ce souvenir qu'il transportait partout avec lui.

— Et tu iras avec lui, répondit Valerie.

Ce n'était pas une question. C'était son devoir.

Gil acquiesça et reprit :

— Mais, si tu es d'accord, je pense que je n'y resterai pas.

Si elle était d'accord ? Elle ne voulait pas l'obliger à sacrifier son rêve pour elle — tout comme elle ne voulait pas être sacrifiée à ce rêve.

— Pourtant… C'est ce que tu as toujours voulu… La Castille…

— Tu m'as appris à désirer autres choses : toi, cet endroit. Est-ce que cela serait assez, pour toi ?

Il lui avait demandé d'être sincère, et elle avait été lâche. Jusqu'à présent. Il était temps de lui avouer la vérité.

— J'avais peur de te le dire plus tôt, commença-t-elle, un peu hésitante, mais je ne… Je n'ai jamais rêvé de la Castille.

Gil la dévisagea un instant, manifestement confus.

— Pourtant, tu es castillane.

— Mon ancêtre l'était. Mais elle est venue en Angleterre il y a plus de cent ans ! Je n'ai plus qu'une faible goutte de sang castillan dans les veines.

— Je ne comprends pas… Tu étais si contrariée d'apprendre que l'expédition n'allait pas avoir lieu, balbutia Gil.

— C'était à cause de La Reina. Elle et moi…

Elle ne savait pas vraiment comment expliquer ce qu'elle ressentait.

— Elle voulait rentrer chez elle et je la comprenais.

Elles avaient toutes deux partagé la même douleur : celle d'être arrachées à la terre à laquelle elles appartenaient.

— Mais je suis chez moi quand je suis avec toi, maintenant. Peu importe où tu choisiras de vivre.

— Ici, répondit-il sans l'ombre d'une hésitation. Je choisis de vivre ici. Avec toi.

Elle lui prit alors le morceau de céramique cassé et s'accroupit par terre.

— Quand le jardin sera prêt, nous déposerons ces carreaux dedans, dit-elle en les plaçant sur le sol. Côte à côte.

Gil sourit. Un sourire apaisé. Sincère.

— Nous n'avons pas besoin de plus de Castille que cela, murmura-t-il.

Épilogue

Noël, 1372

Bertram Blount, intendant du château Wolford des Vents Rieurs, surveillait l'activité de la grande salle avec une certaine fierté.

Le nom du château n'était pas la seule chose qui avait changé depuis le retour de l'épouse du maître. Pour la première fois depuis que Bertram était devenu intendant, un festin avait été organisé pour célébrer Noël. Les écuries étaient remplies par les chevaux des invités, des ménestrels circulaient dans les salles et les couloirs, et une bonne odeur de porc rôti flottait dans l'air.

Bertram n'avait pas vécu assez longtemps dans ce lieu pour avoir connu les jours d'*avant* — avant la tristesse qui s'était infiltrée jusque dans les murs du château pendant toutes ces années — mais il avait entendu des rumeurs… Ce soir, les plus vieux, qui avaient connu les jours sombres des Brewen, avaient l'air abasourdis.

« On ne peut jamais savoir à l'avance quels miracles Dieu va accomplir », murmuraient-ils.

En effet, Lady Valerie avait tout d'un miracle aux yeux de l'intendant. Elle était calme, posée, mais aussi déterminée. Passionnée. C'était une femme qui avait traversé de dures épreuves, songeait Bertram, et avait su en tirer des leçons. Quant au maître lui-même ? Eh bien, la tristesse qui l'avait si longtemps rongé paraissait bel et bien partie. Une fois ou deux, Bertram l'avait vu abattu, et il avait demandé au cuisinier de ne plus mettre de champignons dans le ragoût, car les champignons peuvent rendre mélancolique — tout le monde le sait !

Quoi qu'il en soit, la plupart du temps, Sir Gil paraissait heureux. Et quand il regardait sa femme… Disons qu'on voyait rarement un tel sourire illuminer le visage d'un homme…

Il était d'ailleurs étonnant que Lady Valerie ne soit pas encore enceinte ; même si, honnêtement, surveiller le petit Denys était déjà un travail bien suffisant !

Soudain, le portier approcha, tirant Bertram de ses réflexions.

— Un visiteur, lui glissa-t-il à l'oreille. C'est un moine qui demande asile pour la nuit.

— Fais-le entrer. Je vais prévenir le maître.

— Reste ici, dit Gil à son épouse avant de se lever pour suivre l'intendant. Je vais m'en occuper.

Il était étrange, pour un moine, de se promener seul à l'époque de Noël.

— Accueille-le convenablement, lança Valerie au moment où Gil allait quitter la salle. Nous avons toute la nourriture qu'il faut, s'il désire manger quelque chose.

— Peut-être qu'il s'est perdu, suggéra alors l'intendant qui accompagnait Gil jusqu'à la petite entrée couverte, près de la grande porte.

Mais, quand Gil aperçut le moine, il sut immédiatement que cet homme ne s'était pas perdu. Il ne l'avait peut-être pas vu depuis plus de vingt ans, mais reconnut immédiatement les yeux bleus diaphanes de son frère et la cicatrice qu'il lui avait laissée sur la joue quand l'une de leurs bagarres d'enfants était devenue trop violente.

— Gilbert.

Le moine le dévisagea, d'un air incrédule, comme s'il venait de voir un fantôme.

— C'est donc vrai, murmura-t-il. Il fallait que je vienne, que je voie cela de mes propres yeux.

— Michael.

— C'est Frère Michael, maintenant…

Gil était trop ému pour prononcer le moindre mot ou même sourire, mais il embrassa son frère, le serrant fort contre lui. Pendant quelques longues minutes, aucun d'eux ne bougea ni ne dit mot.

Quand ils s'écartèrent enfin pour se regarder plus en détail, Michael reprit :

— Je croyais que cet endroit était abandonné.

— Il l'était… En tout cas, c'était bien mon intention.

Soudain, un froissement de jupes annonça l'arrivée de Valerie. Elle regarda un instant les deux hommes, et Gil lui prit la main.

— Mais quelque chose a changé, poursuivit-il. *Tout* a changé.

Michael se signa, d'un air profondément soulagé.

— Après toutes ces années, Dieu a finalement exaucé mes prières : il a pardonné à notre famille.

Gil parvint à sourire, pour la première fois. Certaines choses, que son frère, trop jeune, ne connaissait pas, ne pourraient jamais être pardonnées. Mais Gil n'avait pas commis ces péchés. Et Michael non plus.

— Valerie, voici mon frère Michael.

— Entrez, lança son épouse de sa voix claire, et bienvenue chez vous !

Remerciements :

Un grand merci à l'auteur Deborah Kinnard, qui a tout laissé de côté pour vérifier mes traductions espagnoles. J'ai une dette envers toi, mon amie !

Vous avez aimé ce roman ?
Retrouvez les premiers tomes de la série
«Amants et ennemis» :

1 / *Pour la main d'Arabella*
2 / *La fiancée du Highlander*
3 / *Capturée par le Highlander*

Disponibles dès à présent sur www.harlequin.fr

En juin 2018,
ne manquez pas
votre nouvelle série inédite

CŒUR DE GUERRIER

*Revenu du passé, il va raviver la flamme
qu'elle croyait éteinte...*

LES HISTORIQUES

HARLEQUIN

HARLEQUIN
www.harlequin.fr

Retrouvez en juin 2018,
dans votre collection

LES HISTORIQUES

Sous l'emprise du chevalier, d'Helen Dickson - N°792

Angleterre, XVᵉ siècle

Jane est terrifiée quand, sous prétexte de la raccompagner chez elle, le marchand à qui son père veut la marier cherche à la posséder de force. Secourue in extremis par un voyageur, elle reconnaît Guy St. Edmund : « le rejeton du diable », le terrible guerrier responsable de l'exécution de son frère ! La peur cédant place à la colère, Jane refuse de lui exprimer sa reconnaissance. Elle espère bien ne plus jamais croiser sa route, d'autant que son regard franc et autoritaire provoque en elle un trouble inavouable. Mais des témoins l'ont vue en compagnie du seigneur, et, malgré elle, la rumeur d'une liaison se propage...

La nuit de l'interdit, de Michelle Willingham - N°793
CŒUR DE GUERRIER - TOME 1

Angleterre, XIIᵉ siècle

« Vous ne pouvez pas exiger une telle chose de moi ! »
Quand son mari gravement malade lui ordonne de passer une nuit avec un autre pour concevoir un héritier, Lady Rosamund reste sans voix. Pour remplir cette « mission », il a même convoqué au château Warrick de Laurent, l'homme qu'elle a éperdument aimé dans sa jeunesse. Rosamund sait bien que son époux cherche à la protéger de son avide beau-frère, mais elle se refuse à commettre un adultère, même avec son ancien amour ! D'autant que Warrick ne lui a jamais pardonné de s'être mariée par convenance et refusera sans doute de coopérer ; du moins, elle l'espère. Pour protéger son honneur, mais aussi son cœur...

Un mystérieux hors-la-loi, de Blythe Gifford - N°794

Flandres, XIVᵉ siècle

Katrine est désespérée. Depuis que l'Angleterre a imposé un embargo sur la vente de laine, son commerce est en péril. Son père n'étant plus là pour la protéger, elle est prête à tout pour conserver son indépendance et se soustraire à la cupidité de son oncle. Alors quand, après neuf mois d'angoisse, un mystérieux contrebandier lui propose de lui fournir de la laine anglaise, elle est tentée d'accepter. Quitte à faire affaire avec cet inconnu au charisme troublant, qui n'a que sa parole à offrir. Un inconnu qui exige, en plus du prix de la marchandise, d'être hébergé chez elle...

La lady insoumise, de Meriel Fuller - N°795

Angleterre, XIIIᵉ siècle

« Vous êtes... Brianna ! »

En arrivant au manoir de Sefanoc, le chevalier Giseux de Saint Loup comprend qu'on s'est moqué de lui : la prétendue domestique qu'il a récemment sauvée des sbires du comte Jean n'est autre que la sœur de son ami Hugh. Celle qu'il est venu chercher. Et, à en juger par son entêtement à cacher son identité et par la pluie de flèches avec laquelle on l'accueille, il aura du mal à convaincre la jeune femme de le suivre. Pourtant, Giseux a juré à Hugh, gravement malade, de lui ramener sa sœur. Et il compte bien tenir sa promesse, au risque de heurter la fierté de cette diablesse...

Une audacieuse gouvernante, de Laura Martin - N°796

LA SAISON DES GOUVERNANTES - TOME 2

Royaume de Huria, XIXᵉ siècle

En acceptant de devenir la gouvernante des enfants du cheikh de Huria, Rachel pensait avoir trouvé la position idéale. N'avait-elle pas toujours rêvé de voyager dans des contrées exotiques, loin de son Angleterre natale ? Ce qu'elle n'avait pas prévu, en revanche, c'est que le père de ses charmants élèves la mette hors d'elle à chacune de leurs rencontres. En matière d'éducation, tout semble l'opposer à cet homme sûr de lui et intimidant, qui place le devoir royal avant le bonheur de ses enfants. Mais Rachel refuse de transiger avec ses principes et n'hésite pas à provoquer le souverain...

La princesse et le Viking, de Michelle Styles - N°797

Norvège, VIIIᵉ siècle

En se substituant à sa sœur dans le lit d'Ivar Gunnarson, Thyre n'imaginait pas fondre sous les caresses du ténébreux Viking, de passage sur les rivages ranriken. Mortifiée, elle apprend au lendemain de cette inoubliable nuit qu'Ivar a découvert sa duperie. Blessé dans son orgueil, l'implacable Viking est désormais déterminé à se venger d'elle : pour punition, Thyre devra le suivre à Viken et deviendra sa concubine. Un châtiment plus redoutable encore qu'Ivar ne le croit, car son arrivée au royaume viking menace de mettre à jour le secret qu'elle fuit depuis sa naissance...

Les mariés des Highlands, d'Elizabeth Mayne - N°798

Écosse, 1598

Pour pacifier le pays, le roi d'Écosse a l'idée d'organiser un grand mariage qui scellerait l'alliance des deux principaux clans ennemis. L'idéal, pense Sa Majesté, serait d'unir Robert Gordon et Cassandra Mac Arthur, dont les familles se déchirent depuis des générations. Mais, outre une passion commune pour les Hautes Terres – cette contrée sauvage de landes et de lochs où rôde l'âme des anciens druides –, le farouche Highlander et la jolie sauvageonne partagent la même soif d'indépendance et le même esprit de rébellion. Aussi, plutôt que d'user de son autorité, le roi décide-t-il d'intriguer pour les réunir...

*Réveillez la lady
qui est en vous !*

OFFRE DE BIENVENUE

Vous êtes fan de la collection Les Historiques ?
Pour prolonger le plaisir, recevez gratuitement

1 livre Les Historiques gratuit
et 2 cadeaux surprise !

◆ ◆

Une fois votre colis de bienvenue reçu, si vous souhaitez continuer à recevoir nos romans Les Historiques, cela se fera automatiquement. Vous recevrez alors chaque mois 2 romans inédits de cette collection au tarif unitaire de 6,95€ (Frais de port France : 2,39€ - Frais de port Belgique : 4,39€).

➡ **ET AUSSI DES AVANTAGES EXCLUSIFS :**

➡ **LES BONNES RAISONS DE S'ABONNER :**

Des cadeaux tout au long de l'année.

◆

<u>Aucun engagement de durée ni de minimum d'achat.</u>

Des réductions sur vos romans par le biais de nombreuses promotions.

◆

Aucune adhésion à un club.

◆

Des romans exclusivement réédités notamment des sagas à succès.

Vos romans en avant-première.

◆

La livraison à domicile.

L'abonnement systématique et gratuit à notre magazine d'actu ROMANCE.

◆

Des points fidélité échangeables contre des livres ou des cadeaux.

REJOIGNEZ-NOUS VITE EN COMPLÉTANT ET EN NOUS RENVOYANT LE BULLETIN !

. . . . ✂ . . .

N° d'abonnée (si vous en avez un) ⊔⊔⊔⊔⊔⊔⊔⊔⊔

H8ZEA2
H8ZE2B

Mme ☐ Mlle ☐ Nom : .... Prénom : ....

Adresse : ....

CP : ⊔⊔⊔⊔⊔ Ville : ....

Pays : .... Téléphone : ⊔⊔⊔⊔⊔⊔⊔⊔⊔⊔

E-mail : ....

Date de naissance : ⊔⊔ ⊔⊔ ⊔⊔⊔⊔

☐ Oui, je souhaite être tenue informée par e-mail de l'actualité d'Harlequin.

☐ Oui, je souhaite bénéficier par e-mail des offres promotionnelles des partenaires d'Harlequin.

Renvoyez cette page à : Service Lectrices Harlequin – CS 20008 – 59718 Lille Cedex 9 - France

www.harlequin.fr

Et vivez chaque jour,
une nouvelle expérience de lectrice connectée.

♥ Découvrez toutes nos actualités,
exclusivités, promotions, parutions à venir...

♥ Partagez vos avis sur vos dernières lectures...

♥ Lisez gratuitement en ligne, regardez des vidéos...

♥ Échangez avec d'autres lectrices sur le forum...

♥ Retrouvez vos abonnements, vos romans dédicacés,
vos livres et vos ebooks en pré-commande...

ebooks

Le mag'

Le Salon

Promotions

 L'application Harlequin
Achetez, synchronisez, lisez... Et emportez
vos ebooks Harlequin partout avec vous.

Suivez-nous !   facebook.com/HarlequinFrance
twitter.com/harlequinfrance

OFFRE DÉCOUVERTE !

Vous souhaitez découvrir nos collections ? Recevez **votre 1er colis gratuit*** avec **2 cadeaux surprise !** Une fois votre colis de bienvenue reçu, si vous souhaitez continuer à recevoir nos livres, cela se fera automatiquement. Vous recevrez alors vos livres inédits** en avant première.

Vous n'avez aucune obligation d'achat et cette offre est sans engagement de durée !

*1 livre offert + 2 cadeaux / 2 livres offerts pour la collection Azur + 2 cadeaux.
**Les livres Ispahan, Sagas, Hors-Série et Allegria sont des rééditions.

☛ COCHEZ la collection choisie et renvoyez cette page au
Service Lectrices Harlequin – CS 20008 – 59718 Lille Cedex 9 – France

Collections	Références	Prix colis France* / Belgique*
❏ **AZUR**	Z8ZFA6/Z8ZF6B	6 livres par mois 28,19€ / 30,19€
❏ **BLANCHE**	B8ZFA3/B8ZF3B	3 livres par mois 23,20€ / 25,20€
❏ **LES HISTORIQUES**	H8ZFA2/H8ZF2B	2 livres par mois 16,29€ / 18,29€
❏ **ISPAHAN**	Y8ZFA3/Y8ZF3B	3 livres tous les deux mois 23,02€ / 25,02€
❏ **HORS-SÉRIE**	C8ZFA4/C8ZF4B	4 livres tous les deux mois 31,65€ / 33,65€
❏ **PASSIONS**	R8ZFA3/R8ZF3B	3 livres par mois 24,49€ / 26,49€
❏ **SAGAS**	N8ZFA4/N8ZF4B	4 livres tous les deux mois 33,69€ / 35,69€
❏ **BLACK ROSE**	I8ZFA3/i8ZF3B	3 livres par mois 24,49€ / 26,49€
❏ **VICTORIA**	V8ZFA3/V8ZF3B	3 livres tous les deux mois 25,69€ / 27,69€
❏ **ALLEGRIA**	A8ZFA2/A8ZF2B	2 livres tous les mois 16,37€ / 18,37€

N° d'abonnée Harlequin (si vous en avez un) ⎵⎵⎵⎵⎵⎵⎵⎵⎵⎵⎵

Mme ❏ Mlle ❏   Nom : _____

Prénom : _____   Adresse : _____

Code Postal : ⎵⎵⎵⎵⎵   Ville : _____

Pays : _____   Tél. : ⎵⎵⎵⎵⎵⎵⎵⎵⎵⎵

E-mail : _____

Date de naissance : _____

❏ Oui, je souhaite recevoir par e-mail les offres promotionnelles des éditions Harlequin.
❏ Oui, je souhaite recevoir par e-mail les offres promotionnelles des partenaires des éditions Harlequin.

Composé et édité par HarperCollins France.

Achevé d'imprimer en mars 2018.

Barcelone

Dépôt légal : avril 2018.

Pour limiter l'empreinte environnementale de ses livres,
HarperCollins France s'engage à n'utiliser que du papier
fabriqué à partir de bois provenant de forêts gérées durablement
et de manière responsable.

Imprimé en Espagne.